佛山市文化英才扶持工程项目支持

佛山科学技术学院学术著作出版资助基金与学科建设经费资助

现代汉语新格律诗论

姚朝文 ◎ 著

暨南大学出版社
JINAN UNIVERSITY PRESS

中国·广州

图书在版编目（CIP）数据

现代汉语新格律诗论/姚朝文著. —广州：暨南大学出版社，2022.12
ISBN 978 - 7 - 5668 - 3551 - 2

Ⅰ.①现…　Ⅱ.①姚…　Ⅲ.①现代汉语—格律诗—诗歌研究—中国
Ⅳ.①I207.21

中国版本图书馆 CIP 数据核字（2022）第 233933 号

现代汉语新格律诗论
XIANDAI HANYU XIN GELÜSHI LUN
著　者：姚朝文

···

出 版 人：张晋升
策划编辑：古碧卡
责任编辑：陈俞潼
责任校对：刘舜怡　陈慧妍
责任印制：周一丹　郑玉婷

出版发行：暨南大学出版社（511443）
电　　话：总编室（8620）37332601
　　　　　营销部（8620）37332680　37332681　37332682　37332683
传　　真：（8620）37332660（办公室）　37332684（营销部）
网　　址：http://www.jnupress.com
排　　版：广州尚文数码科技有限公司
印　　刷：佛山市浩文彩色印刷有限公司
开　　本：787mm×1092mm　1/16
印　　张：13.25
字　　数：270 千
版　　次：2022 年 12 月第 1 版
印　　次：2022 年 12 月第 1 次
定　　价：49.80 元

目　录

下编　新格律诗的生命体验诗学

导　论

一、主要内容

本书是一部以现代新诗的形体格式创作和诵读为研究对象，尝试建设现代汉语新格律朗诵诗的诗歌理论探索著作。作者独辟蹊径地在诗学、诗艺与审美体验三者之间，尝试建立起既具有现代韵律与格律，又能朗朗上口，适合于集体朗诵与表演的现代汉语新格律的诗学理论的三维立体世界。

诗歌是显示人类生命探求进程的情智化的创造活动，是展示理想化的以感性形态为主的精神世界的语言创造艺术。"现代汉语宽体新格律朗诵诗"的基本诗学要素是：立足于整篇诗歌的整体布局，采用相同或相似的句法组合方式，每行或跳行押韵，形成整篇呼应或回环的诗法，同时又采用平易亲切的现代口语诗歌构造法。

强调"现代汉语"，是因为不主张开历史的倒车，即重新采用文言文写旧体格律诗；强调"宽体新格律"，是因为现代汉语的多音节字节带来的语言节奏变化很大，不能像古诗那样以字节为音韵节奏单位，而应该取法于何其芳曾指出的那样，以"顿"为音节单位，通篇的句式和语势就非常和谐均齐；强调"朗诵诗"，是因为采用朗朗上口的口语，不仅能拥有读者群体，而且能造就出大量的诗歌听众。

大量理论家主张诗论乃至文学艺术理论应当与文学创作实践之间拉开距离，甚至距离越远越好。本书体现出亲身证道、现身说法的诗歌艺术探索特色。作者依托自身长达30多年的诗歌体裁样式特性的探索和亲身创作数百首诗歌的具体感悟，总结了自身诗歌创作实践的探索经验。作者从中学时代到博士毕业，从助教到教授、研究生导师，从辗转中国北疆与南粤到出访海外十多国积累了广泛的华文诗歌创作交流与理论切磋经验，由早期侧重新体诗歌形式的探索，过渡到抒发失去了文化故土、移植到异域他乡后产生的人生沧桑，再到知天命之年的人生感遇及国内外诗友文人之间的应和酬唱，探索了在现代汉语中采用朗诵诗和辞赋体来写景、抒情的各种可能性。

二、研究方法

（一）文学理论探索与文学创作实践经验总结的知行合一研究法

本书兼有学术前沿探索价值和总结文学创作实践经验的现实意义。在中国语言文学研究领域，长期存在着学理建设与创作实践经验总结之间的鸿沟。能够在坐而论道、实践摸索之外，努力尝试跨越彼此之间的壁垒，形成理论＋实践的"双结合"研究模式，是本书的特色。作者长期从事文学理论与文化批评研究，又有 30 多年的文学创作探索的实践经验，选择这样的研究角度和路径，实属扬长避短。

（二）新领域、新空间的交叉研究法

本书寻找"诗学""诗艺"与生命活动中艺术探索所积累的"审美意象"之间的生长潜力和交叉地带内相互渗透、融合的多种可能性。本书的研究视角和研究结论都属于学术界边缘交叉地带的前沿探索成果，富有学术价值和文化意义。

（三）不同学术观点并列比较法

例如，上编的若干篇章里，表明一百年来在中国现代汉语新格律体诗歌的探索中，文学界有不同的选择路径。书稿里明确开列出各种主张，将彼此看似矛盾抵牾的主张加以延伸、推导，提取出各自合理的内核后，结合作者自身的创作实践经验，加以验证、筛选，概括、提炼出新的中国现代汉语诗歌的文体特征。

三、学术创新与学术价值

作者不仅在国内外功夫电影研究领域独树一帜，而且从事诗歌、小说、散文创作长达 30 多年，现在分别汇集出版。作者汲取中国现代格律诗理论探索史的精华，提出建设现代汉语新格律朗诵诗的诗学主张，总结了诗歌创作的多种诗艺，在采用古今中外诗歌作品精华来验证这些特征、技巧之余，也能以自身诗歌文体写作实践的经验来现身说法、亲身证道，力求突破诗学理论研究与诗歌创作实践之间的壁垒，探寻到"融通"诗心与诗理之"道"。情理交融的探索性诗论，是本书的特色与亮点。

作者不惜以生命为其诗论和诗歌殉情的精诚，用生命的华彩与苦痛，写下对大自然和人类社会的"大关爱、大纯情、大忧伤"。作者说："我把创作视为自己的生命，如果停止思想和创作，我与行尸走兽何异？"作者认为，如

果有一篇作品或一部书不仅被当世读者接受，而且被后世文学研究界一再提及，则精神生命可以真正不朽了。这比他目前拥有的博士帽、教授饭碗和导师身份有价值得多！因此，这是一部不重复先辈与时贤名流的、不可多得的诗论，颇富启发性、探索性。

四、存在问题和需要改进之处

由于文学题材与体裁种类在近 40 年里，有了突飞猛进的发展，一级文体体裁的类型和二级亚文体类型的新体式不断发展与更新。本书不是教科书，不能全部涉及并平铺直叙，只能在作者颇有新感觉和创作实践感受的若干命题上展开探索，其他命题不做赘述。

本书是现代汉语新诗之格律诗体探索的诗学论著。如果有机会，作者将再出版配套的《中国现代新格律朗诵诗精选》和《中国现代新格律朗诵诗代表作选注选评与鉴赏》各一部，构成诗论、诗歌、诗评"三位一体"的完整系列。

上编　现代汉语新格律朗诵诗

第一章　建设现代汉语的新格律朗诵诗

　　笔者于 2011 年底提交首届海峡诗会的同题论文时首次正式提出"现代汉语的新格律朗诵诗"的主张。为了便于读者朋友们具体体会笔者做出如此主张的语境，在这里，需要把当时的情景做一番介绍。

　　2011 年 12 月 1 日至 3 日，福建省福州市举办"首届海峡两岸诗歌节"，隆重邀请海峡两岸及海外诗人（北美、欧洲、澳洲为主）和当地"文心诗社"诗人、诗评家、学者约百人。著名诗人洛夫不顾年事已高，亲往祝贺，参加了文心诗社光大银行福建分行举行的首届海峡诗会文心诗社作品朗诵联欢会。洛夫又于次日在福建大剧院的"2011 海峡诗会：汇入诗流——两岸'诗音书画笔会'诗歌朗诵会"上躬亲朗诵。

　　最令人关注的是当日下午的"诗性的旁通与回响——海峡两岸'诗歌与艺术'研讨会"。该会确定的议题主要有三项：①现代诗的非抒情化与音乐性；②意象、画面在现代诗中的价值；③汉诗与汉字：现代诗的传统取向。著名诗人洛夫做主题发言，他表达了"诗歌是跳舞，散文是走路"的观点后，回顾了自己一生的诗歌创作，描述了他"新诗的非抒情化"主张："诗人进入历史后是伟大的，但是如果诗人住在隔壁则是笑话。现在是物质的时代，诗歌备受冷落。写诗是一种创造，我不考虑它的商业效应，我也不自命清高。进入中年后，我放弃了对抒情的追求，而进入对诗意的寻找。进入晚年则处于想进入诗的境界而不可得的困境。"在次日的"国际新移民华文作家（闽都）笔会"上，洛夫又做了题为"现代诗的创作与欣赏"的精彩发言："写现代诗，到后来感到很虚，底气不足。如果没有自己民族文化深厚的底蕴做支撑，就会心虚。我不主张回到古诗，但提倡回顾传统，从传统中吸收并发扬出特定的东西。我早年特强调语言艺术的追求，但后来发现语言终究是形式，诗歌不纯粹是形式而更需要意义的美。'诗止于语言'的名句是不恰当的，'诗画合一'在理论上是站不住脚的。诗中的画是动态的、非静态的，是

主观的画，是幻想中的画，而非真实的画。"①

这令人想到，诗歌的第一本性就应该是咏物抒情。离开了以外物或心物为依托的主客交融的"抒情"，就会丧失掉诗歌最重要的基质。其实，早在1997年底，学术界就明确提出了倡导生命体验诗学的主张："以生命体验——生命灵魂为基础，以情思为核心，以体验、情思、传达、接受四个系统为体系建构生命体验诗学，诗歌（文学）是显现人类生命探求进程的情智化的创造活动，是展示理想化的以感性形态为主的精神世界的语言创造艺术。"② 依据这种冷抒情下的，以真切的生命情感为基质，以情感与知性精神相交融形成的情思为核心，"展示理想化的以感性形态为主的精神世界的语言创造艺术"就是诗歌的本质或定义。于是，从万千世界诗歌佳作里披沙拣金，网络文学网站流传中据说出自印度大诗人泰戈尔的名诗《世界上最遥远的距离》，即笔者所倡导"现代汉语宽体新格律朗诵诗"的样板，笔者曾在包括本次会议之外的许多诗歌朗诵会上再三吟诵。但是，笔者努力搜索自己所能够查找得到的各种泰戈尔诗集的中文译本，也没有查找到哪个版本里收录有这首诗歌。因此，国内有学者认为，这首诗的作者不是泰戈尔。但无论诗歌作者是否为泰戈尔，都不会影响后续有关诗歌形式问题的讨论。所以，本文将不再论及作者的问题，直接进入我们需要讨论的核心问题。

限于篇幅，这里仅摘录这首诗的前三节，而将全文列于第五章文末的附录，供喜欢诗歌的朋友们对比切磋、细心体会。

世界上最遥远的距离	The farthest distance way in the world
不是生与死的距离	is not the way from birth to the end
而是我就站在你面前	It is when I stand in front of you
你却不知道我爱你	but you don't understand I love you
世界上最遥远的距离	The farthest distance way in the world
不是我就站在你面前	is not when I stand in front of you
你却不知道我爱你	you don't know I love you
而是爱到痴迷	It is when my love is bewildering the soul
却不能说我爱你	but I can't speak it out
世界上最遥远的距离	The farthest distance way in the world

---

① 洛夫先生的上述两段表述是笔者在2011年12月1日于福建省福州市举办的"首届海峡两岸诗歌节"期间，"诗性的旁通与回响——海峡两岸'诗歌与艺术'研讨会"和次日上午新移民笔会上的现场笔录，特此说明。

② 姚朝文:《生命体验诗学论纲》,《佛山大学学报》1997年第5期, 第55页。

不是我不能说我爱你	is not that I can't say I love you
而是想你痛彻心脾	It is after missing you deeply into my heart
却只能深埋心底	I only can bury it in my heart

参加了这场由福建师范大学中文系孙绍振教授做主持人，由中国社会科学院文学研究所当代文学研究室主任杨匡汉研究员做总结，海内外诗人、诗论家、画家们激烈争论的研讨会，让笔者更加坚定地感受到，需要将自己在会上提出的主张写成专文来论证——建设"现代汉语宽体新格律朗诵诗"。无论从诗歌发展的历史还是诗歌发展的现状来看，笔者的理念是：诗与音乐的距离比诗与绘画的距离要近得多。因此，笔者的主张，在这场聚焦于"诗歌与绘画"的论坛上，就显得非主流而独辟蹊径、自成一格了。

一、现代汉语宽体新格律诗提出的背景

建设"现代汉语宽体新格律朗诵诗"不是笔者一厢情愿的理想化主张，而是针对当下中国诗坛的现实生存状态而发出的真诚倡议与痛切呼吁。中国诗坛曾经因为网络传媒的恶搞，出现了诗歌探索中的赵丽华"梨花体"，还有获得鲁迅文学奖的武汉诗人车延高有两首诗歌旧作（《徐帆》和《刘亦菲》）因被传到网络上而被誉为"羊羔体"，两者都成为暴风眼，掀起了轩然大波，其轰动效应丝毫不逊于今日的"贾浅浅体"诗歌。

作为文坛上影响颇大的历史事件，虽然已经过去二十多年了，但是这件事，对中国新诗的发展依然产生着或显著或隐蔽的牵制性影响。在笔者看来，两位诗人上述几首不被诗歌同行或诗歌大众认同的诗歌试作，都涉及一个显著的指向，那就是诗歌如何回到生活中自然、真切、随意而不刻意雕饰的状态。虽然被网络大众一再调侃、解嘲的这几首诗歌并不能代表作者最高或比较高的创作水平，虽然这几首诗歌也确乎不怎么具有令人回味的艺术想象力和回味无穷的效果，但是不能因为这几首尝试的不成功，就断然否定了现代汉语新体诗歌。中国诗坛的发展应取法中国诗歌的源头《诗经》"十五国风"，在语言和内容上都努力靠近民间大众生活。这个方向不能因为个例不成功就轻率论断道路行不通，不能因噎废食，不能以偏概全。

下面列举获得第五届鲁迅文学奖获奖诗人车延高的诗集《向往温暖》里一首表现城市里的农民工返乡后面对乡亲们的心理活动的诗歌《一瓣荷花》，非常富有生活气息和真实感。

一瓣荷花

车延高

我来的时候一朵荷花没开
我走的时候所有的荷花都开败了
像一个白昼轮回了生死
睁开大彻大悟的眼睛
一只是太阳，一只是月亮
脚下的路黑白分明
命运小心翼翼地走
起伏的浪花忽高忽低，揣摸不透
只有水滴单纯，证明着我的渺小
有时，我已穷极一生
只能采下一瓣荷花
而一夜湖风，用一支笛子
吹老了整个洪湖

父亲的庄稼

车延高

　　汶川地震后，水磨镇一位老农，从废墟里
扒出读高中儿子的遗体，背其回家。

还像小时候那样背你
背你回家
那时你像庄稼一样长，现在突然停了
那时就想把你背大，让你自己走
现在只能背你最后一次，你真的走了
孩子，爹不怕重，一步一步
背你回家
山路断了，用脚去缝
房子垮了，这把老骨头还在
日子，还会在你出世的地方出世
孩子，你躺热的床震垮了
爹只能给你修简易的坟
移一棵树做记号

爹百年后，这就是咱们会师的山头

那时，你用灵魂背我老了的灵魂

咱们一同去看那些新建的村落

一同用风吹动稻穗和高粱

在血已经开成花的地方

对视而笑，一起说

好

今年的庄稼长得真好

　　如果说《一瓣荷花》内蕴着轻灵的韵致，那么《父亲的庄稼》则能够潜入中老年读者灵魂深处，拨动你心底最幽深、最脆弱的那一根琴弦，尤其是那些白发送黑发者，或者是子欲养而亲不待的永世遗憾者们！

　　还是由感受新诗真切、自然而不刻意雕琢的风致，转回到诗歌本体属性的追寻。

　　如果我们追溯诗歌发展的源头，就会发现：诗，原本是用来歌唱的！

　　在原始发轫时期"诗、歌、舞"三位一体的时代，诗是歌与词合二而一的产物。歌，是诗发声表演的产物；而用来传达歌与诗的手段，则是曲调。所以，唐代歌行体的代表人物白居易在《琵琶行》里说："未成曲调先有情，别有幽愁暗恨生"，绝非虚言，乃有实指对象和乐理依据。唐诗之所以是那个时代文学种类的代表和文学成就的标志，除了彼时诗赋取士的"高考制度"兼"公务员招考制度"发挥了强大推动作用外，诗歌在士大夫和民间的歌楼酒肆、应酬往还、青楼花街里都十分盛行。用今天的话来说，诗歌是一个时代消费文化的主流、公关服务的基本项目、外交沟通的常见渠道。所以，如果哪位诗人写的诗，不能被之管弦、供歌女艺伎吟唱，那就证明你"不入调"（也就是当今所说的"不入流"），是外行，不具有行业准入资格。后来，韩愈独辟蹊径"以文为诗"，竞押险韵为能事，令歌女们的演唱变得不大容易了。以今目之，也就是说，通俗唱法不匹配，要训练有素的美声唱法高手才可以唱得好。

　　逮至苏轼开启"以文为词"恶兆，以柳永为代表的入乐歌词派遂以大学士擅自主张、破坏词谱声律为由，竭力诋毁之。就连苏门的幕下士都说：柳永词"只好十七八女孩儿，执红牙拍板，唱'杨柳岸，晓风残月'。学士词，须关西大汉，执铁板，唱'大江东去'"。让娇弱女子手拿红牙板做打击器乐，显然只适合演奏轻缈柔蔓的乐曲。但是让这样的时代主旋律器乐给苏轼壮词之杰作《念奴娇·赤壁怀古》配乐，肯定是不搭调的。如此"大江东去"的

11

场景描述，显然是挪揄苏轼违反"诗庄词媚"的传统。① 自从苏轼壮词不再可以入乐演唱，只适合文人朗读后，辛弃疾更开启"以议论为词"的道路，宋词距离歌唱就越来越远了，渐次沦为仅供文人案头吟咏书写的陈设了。即便到了当代，虽然有主张"诗主抒情"或"诗主叙事"的争议，但是没有哪位诗人再奢望每一首像样的好诗都可以当歌词去唱了。至于移民至美国的诗人彭邦桢于 1977 年圣诞之夜创作于纽约的《月之故乡》② 在 20 世纪 80 年代里被谱成名曲，在中国各地八方同唱，实在是少有的案例：

> 天上｜一个｜月亮，
> 水里｜一个｜月亮，
> 天上的｜月亮｜在水里，
> 水里的｜月亮｜在天上。
> 低头｜看｜水里，
> 抬头｜看｜天上，
> 看｜月亮，
> 思｜故乡，
> 一个｜在水里，
> 一个｜在天上。
> 看｜月亮，
> 思｜故乡，
> 一个｜在水里，
> 一个｜在天上。（注：用"｜"表示停顿、节奏，下同）

如果依据当代诗歌研究专家冯国荣的《新诗谱——新诗格式创制研究》中"表八：新诗的基本格式"，将中国百年新诗的诗体格律类型分为 5 大类、至少 106 种来衡量，这首《月之故乡》属于中国现代白话新律诗中白话单元律类别之下的回荡式单元律——现代白话格律诗中格律要求难度最大的一种类别③。

作者彭邦桢创作这首诗的具体情境是：平安夜里诗人经过纽约长岛的一

---

① 俞文豹：《吹剑录》，见姚朝文：《文艺逻辑学》，呼和浩特：远方出版社 2004 年版，第 164 页。

② 熊国华选编：《海外华文文学读本·诗歌卷》，广州：暨南大学出版社 2009 年版，第 159 页。

③ 冯国荣：《新诗谱——新诗格式创制研究》，北京：人民出版社 2010 年版，第 10 页。

个湖边，看到明月高悬、湖面波光荡漾。他忆及自己 28 年来的浮萍游离，有家难归，故土难回，不禁悲从中来。于是，面对着这当空的皓月，一口气写出了这首被广为传唱的名诗。

这首诗与台湾大诗人余光中在 20 世纪 70 年代略早时期发表的《乡愁》有异曲同工之妙。笔者手头有一册新加坡华文作家协会会刊《新华文学》1997 年 5 月号，那一期发表笔者的微篇小说《生死墙》，也刊发了时任香港中文大学教授黄维樑的散文合集《文化英雄拜会记》①。黄维樑与余光中等人于 1966 年从美国获得硕士学位后到香港中文大学创建了中文系，被称为"沙田四才子"。这篇散文记了黄维樑到北京拜会 20 世纪 80 年代被国际学术界号称"东方文化昆仑"的学界泰斗钱锺书先生一事。文中讲述了 20 世纪 70 年代中期，钱锺书先生下放五七劳动干校，一天黄昏放工后看到了《人民日报》海外版的副刊里刊登了余光中的《乡愁》，钱先生就在身边找出仅有的纸片，是九分钱一包的黄金叶牌的卷烟纸盒的背面，用铅笔头将其抄录下来，并在诗末加了一句评语：这首诗可列入当代诗歌传世名作。黄教授很荣幸地讲述了这段文坛诗界的掌故并把这篇文章收入其记述钱锺书、夏志清、余光中的散文合集《文化英雄拜会记》。我也成了最早拜读到这则信息的读者之一。

乡愁

余光中

小时候
乡愁是一枚小小的邮票
我在这头
母亲在那头

长大后
乡愁是一张窄窄的船票
我在这头
新娘在那头

后来啊
乡愁是一方矮矮的坟墓

---

① 黄维樑：《文化英雄拜会记》，香港：九歌出版社 2004 年版，第 10 页。

我在外头
母亲在里头

而现在
乡愁是一湾浅浅的海峡
我在这头
大陆在那头

　　记得2011年12月1日至3日于福建省福州市举办的"首届海峡两岸诗歌节"期间，余光中也到会了。当晚我们在主会场举行新体诗歌朗诵会，他被福建师范大学文学院邀请去校园举办讲座。写到此处，当时的场景回闪在眼前，历历在目。现在看来，依据冯国荣的新诗格律诗标尺衡量，这首名诗是格律诗中的单元律。"所谓单元律是指由一个个经过特殊组合处理的小单元同格反复而组成的白话新律诗。"冯教授的专著中也收录了这首诗，并在诗后加了评语"它由四句组成一个小单元，同格反复四次，也很有规律"①。

　　笔者也做过类似诗体的尝试。早年多番模仿余光中，总觉得自己是画虎不成反类犬，仿制者往往能够做到形式上的相似或逼真，但毕竟徒有形式，内涵不足，缺乏个性、独创性，缺少自己独到的生命体验。直到2017年夏秋之交，笔者经历了痛失双亲、肝肠寸断之苦后，写下了诗篇《家乡——他乡》。当时情深意切之至，没有食欲，无法入眠，深夜中时时惊厥而醒，不倾吐出心中的郁结就无所措手足，于是一气呵成。多年后冷静地回顾，发觉自己的这首习作也是押韵而适合朗诵的单元律，而且多多少少有《月之故乡》和《乡愁》的影子。

家乡——他乡

姚朝文

父亲走了，
家乡就成了——故乡；
母亲又走了，
故乡又成了——他乡。

为梦中念念不忘的理想

---

　　① 冯国荣：《新诗谱——新诗格式创制研究》，北京：人民出版社2010年版，第33 - 35页。

负笈远游，到海滨南疆
总算挤出闲暇时间归乡
皱纹刻满了父母额、眼、脸
自己？万亿的情感债王！

少壮志当拿云漂泊万里
纵有等身的著作与荣誉
又怎能换回追思的悲伤
原来的他乡是现在的家
原来的家乡是现在的它

父亲走了，
家乡变成了——故乡；
母亲又走了，
故乡又变成了——他乡！

2017 年 8 月 26 日感喟于广东佛山季华园

　　这首诗，首尾两部分都是四行，构成呼应，句式相同，复沓中又有词义的变化。中间的第二、三部分都是十字句、五行分段，全诗节奏停顿均齐整饬，押尾韵，便于默读回味，更便于朗诵、吟唱。

　　那么，继续深究一步，试问当今的诗歌又与流行音乐的歌词究竟有什么区别呢？

　　大体来说，相比较而言，诗歌注重整体意境、讲究精练传神、主张言有尽而意无穷，还注重视觉上整体诗行的结构构造；而歌词则注重零散的意象、朗朗上口、通俗明了、一听就记住、一记住就能唱出，简单的话语可重复传唱。这种基本分野，固然让诗人们可以在象牙塔里自视甚高，目空歌词作者的浅俗。当代部分诗人不认可张艺谋执导的电影《满城尽带黄金甲》里以唱红全国的歌词《青花瓷》为诗，坚持的依据是唱词很有古典韵味，但只有零散的意象，缺乏整体的意境。细细揣摩、回味方文山作词的《青花瓷》就能体会到，严格细加考究的话，它这种丽词锦语如拼贴画一般落英缤纷地叠加在一首需要歌咏的乐章里，确乎更适合于唱词，而不类诗，缺少一个聚焦的"主脑"、神思！

　　天青色等烟雨　而我在等你/炊烟袅袅升起　隔江千万里/在瓶底书汉隶仿前朝的飘逸/就当我为遇见你伏笔//天青色等烟雨　而我在等你/月色

被打捞起　晕开了结局／如传世的青花瓷自顾自美丽／你眼带笑意／／……／／天青色等烟雨　而我在等你／月色被打捞起　晕开了结局／如传世的青花瓷自顾自美丽／你眼带笑意／／

如果从当代接受群体的审美趣味潮流来思考的话，我们今天也可以采用逆向思维来反观这一现象，那么结论可能恰恰相反：如果当代诗歌不能赢得广大的读者，这种把历史上本来就是由诗人担当歌词作者的天然使命拱手让给了今天并没有"历史正统血脉家法"的歌词作者们，是不是诗人们自己的失职呢？

二、现代汉语宽体新格律诗的实践

建设"现代汉语宽体新格律朗诵诗"的主张，具有中国现代汉语诗歌创作经验的积累和理论总结相承续的血统。

自20世纪20年代初新诗发轫，针对新体诗歌更近似民间歌谣和口语打油诗的困窘而提出创造新格律诗的闻一多、徐志摩，50年代探索新诗格律化的何其芳，创作上探索辞赋体新诗的郭小川，都是我们的宗师和先驱。在中国新诗发展史上，陆志伟是写现代格律诗的前驱，而奠定现代格律诗基本理论主张的是闻一多"建筑美、音乐美、绘画美"的美学理想。虽然自由诗的热衷者讥讽闻氏的格律是"豆腐干体"，但是经过四十多年后，著名诗人兼翻译名家卞之琳撰文指出："以说话的调子，用口语来写干净利落、圆顺洗练的有规律的诗行，则我们至今还没有谁能赶上闻、徐旧作，以至超出一步。"[①]

今天看来，胡适之的《兰花草》是其《尝试集》中唯一可称道的诗：

我从山中来带着兰花草／种在小园中希望花开早／一日看三回看得花时过／兰花却依然苞也无一个／／转眼秋天到移兰入暖房／朝朝频顾惜夜夜不相忘／期待春花开能将夙愿偿／满庭花簇簇添得许多香／／

闻一多的《一句话》更富有诗体排列的建筑美：

有一句话说出就是祸，
有一句话能点得着火。

---

① 卞之琳：《完成与开端：纪念诗人闻一多八十生辰》，《文学评论》1979年第3期，第72页。

别看五千年没有说破，
你猜得透火山的缄默？
说不定是突然着了魔，
突然青天里一个霹雳，
　　爆一声：
　　"咱们的中国！"

这话叫我今天怎么说？
你不信铁树开花也可，
那么有一句话你听着：
等火山忍不住了缄默，
不要发抖，伸舌头，顿脚，
等到青天里一个霹雳，
　　爆一声：
　　"咱们的中国！"

　　徐志摩的《再别康桥》则具有错行对仗的美感，变化中又保持了整饬、均齐，流畅而不呆板。

轻轻的我走了，
　　正如我轻轻的来；
我轻轻的招手，
　　作别西天的云彩。

那河畔的金柳，
　　是夕阳中的新娘；
波光里的艳影，
　　在我心头荡漾。

软泥上的青荇，
　　油油的在水底招摇；
在康河的柔波里，
　　我甘心做一条水草！

那榆荫下的一潭，

17

　　　　不是清泉，是天上虹；
　　　　　揉碎在浮藻间，
　　　　沉淀着彩虹似的梦。

　　　　寻梦？撑一支长篙，
　　　　　向青草更青处漫溯；
　　　　满载一船星辉，
　　　　　在星辉斑斓里放歌。

　　　　但我不能放歌，
　　　　　悄悄是别离的笙箫；
　　　　夏虫也为我沉默，
　　　　　沉默是今晚的康桥！

　　　　悄悄的我走了，
　　　　　正如我悄悄的来；
　　　　我挥一挥衣袖，
　　　　　不带走一片云彩。

　　如果说《兰花草》暗合后来者闻一多创制的"豆腐干体"，《一句话》就略有错落了，《再别康桥》则采用所有偶数行都比奇数行后撤一个字的空间布局，体式为对应中又能错落有致。

　　其实，在 20 世纪 30 年代里以写新自由诗《生活是多么广阔》《我为少男少女们歌唱》而成名的何其芳，在 1944 年就在《谈新诗》一文里表明了他转向格律诗的立场："从前我是主张自由诗的，因为那可以最自由地表达我自己所要表达的东西。但是现在，我动摇了。因为我感到今日中国的广大群众还不习惯于这种形式，比较不容易接受这种形式。而且，自由诗的形式本身也有其弱点，最易流于散文化。"[1] 到了 50 年代，何其芳更提出具体的建设新诗格律规则的主张："按照现代的口语写的每行的顿数有规律，每顿所占时间大致相等，而且有规律地押韵。"[2] 这是前辈诗人兼诗歌理论家留给后世十分宝贵的诗学遗产。闻一多在美国攻读的是绘画硕士学位，又是篆刻金石印章的

---

　　① 何其芳：《何其芳文集》第 4 卷，北京：人民文学出版社 1983 年版，第 62 页。
　　② 何其芳：《关于现代格律诗》，见《何其芳选集》第 2 卷，成都：四川人民出版社 1979 年版，第 153 页。

高手，所以创作诗歌并上升为诗学理论时，首推建筑美即诗歌通篇的结构布局的整饬。何其芳早年成名于《新月》和《现代》杂志上发表的诗作，他本人又多愁善感，精神上与唐代的李商隐十分契合①，特别擅长营造诗歌中梦的境界，一如他出版的散文集《画梦录》，所以他的诗歌理论更偏重语言的辞藻美和音乐性。值得一提的是，提倡新诗散文美而不讲究结构与押韵的艾青，"中后期创作显然出现了半格律化倾向"②。"冯至开创了新诗的沉思的一面，有着里尔克的深度和梵高的松柏的沉郁；何其芳诗语的丰富和优美今天读来仍是审美的享受；卞之琳的机智与口语的奇妙结合给予他的诗以独特的个性；闻一多的诗语的建筑美建立了和艾青式的流畅的散文诗线条相对称的诗学的平衡。"③何其芳的《生活是多么广阔》首节与末节之间构成了内容和形式的双重呼应。

> 生活是多么广阔，
> 生活是海洋。
> 凡是有生活的地方就有快乐和宝藏。
>
> 去参加歌咏队，去演戏，
> 去建设铁路，去做飞行师，
> 去坐在实验室里，去写诗，
> 去高山上滑雪，去驾一只船颠簸在波涛上，
> 去北极探险，去热带搜集植物，
> 去带一个帐篷在星光下露宿。
>
> 去过极寻常的日子，
> 去在平凡的事物中睁大你的眼睛，
> 去以自己的火点燃别人的火，
> 去以心发现心。
>
> 生活是多么广阔，
> 生活又是多么芬芳。

---

① 董乃斌：《超越时空的心灵契合——论何其芳与李商隐的创作因缘》，《文学评论》2002 年第 5 期，第 7 页。

② 吕进：《二十世纪下半叶的中国新诗研究》，《文学评论》2002 年第 5 期，第 78 页。

③ 郑敏：《中国新诗八十年反思》，《文学评论》2002 年第 5 期，第 70 – 71 页。

凡是有生活的地方就有快乐和宝藏。

20世纪80年代的中国诗坛，探索现代格律诗的势头可谓高潮迭涌。"诗评家们相继推出好几本现代格律诗论著，以许可、许霆的成就最为显著，导致了90年代初中国现代格律诗研究会宣告成立。"[①]

因此，提出建设"现代汉语宽体新格律朗诵诗"的主张，当然具有中国现代汉语诗歌创作经验的积累和理论总结相承续的血统。

三、现代汉语宽体新格律诗的诗体规则

建设"现代汉语宽体新格律朗诵诗"的主张，更具有中国现代汉语诗歌实践成果的支撑。

例如，相似的诗思、相似的遣词造句方式，在海外华人诗歌中会惊人地反复呈现，不绝如缕。北岛（原名赵振开）的《零度以上的风景》依然延续了创作于1976年的名诗《一切》的余韵："是鹞鹰教会歌声游泳/是歌声追溯那最初的风……是笔在绝望中开花/是花反抗着必然的旅程/是爱的光线醒来/照亮零度以上的风景"[②]。

回答

北岛

卑鄙是卑鄙者的通行证，
高尚是高尚者的墓志铭。
看吧，在那镀金的天空中，
飘满了死者弯曲的倒影。

冰川纪过去了，
为什么到处都是冰凌？
好望角发现了，
为什么死海里千帆相竞？
……
如果海洋注定要决堤，
就让所有的苦水都注入我心中；
如果陆地注定要上升，

---

① 吕进：《二十世纪下半叶的中国新诗研究》，《文学评论》2002年第5期，第80页。
② 熊国华选编：《海外华文文学读本·诗歌卷》，广州：暨南大学出版社2009年版，第209页。

就让人类重新选择生存的峰顶。

新的转机和闪闪星斗，
正在缀满没有遮拦的天空。
那是五千年的象形文字，
那是未来人们凝视的眼睛。

　我们知道古代诗人可以采用严格的格律诗来应酬问答，其实现代诗也能够做到这一点，不过往往不是最严格的现代格律诗，而是押韵也讲究排比或对仗、复沓的半自由体诗，而且常常是口语散文化倾向明显的自由诗。例如，北岛的《一切》和舒婷回答北岛《一切》的《这也是一切》。

一切

北岛

一切都是命运
一切都是烟云
一切都是没有结局的开始
一切都是稍纵即逝的追寻
一切欢乐都没有微笑
一切苦难都没有泪痕
一切语言都是重复
一切交往都是初逢
一切爱情都在心里
一切往事都在梦中
一切希望都带着注释
一切信仰都带着呻吟
一切爆发都有片刻的宁静
一切死亡都有冗长的回声

著名女诗人舒婷对北岛该诗作的回答也是现代汉语的格律诗体。

这也是一切
——答一位青年朋友的《一切》

舒婷（龚佩瑜）

不是一切大树
　　都被风暴折断；
不是一切种子
　　都找不到生根的土壤；
不是一切真情
　　都流失在人心的沙漠里；
不是一切梦想
　　都甘愿被折掉翅膀。

不，不是一切
都像你说的那样！
不是一切火焰
　　都只燃烧自己
　　而不把别人照亮；
不是一切星星
　　都仅指示黑暗
　　而不报告曙光；
不是一切歌声
　　都掠过耳旁
　　而不留在心上。
不，不是一切
都像你说的那样！

不是一切呼吁都没有回响；
不是一切损失都无法补偿；
不是一切深渊都是灭亡；
不是一切灭亡都覆盖在弱者头上；
不是一切心灵
　　都可以踩在脚下，烂在泥里；
不是一切后果

都是眼泪血印，而不展现欢容。

一切的现在都孕育着未来，

未来的一切都生长于它的昨天。

希望，而且为它斗争，

请把这一切放在你的肩上。

1977 年 7 月 25 日

　　现代汉语因为是双音节或多音节，无法像唐诗那样讲究平仄，讲究单字对单字的平、上、去、入。但是，采用双音节的词与词、词组与词组、短句对短句的排比、对仗反倒是现代汉语转弱为强的优势，可以营造出排山倒海、一往无前、凛凛生威的折服人心之力。

　　绝非巧合，这种诗风在雪阳的《多少世纪》里有着精神上的契合①，因而在精神气质上可以说是又一个北岛的《一切》与《回答》：

多少不该发生的灾难都已经发生

多少可以避免的不幸却重复降临

多少黄金岁月的梦一一成为泡影

多少如期而至的幸福却留下伤痕

多少正直的人承受了屈辱的命运

多少无耻的人却顶着新奇的光荣

多少小丑跳出了人类的新纪录

多少冤魂在新世纪的门前游动

多少谎言曾经飘满天空

多少废话像春季的花朵流行

多少心里话在心里腐烂了

多少真理累死了传递真理的人

多少次激动人心原来是误会

多少场轰轰烈烈原来是噩梦

多少种敌人在金钱里隐姓埋名

---

　　① 熊国华选编：《海外华文文学读本·诗歌卷》，广州：暨南大学出版社 2009 年版，第 268 页。

多少条出路在昏暗中悄悄失踪

多少纯正的爱成了爱的陷阱
多少受害者也曾经同样害人
多少江河水无望地流进大海
多少无根的云默默地寻找虚空

回首多少个世纪不堪回首
是泪纷纷是雨纷纷是血纷纷？
回头哪里是岸一派朦朦胧胧
泪也纷纷雨也纷纷血也纷纷……

　　华人诗人王性初在赴美国移民局办理签证时，忽然产生了诗情的灵感，写下了《一颗行星的自白》。这首诗既是《孤之旅》中的第四首，又成为他一本诗集的书名。他以行星自喻："既贴近又遥远/既遥远又贴近/从眼前离开又飘向宇宙/由太阳系又堕入黑洞"。如果说这里的格律特点还不是十分显著的话，那么请看《王性初短诗选》（中英文对照版）第一首《宇宙里有两个声音》① 兼用复沓和回文，清新纯真、温馨动人，是现代新体格律诗探索中可喜的收获之一：

我是一颗星吗
悄悄地　你问

在蓝湛湛的天庭
有千万个知心
整夜里相互照应
　呵　我是一颗星吗
　噢　我是一颗温暖的星

不甘于默默地沉沦
常提着晶莹的灯
整夜里酝着梦的光明

---

　　① 张诗剑主编：《王性初短诗选》（中英文对照版），香港：银河出版社 2002 年版，第10 页。

呵 我是一颗星吗
噢 我是一颗纯真的星

把心架在夜里燃烧
从黄昏亮到黎明
履行着爱的使命
呵 我是一颗星吗
噢 我是一颗多情的星

悄悄地 我问
你也是颗星吗

如此灵透纯情、清新俊逸的诗作，直接能把读者召唤回少年时代的美好韶光之中。

这些诗歌像唐代格律诗那样追求每个字、每一行诗句之间严格的平仄、对仗和押韵，却能立足于整篇诗歌的整体布局，采用相同或相似的句法组合方式，各行或跳行押韵，形成整篇呼应或回环的诗法，同时又采用平易亲切的现代口语。这种诗歌构造法，就是笔者所主张的建设"现代汉语宽体新格律朗诵诗"的基本诗学要素：之所以强调"现代汉语"，是因为不主张开历史的倒车，即重新采用文言文写旧体格律诗（尽管在当前，我国民间成立的"古典诗词学会"组织甚多，而笔者本人也曾乐此不疲地试写旧体诗歌）；之所以强调"宽体"，是因为现代汉语是多音节（尤其是双音节词汇）为主的句式，不同于古汉语以单字为主体的句法结构，希望用现代汉语写出唐代格律诗那样逐字逐句对仗工整的诗句，少数情况下是可以的，但多数情况下是做不到的（暂且不考虑当今诗人写古体诗的才艺是否比得上古人）；之所以强调"新格律"，是因为现代汉语的多音节字词带来的语言节奏变化很大，不能像古诗那样以字节为音韵节奏单位，而应该取法于何其芳所指出的那样，以"顿"为音节单位，如果每首诗采用通行的二、四、三、八行句子为一节，每节里的每一句采用两三个或多个停顿（也可以两个与三个停顿交替复沓运用，造成回环往复、余音绕梁的效果），那么通篇的句式和语势就非常和谐均齐了；之所以强调"朗诵诗"，是因为采用朗朗上口的口语，才容易拉近诗歌、诗人与普通欣赏者之间的距离，不仅要重新赢得那些已经只习惯于用眼睛来看的读者群体，而且要培养、召唤、激发、造就诗歌的听众！须知听众永远多于读者，读者只能一个一个去读文本案头的作品，而听众的范围可以小到一个教室，大至大型表演厅、盛大的广场，还可以通过有声网络、电视和广

播跨越时间和地域的限制而远达五洲四海。我们固然需要一些只有寥寥数人才懂的哲理诗、玄言诗（古代早就有了，也同样曲高和寡），但更需要掌握当今社会大量的接受群体。在这个接受群体中，我们重视的次序显然应该是听众第一、读者第二，而不是相反，更不是几乎完全忽视了听众。笔者自己在大学教坛、论坛、聚会，乃至旅游中做过数十次不同类型的对比试验，深知这是朴素无华却很重要的真理。当前的社会大众固然远离了诗歌，尤其是现代诗歌，但是，一旦你能给他们呈现出优秀的现代诗歌，他们表现出的热情和共鸣又会常常超出我们诗歌研究者和创作者们的预料。因此，笔者发现，其实是现代汉语诗歌，尤其是现代诗人们，远离了本来应该是鱼水关系的诗歌接受群体，长期以来都在画牢自囿地忽视、背离、抛弃我们的接受群体。再加上互联网传播技术手段客观上产生了对书面文本巨大冲击，使得那些满足于书面读者的现代汉语诗人群体几乎丧失了最后一块根据地，诗歌成了诗人们相互之间相濡以沫的边缘文学样式。记得20世纪90年代的中国诗坛，曾经流行这样一句调侃的话——"写诗的比读诗的多许多倍"，这样的评价既是评论界对诗歌创作和接受状况的调侃，也是许多地区俨然存在着的尴尬现实之形象写照。

十分痛惜的是，当前的现代汉语诗歌创造活动中，这种格律化的追求显然不是主流。当下的现代诗传承的是英美现代主义潮流强调知性（即智性，也就是理性）、经验，排斥浪漫抒情的主张，既有反对"现代派"的"冷抒情""反意象""回到事物本身"的还原性写作，也有承续"朦胧诗"唯美、感伤的深度抒情风格，从"圆明园"诗派歌行长句诗风，到骆一禾的"品性高古"，再到柏桦、张枣沉湎于梦和回忆的超现实风格[①]。在笔者工作的地域，也有从郑启谦等"岭南水乡诗人"到张况等标举的"新古典主义"诗歌、房东恪守的"零度客观写作"道路等，特色各异、风格不同，头角峥嵘、景观绚烂，凡此种种、不一而足。

回顾新诗的探索历程就会发现，我们以往习惯于采用单极思维方式对纷繁杂呈的事物做二元对立的归纳和舍此取彼的判断。例如，"中国现代主义诗学表现出相对于古典诗学的重大转换，就某些特定角度而言，可以表述为：从'意境化'到'戏剧化'，与此相关，则还有从'空间性'到'时间性'，从抒情性到叙述性，从主观性到客观性和间接性，从'纯诗'到'不纯诗'

---

① 陈旭光：《中西诗学从对立走向融合——论20世纪中国现代主义诗歌的"诗学革命"》，《北京大学学报》（哲学社会科学版）2000年第5期，第49页。

等"①。这种论断显然是一种"深刻的片面"。相比较这种有限定而审慎的判断而言，有的诗人认为中国新诗的发展就是"从音韵到意象再到叙述的过程"，"在意象代替了音韵之后，现在应该用叙述来取代意象"。②

面对非此即彼的极端化、片面性判断，资深诗评家孙绍振先生基于丰富的新诗发展的历史经验，做了圆通的阐释："哈雷虽然以'叙述'来概括他的诗歌创作，但哈雷笔下的叙述，更多的是通过现实的一种突发的关系，揭示关系背后的永恒美感，与当下的后现代的叙述方式同型而异质。"③

记得诗论家沈奇在《中国诗歌：世纪末论争与反思》文末提出："就诗的创作而言，更须拒绝高蹈与傲慢，转换话语，落于日常，回归素朴与坚实，培养读众也亲近读众。"④ 当今中国，比较显耀的诗人们的确是将话语转换为日常口语的大白话了，却失去了诗性和诗味。除了本文开头提及的败坏诗歌神性与美感的两大热门现象外，某西北名诗人的《大雁塔》写作者应朋友之约打出租车到大雁塔旁的大酒店吃饭，快到终点的时候，司机刹车失灵撞死了一位老人。通篇都是大白话，亦即标准的断行散文。令人无可怀疑地认为，这种"诗歌"比不分行的同题散文的语感更要寡淡到不忍卒读。笔者诚恳地想请这些"诗人"们读一下 20 世纪 40 年代就已经成名的七月诗派诗人郑敏在 2002 年发表的《中国新诗八十年反思》时指出的诗坛低劣现象："90 年代的中国新潮诗多不涉及宏大主题，远离非个人的、世界的或人类命运等一类严肃问题的探讨。津津乐道的是日常的都市生活琐事，或个人的一些内心活动，诗的天地走向反崇高和纯个人化的狭窄途径。诗歌语言或泛散文化，或采用冗长的翻译句型，或唠唠叨叨，缺乏生命的闪光和想象力的飞翔。"⑤ 光阴虚度至 2022 年秋月了，当今诗坛变本加厉地犯着老诗人兼资深诗歌研究家一再指出的顽疾。

因此，我们深感诗坛需要再次拨乱反正，需要恢复诗歌感人的本质，需要诗歌回到接受大众群体中和有真情实感而鼓舞人心的状态中去，需要将诗歌的形式和内容经营得不能被散文替代甚至鄙视。恰恰相反，诗歌的艺术含量和地位本来就应该远远地高于散文。

① 陈旭光：《中西诗学从对立走向融合——论 20 世纪中国现代主义诗歌的"诗学革命"》，《北京大学学报》（哲学社会科学版）2000 年第 5 期，第 50 页。
② 刘登翰：《诗性的倾诉——谈哈雷诗集〈零点过后〉》，见孙绍振编：《诗歌哈雷》，福州：海峡文艺出版社 2011 年版，第 9 页。
③ 庄伟杰：《诗意栖居，诗人角色与诗歌信仰——哈雷、伊路诗歌对读兼对福建诗歌现状的思考》，见孙绍振编：《诗歌哈雷》，福州：海峡文艺出版社 2011 年版，第 18 页。
④ 沈奇：《中国诗歌：世纪末论争与反思》，《东方文化》2000 年第 5 期，第 101 页。
⑤ 郑敏：《中国新诗八十年反思》，《文学评论》2002 年第 5 期，第 72 页。

执是之故，笔者不揣冒昧，特此倡导建设"现代汉语宽体新格律朗诵诗"，诚冀同道者共同努力，也希望偏爱自由诗者本着"咸菜萝卜各有所爱"的态度，多关注、多理解、多包容。笔者绝对没有如下偏执的私念：诗国里只能容许格律诗存活，让自由体新诗灭绝。不！笔者不仅没有这个能耐，更不敢有如此偏狭的念头！何况依据卞之琳先生的回忆："其实闻一多先生从不反对写自由体诗，只是自由体诗也要有广义上的节奏，或者即使'现代化'到不讲究旋律也罢。"①

---

① 卞之琳：《完成与开端：纪念诗人闻一多八十生辰》，《文学评论》1979 年第 3 期，第 74 页。

第二章　新格律诗的形体构造样式

　　兼治古典诗歌和现代新诗的专家冯国荣教授曾得郭沫若指点诗歌与书法，又与 20 世纪 80 年代成名的朗诵诗代表纪宇等诗人一起写诗、谈诗，走上诗歌创作道路。他在青岛大学的中国诗歌研究中心数十年如一日专心研究诗歌的格式与韵律，是既能创作又能总结千百名家创作道路轨迹、形式探索、心中感喟的真正行家里手。他在《新诗谱——新诗格式创作研究》中总结出新诗格式创制的 5 大类 106 小类的新诗体和征引上千篇古今名作①，兼及自身"现身说法、亲身证道"。因此，他所得出的诗歌体制门类与规律既有明确的内在规定性，又给每一位诗歌创作、评论的探索者留下了广阔而巨大的空间，启发我们持续试验、探索。新诗不像中国古典诗歌（尤其是唐诗宋词元曲）那样拘泥于僵硬刻板的声调、平仄，导致后人虽然能够习练掌握，但始终是被动的模仿者、不自由的二传手。因此，百年来写古典格律诗的当代人很多，除了极个别的政治家、烈士、曲词作家和已经声名煊赫者能够"以名附诗"而非"以诗名人"外，当代的中国古体诗创作确乎没能够流传下来多少原创性的名作。

　　本章主要在冯国荣教授做出的分类与总结的基础上，结合笔者的研究心得和创作实践的体会，继续讨论现代汉语新诗的格律诗形态（即样式）谱系与类别在实践中的成效。

　　冯国荣在该书的自序里提纲挈领地概述了他的如下主张：

　　　　新诗音乐性对于古诗音乐性的整体更新。新诗不仅更自由，而且解决了比古诗更精炼、更难的问题。尚有一个音乐性的问题。新诗是以顿这个语辞组合为单位的。无数脍炙人口的现代歌曲已充分证明作曲界已经创制成熟了适应这种"单位"的新的音乐规范，歌唱审美及其传播也远远超过了古代诗词曲。现代朗诵艺术也创造了与古诗朗诵艺术很不一

---

　　① 冯国荣：《新诗谱——新诗格式创制研究》，北京：人民出版社 2010 年版，第 22 页。

样的白话诗朗诵规范，以顿这个语辞组合为单位，根据内容、情绪、语气等需求自然地处理。尤其需要指出的正是新诗千变万化的自由给了作曲家进行个性创作的可能。如果仅仅是固定的一些词、牌是不可能千变万化地创作的。新诗音乐性也由此进入比古诗音乐性广阔得多的新天地。现代歌曲与现代朗诵艺术的成熟标志着新诗音乐性完成了对于古诗音乐性的整体换代。

在我看来，"完全随意绪而行的打破常规排列的自由诗""比古诗还小且远比古诗自由、随意、灵动的小诗""运用多种手段相对自由地用句用韵的半自由诗""回荡式单元律""拟古新诗中的拟信天游等"这五种诗是新诗格式中最具特别性、最成熟、最有代表性的格式，再加上新诗音乐性体系的完成，使新诗在自由精炼、难度及音乐性上全面超越古代诗歌，至少完全可以与古代诗歌平起平坐，已经拥有古诗不可企及的优势。

百年新诗，有包括五个系列 106 种小类这样气势磅礴的创制，有如此之多的浩浩荡荡的脍炙人口的名家名作，有古诗、外国诗所没有的一整套规则、特性、优势与难度，而且新诗全方位汲取了中国古诗、外国诗的长处，做到了古代与国外已有的新诗都有（除了不必汲取的声调平仄之类，详见本书上编的专门考证），古代与国外没有的新诗还有。而且，用新诗的这些格式写的歌词以前人不能想象的规模广为传唱，创造了古人不能想象的音乐审美，成为融化在亿万中国人血液中的文化印记。新诗应该可以理直气壮地宣告自己的成熟和超越，理直气壮地傲视古诗、傲视外国诗。这应该就是新诗的底气、自信——新诗的尊严。①

在后面展开的论述中，笔者将依据上述诗学新定位，展开讨论新格律诗主要受到规范制约的顿、韵律、排列格式三个方面的问题。

一、新格律诗关于顿的要求

即便是新诗中的自由诗，也有着内在节奏的追求。如果无韵、无节奏、无格律、无章法限制，只要是分行排列就可以名曰诗，这实在是对诗歌的误解，只能称为断行的散文。

诗，除了在内容方面要求思维的跨越性、想象的超越性、具象的精炼含蓄性，对生活哲理的感悟与表达充满灵动的智性，在形式方面要求语言的双

① 冯国荣：《新诗谱——新诗格式创制研究》，北京：人民出版社 2010 年版，第 7 - 10 页。

关、谐音、鲜活、具体、洗练之外，它还特别强调语言富有音乐的节奏。闻一多先生为中国新诗确立了"三美"理论（音乐美、绘画美、建筑美），笔者以为，这"三美"分别对应的就是节奏、韵律（音乐美），辞藻、色彩（绘画美），句式、排列（建筑美）。笔者特意找到闻一多先生最早发表在《北京晨报·副刊》上的《诗的格律》原文，看看中国新诗格律体的开创者当初究竟是怎么论述这个问题的。兹摘录与本节题目相关的《诗的格律》第二部分的论述：

　　前面已经稍稍讲了讲诗为什么不当废除格律。现在可以将格律的原质分析一下了。从表面上看来，格律可从两方面讲：（一）属于视觉方面的；（二）属于听觉方面的。这两类其实又当分开来讲，因为它们是息息相关的。譬如属于视觉方面的格律有节的匀称，有句的均齐。属于听觉方面的有格式，有音尺，有平仄，有韵脚；但是没有格式，也就没有节的匀称，没有音尺，也就没有句的均齐。

　　关于格式，音尺，平仄，韵脚等问题，本刊上已经有饶孟侃先生《论新诗的音节》的两篇文章讨论得很精细了。不过他所讨论的是从听觉方面着眼的。至于视觉方面的两个问题，他却没有提到。当然视觉方面的问题比较占次要的位置。但是我们的文字是象形的，我们中国人鉴赏文艺的时间，至少有一半的印象是要靠眼睛来传达的。原来文学本是占时间又占空间的一种艺术。既然占了空间，却又不能在视觉上引起一种具体的印象——这是欧洲文字的一个遗憾。我们的文字有了引起这种印象的可能，如果我们不去利用它，真是可惜了。所以新诗采用了西文诗分行写的办法，的确是很有关系的一件事。姑无论开端的人是有意还是无心的，我们都应该感谢他。因为这一来，我们才觉悟了诗的实力不独包括音乐的美（音节），绘画的美（辞藻），并且还有建筑的美（节的匀称和句的均齐）。这一来，诗的实力上又添了一支生力军，诗的声势更加扩大了。所以如果有人要问新诗的特点是什么，我们应该回答他：增加了一种建筑美的可能性是新诗的特点之一。

　　……诚然，律诗也是具有建筑美的一种格式；但是同新诗里的建筑美的可能性比起来，可差得多了。律诗永远只有一个格式，但是新诗的格式上层出不穷的。这是律诗与新诗不同的第一点。做律诗无论你的题材是什么？意境是什么？你非得把它挤进这一种规定的格式里去不可，仿佛不拘是男人，女人，大人，小孩，非得穿一种样式的衣服不可。但是新诗的格式是相体裁衣。例如《采莲曲》的格式决不能用来写《昭君出塞》，《铁路行》的格式决不能用来写《最后的坚决》，《三月十八日》

的格式决不能用来写《寻找》。在这几首诗里面，谁能指出一首内容与格式，或精神与形体不调和的诗来，我倒愿意听听他的理由。试问这种精神与形体调和的美，在那印板式的律诗里找得出来吗？在那乱杂无章，参差不齐，信手拈来的自由诗里找得出来吗？

律诗的格律与内容不发生关系，新诗的格式是根据内容的精神制造成的，这是它们不同的第二点。律诗的格式是别人替我们定的，新诗的格式可以由我们自己的意匠来随时构造。这是它们不同的第三点。有了这三个不同之点，我们应该知道新诗的这种格式是复古还是创新，是进化还是退化。

……这里每行都可以分成四个音尺，每行有两个"三字尺"（三个字构成的音尺之简称，以后仿此）和两个"二字尺"，音尺排列的次序是不规则的，但是每行必须还他两个"三字尺"两个"二字尺"的总数。这样写来，音节一定铿锵，同时字数也就整齐了。所以整齐的字句是调和的音节必然产生出来的现象，绝对的调和音节，字句必定整齐（但是反过来讲，字数整齐了，音节不一定就会调和，那是因为只有字数的整齐，没有顾到音尺的整齐——这种的整齐是死气板脸的硬嵌上去的一个整齐的框子，不是充实的内容产生出来的天然的整齐的轮廓）。

这样讲来，字数整齐的关系可大了，因为从这一点表面上的形式，可以证明诗的内在精神——节奏的存在与否。①

闻一多先生在这篇文章里首次提出了新诗格律的"三美"理论主张，论述十分清晰明确、信息量很大，给我们后继者良多启迪，有的论述内容也涉及后面两节需要讨论的问题。但为了读者尽可能完整地理解这位开创者的思想与文章气脉，先在这里集中胪列，后面具体分析的时候不再一一标注。

在这篇文章的第一部分里，闻一多先生反复强调"格律就是节奏。讲到这一层便可以明了格律的重要；因为世上只有节奏比较简单的散文，决不能有没有节奏的诗。本来诗一向就没有脱离过格律或节奏。这是没有人怀疑过的天经地义"。

确立格律或节奏属于诗歌的本性，不容怀疑、义无反顾，这是闻一多的理论贡献。他不仅反驳了质疑派的观点，而且列举了正反两类诗歌，从诗歌创作与鉴赏的实践效果立论来加以验证。为了进一步增强说服力，他在上述引文之后，又拿出他的代表作之一《死水》为例来具体分析。他愿把自己作为试验解剖的人体模型。这种夫子自道、现身说法，披肝沥胆、抉心自食的

---

① 闻一多：《诗的格律》，《北京晨报·副刊》，1927 年 5 月 13 日。

榜样力量，值得我们后继者尽力效法。鲁迅一直主张，作家在发表作品前可以征求同道者、亲友们的意见，作为修改完善的借镜；一旦发表，就属于公众了，说好说坏任由公众，作者最好保持沉默。这很有道理，也是洞悉人情世故的箴言。因为，作者评价自己的作品，总有王婆卖瓜之嫌，说好说坏都脱不了嫌疑。论及诗歌，尤其是主体色彩更强于旧体诗的新诗，公众也有可能质问那些自诩"客观、中立"的评论者——"子非鱼，安知鱼之乐？"相对来说，与鲁迅的冷抒情方式判然有别的闻一多，显然属于热抒情的诗人，虽然他比郭沫若"火山爆发"、烧焦自己的"狂飙突进、炽烈喷发"相对"冷"了许多。但为了把自己总结出的艺术真谛能表达得淋漓尽致，他不惜摊开自己的心脏来解剖！好在这种飞蛾扑火，尚能"耐得住火山的缄默"（如他的名诗《一句话》结尾的名句），解剖后的结论是："我觉得这首诗是我第一次在音节上最满意的试验。"

引文中也涉及同一事物的不同命名——"关于格式，音尺，平仄，韵脚等问题"。就当代中国普通大众而言，接受过物理学、音乐学的教育，基本上习惯了"节奏"的称呼。但是，在新诗探索之初，究竟该叫音步、音尺、节奏、节拍还是顿？其中的哪一个更贴切？对此，诗歌界曾发生了激烈的争论，道路并不平坦。师从梁启超、王国维、赵元任，获巴黎大学博士学位的汉语语法学大家王力先生著有《现代诗律学》，其中的论述长期不受诗歌界重视，现在回顾弥足珍贵："最使一般人感觉不惯，甚至不承认的是诗的，仍是无韵的诗……所以咱们不能否认无韵诗的存在。不过，莎士比亚和弥尔顿诸人的无韵诗，和后来惠特曼他们所提倡的无韵诗，在结构上有很大的分别。莎士比亚和弥尔顿诸人的无韵诗虽然不用韵脚，却是讲究音步的。"①

他又进一步阐述了音步的起源、流变：

> 西洋诗的讲究"音步"（foot），是由希腊诗开始的。希腊语里有长短音的分别：一个长音和一个或两个短音相结合（或他种结合），成为一个节奏上的单位，叫做音步。拉丁语里也有长短音的分别，所以拉丁诗里也有音步的讲究。法语里没有长短音的分别，现在法国人把诗中的一个音认为一步（pied），完全失去原来的意义了。英语里也没有长短音的分别，然而它有轻重音的分别，于是英国诗论家把重音和希腊的长音相当，把轻音和希腊的短音相当，就承受了希腊关于音步的各种术语。在本章里，我们先把英诗的音步理论叙述清楚，然后看它对于汉语欧化诗产生了些什么影响。

---

① 王力：《现代诗律学》，北京：中国人民大学出版社2012年版，第2页。

由两音或三音构成音步，再由若干音步构成诗行，这叫做"步律"（meter）。英诗中的步律的构成，普通的只有四种：

（甲）轻重律（ascending or rising meters）

1. 一轻一重律（iambic or iambus）

2. 二轻一重律（anapest）

（乙）重轻律（descending or falling meters）

1. 一重一轻律（trochee）

2. 二重一轻律（dactyl）①

这种语音发展史的知识对我们思考现代汉语诗歌在声律方面如何扬长补短是十分有益的。

律诗是新月派首先提倡的，以后有过许多实验与讨论，并几度有过激烈的争议。白话新律诗的特征主要涉及用韵、节奏（顿、音步、音尺、音节、节拍）、语音（含声调）、语气、字数等方面。另外还有一个极重要的历来没有被讨论的格式组合问题。

新律诗的"律"经过近百年探索沉淀为三点共识：①顿数的要求；②押韵的要求；③排列组合的要求。冯国荣经过比较先贤们不同的论述后，决定采用朱光潜、何其芳的提法"顿"，而不是开创者闻一多的"音尺"或王力的"音步"，其实主要是出于修辞上单音节词"顿"的考虑，学理上与其他提法并无二致：

顿数的要求。所谓"顿"是指依照现代白话的自然习惯由若干字组成的语辞单位，是白话新诗最基本最小的节奏单位。通常体现为朗读的停逗，一般由二至四字组成，个别也有一个字或五个字以上的。胡适、徐志摩、卞之琳称为音节，闻一多称为音尺，石灵称为节拍，叶公超称为音组，王力称为音步，朱光潜、何其芳称为"顿"，指的是同一个东西。叶公超认为音步、音尺有硬搬西洋名词之嫌，而音节、节拍、音组在我看来使用上没有顿方便，且易造成混淆，顿与字、行、句、节、章、首（即篇）相配比较顺口，白话新诗由此可形成字、顿、行、句、节、章、首的系列，因此我们采用了"顿"的提法。顿的含义具体表示如下：

我把｜你这张｜爱嘴，｜比成着｜一个｜酒杯。／喝不尽的｜葡萄｜美酒，／会使我｜时常｜沉醉！／／我把｜你这对｜乳头，／比成着｜两座｜坟

① 王力：《现代诗律学》，北京：中国人民大学出版社 2012 年版，第 37 – 38 页。

墓。/我们俩｜睡在｜墓中，血液儿｜化成｜甘露。（郭沫若《Venus》）①

关于顿、音尺、音步、节拍的命名问题，笔者觉得主要是称呼的方便而已，并无学理分歧。值得注意的是，不喜欢采用"欧化术语"的主张还是颇有势力的。

二、新格律诗关于韵律的要求

（一）韵律

什么是韵律？韵律就是诗歌中的声韵和节律。诗歌中音的高低、轻重、长短及其组合方式的变化，匀称的间歇或停顿，句中、句末或行末用同韵同调的音相和谐，构成韵律。韵律的功能在于增强诗的音乐性与节奏感。

韵律的内涵大于格律，格律的内涵又大于押韵。公众多误以为韵律就是押韵，韵可以头韵、句中韵、尾韵等形态存在，也可以有韵律节奏却不押韵的形态存在。诗歌的诗意比押韵更具有决定性，决定了字数整齐且押尾韵，甚至可以分行排列的《三字经》《千字文》只能称为韵文，还不能称为诗。文坛上有了韵的问题，争执很久而迄今不衰。诗的韵律决不在韵脚上。不是诗，有韵脚也不是诗；是诗，无韵脚也是诗。所以也没有什么音韵诗与无韵诗之别。不过韵律确实是诗最优美的特点。没有韵律确实很难称为诗。散文虽然有的也有韵律，却与诗有绝大的不同。所谓韵律，就是字音轻重徐疾的节拍。

当然，即便不是诗，只要有韵律与节拍，就易口耳相传、过目成诵、记忆持久。鲁迅先生说："可惜中国的新诗是眼看的，没有节调、没有韵，它唱不来、就记不住、就不能在人们的脑子里将旧诗挤出，占了它的地位。""新诗直到现在还在交倒霉运！我以为内容且不说，新诗先要有节拍，押大致相同的韵，给大家容易记，又顺口，唱得出来，但白话要押韵而又自然，是颇不容易的。"这是极为正确的见解。

现代汉语新白话诗，脱胎于我国古代诗歌，形式上更接近外国的诗。白话新诗的韵律既不能沿袭中国旧诗，也不能步拉丁文、英语、法语、德语的韵，只能在现代汉语鲜活的口语基础上，探索并总结出符合新时代需要的新韵律。

新的诗歌的韵律又是怎样的呢？现实生活中激动人心的事件，滚烫、鲜活的语言，以及掀起诗人们心中的情感波澜所带来的节奏（生活的节奏、情

---

① 冯国荣：《新诗谱——新诗格式创制研究》，北京：人民出版社 2010 年版，第 22 - 26 页。

感的节奏），会形成特定的韵律、旋律。这种叙事、情感、旋律，就是现代汉语新格律诗的现实土壤。

这里的情感，既包括个体内心里隐秘的情感波澜，也包括大众群体的共同事件、声音、情绪和倾向。若只是歌咏私人的身边琐事，与别人毫无关系，即或你自己的情感已经激动得快要爆裂了，在别人的感觉中，也许是无动于衷，相反的倒是引起别人的厌倦。①

韵律除却具有韵本身的音乐性外，有规律的押韵是构成节奏最主要的因素之一。朱光潜就曾强调"诗歌语言音乐化"乃至于"思想情感的音乐化"，"如果诗本身见不出音乐美，诵读人当然就不能凭空添上音乐美"。②

朱光潜还说过："韵的流行意义，专把它看作押韵脚。"王力先生也强调要押韵脚："韵脚的第一要素，没有韵脚不能算作格律诗。"他对抱韵、随韵、交韵等作出批评：

> "五四"以后，有些新诗是押韵脚的，但是它们的押韵方法往往是模仿西洋的。最突出的情况是用"抱韵"（第一句和第四句押韵，第二句和第三句押韵，十四行诗的头两段就是这样）。中国诗可以说是没有这种押韵传统的（词中有抱韵，那是极其个别的），这样勉强移植过来的押韵规则是不会为人民群众所接受的。其他像"随韵"（每四句转一韵）和交韵（第一句和第三句押韵，第二句和第四句押韵），虽然和我们民族的形式比较接近，但还不完全合适。《诗经》里有随韵也有交韵，但是离现在已经二千多年了。单句和单句押一个韵，双句和双句押一韵（"交韵"），在中国人看来也不自然。依照中国的传统，一般总是双句押韵，单句不押韵（第一句可押可不押），而且往往是一韵到底。如果要换韵也是《长恨歌》式的，以四句一换韵为主，而掺杂着其他方式，如两句一换韵，六句一换韵，八句一换韵等。③

何其芳在 20 世纪 50 年代说："我们写现代格律诗，只要是押大体相近的韵就可以，而且用不着一韵到底，可以少到两行一换韵、四行一换韵。"④

---

① 高兰编：《诗的朗诵与朗诵的诗》，济南：山东大学出版社 1987 年版，第 23 - 25 页。

② 朱光潜：《谈诗歌朗诵》，见高兰编：《诗的朗诵与朗诵的诗》，济南：山东大学出版社 1987 年版，第 152 页。

③ 王力：《中国格律诗的传统和现代格律诗的问题》，见《现代诗律学》，北京：中国人民大学出版社 2012 年版，第 15 页。

④ 冯国荣：《新诗谱——新诗格式创制研究》，北京：人民出版社 2010 年版，第 17 页。

（二）节奏

新律诗要讲究节奏规律，这是中国新诗体探索百来年的定见了。接下来需要追问的就是：什么是节奏？节奏包括哪些内容？应当作何规定？这就有很不相同的意见了。王力为节奏下过一个定义："节奏，从格律诗来说，这是可以较量的语言单位在一定时隙中的有规律的重复。"① 节奏可以包括：顿（又称音步、音组、音尺、音节、节拍）、语音（包括音色、音长、音强、音高等，其中又包括声调平仄）、韵、语气语调四大方面。音色、音长、音强、音高、语气和语调等问题是朗诵诗与诗朗诵中的要素和重要技巧。

宋朝的朱熹在论述诗与时文的分殊时有生动的比喻："读诗正在于吟、咏、讽、诵，观其委屈折旋之意，如吾自作此诗，足以感发善心。今公读诗，只是将已意去包笼他，如作时文相似，中间之意，尽不曾理会得。济得甚事？若如此看，只一日便可观尽，何用逐日只捱得数章，而又不曾透彻耶？切如人之入城廓，须是逐街坊、里巷、屋庐、台榭、车马、人物，一一看过方是，今公等只是外面望见城是如此，便说我都知得了。"虽然他所说的吟、咏、讽、诵，都是属于自我的，但关于唯其诗之能吟咏讽诵才能得到更多更深切的理解和领会，这一点是非常值得重视的。他又说："大凡读书，多在讽咏中见义理，况诗又合讽咏之功。所谓清庙之瑟，一唱而三叹，一人唱之，三人和之，方有意思。如今诗曲，若只读过，也无意思，须是歌唱起来方见好处。"这就是更进一步的主张：诗不但应该读，而且要音乐化、戏剧化地朗诵起来。所谓"一人唱之，三人和之"，和美国朗诵诗人惠特曼的《夜在海上》的情形有类似处。记得鲁迅先生也说过，剧本有看的和演的两种，诗歌有看的和读的两种，但终以后者为佳。诗歌的特殊艺术功能就是能够以最经济的艺术表达方式，语言有着强烈的音乐性，表现最直接而又高度浓缩的情感。诗的音乐性是诗歌的根源性禀赋。格罗塞说："每一首原始的诗，不仅是诗歌的作品，同样也是音乐的作品。"但它强烈的音乐性，只有靠朗诵才可以适度地发挥出来。所谓音乐性也者，是不允许夸张成歌唱，也不允许以目代耳完全忽视了他的，是需要运用介于唱和念之间的朗诵，把它恰到好处地表现出来。古人唱诗那是由于中国的古诗有定型有较固定的字句，可以入谱。但诗与歌究竟有本质的不同，不能一律当作歌唱。音乐虽然可以抒情，可以引起想象，不过遇到描述一个繁复的场面，或者说明一个道理，便非歌唱所能办到的了，因为词容易含糊，甚至可能引起相反的效果。所以在歌唱的戏中，

---

① 王力：《中国格律诗的传统和现代格律诗的问题》，见王力：《现代诗律学》，北京：中国人民大学出版社 2012 年版，第 15 页。

唱词部分多半是属于抒情的，至于说明和激动情感还要依靠朗诵式的说白。中国的京戏如此，外国的戏也如此。①

多种版本的现代文学史里都喜欢提及苏轼与门下士比较柳永词与自己的词高下的一段问答，这一文坛公案最早见于《吹剑叙录》。笔者翻阅新文学史料，发现早在《时与潮文艺》1943 年第 4 卷第 6 期上发表了来自黑龙江的著名朗诵诗人高兰的《诗的朗诵与朗诵的诗》一文，其中就讲述了这个文坛公案，这很可能是后世文学史不断转述的滥觞。宋朝虽然盛行的是词，但那也正是那个时代的新诗，为人们传诵的范围甚广，特别是柳永的词，所谓"有井水处皆能歌柳词"。南宋俞文豹《吹剑录》载："东坡居玉堂日，幕士有喜诗词者。因问，我词比柳耆卿何如？对曰柳郎中之词，可令十七八女郎按红牙檀板歌'杨柳岸晓风残月'；学士之词，须关西大汉，执铁绰板，唱'大江东去'。"这不但说明当时唱诗风气之盛，同时也表明诗的风格与朗诵者有着密切的关系。此外，如王沔、欧阳修、苏轼、梅圣俞、郭功甫、王安石等也都有一些朗诵故事见之记载流传至今为人们所乐道，又如大家所熟悉的南宋陆放翁诗："斜阳高柳赵家庄，负鼓盲翁正做场，身后是非谁管得，满村听唱蔡中郎。"当然这是大鼓书的滥觞，但鼓书也有接近叙事诗朗诵的一面。②

（三）故事和唱歌

新诗在我国五四时期创立，迄今已有百余年，但几乎始终是部分知识分子或部分如痴如醉者小圈子里的游戏，难以成为广大群众的公共流行精神产品。早在 20 世纪 30 年代，诗人兼翻译家梁宗岱就精辟地指出其病灶。观察告诉我们，最能引起群众兴趣的只有二事：故事和歌曲。无论是集会或赴会，无论是以往或现代，大多数人都是为听故事和听歌（还有听故事的变相地看热闹），也只有这二者才能吸引他们的注意，支持他们的精神到底。歌谣、说书、大鼓，尤其是旧戏，在旧社会里之所以有这么大的魔力，就完全基于这点。能够欣赏抽象的陈述，接受纯粹情感内容的，恐怕永远占极少数。我们的"朗诵诗"一方面不能有戏剧的内容（因为那便是戏剧或剧诗而不是"朗诵诗"），另一方面又拼命脱离歌唱的源泉（节奏和音韵），它对于民众的诉（求）动力固可以计算，它的前途也就可以想象了。③

---

① 高兰编：《诗的朗诵与朗诵的诗》，济南：山东大学出版社 1987 年版，第 7 - 10 页。

② 高兰编：《诗的朗诵与朗诵的诗》，济南：山东大学出版社 1987 年版，第 3 - 4 页。

③ 梁宗岱：《谈朗诵诗》，见高兰编：《诗的朗诵与朗诵的诗》，济南：山东大学出版社 1987 年版，第 73 - 74 页。

（四）诗歌的音韵

朱光潜在 1962 年《诗刊》第 6 期上发表了《谈诗歌朗诵》一文，论述诗歌的音韵问题，在今天看来都依然中肯在理。他说：

> 诗歌要用语言。语言有它在日常现实生活中的自然的节奏，这种节奏一般是完全听思想感情支配，取决于内容意义的。
>
> 同时，诗歌不同于散文，要或多或少地运用音律。音律有它的一定程度的形式化的节奏，这种节奏是一个民族在长期实践中逐渐摸索出来的，一方面要适应思想感情，一方面又不能完全符合思想感情，像说话的语调那样。这是因为作为民族形式，它具有一种通套性或一般性，同一形式往往可以套用到不同的内容上去。
>
> 语言的自然节奏和音律的形式节奏之间显然有矛盾：矛盾就在于思想感情总是在特殊具体情境下产生的，而诗的音律却是通套性的，不仅符合思想感情内容的。这其实就是特殊与一般、内容与形式以及自然与艺术的矛盾。无论是做诗还是诵诗，在技巧方面的最困难的任务就是在克服这种矛盾。
>
> 是否可以逃避这种矛盾呢？想得到的一种逃避的方法就是索性取消音律，完全用日常生活的自然节奏，这也就是说，索性回到散文。古今中外的历史经验否定了这种办法。人民都爱诗歌，要放弃诗歌所特有的形式，这在人民中间是通不过的。[①]

20 世纪 90 年代的中国诗歌创作界风行"叙事诗歌"。为了和五四以来的新诗、20 世纪 80 年代早期的朦胧诗相区别，"第三代"诗人们主张告别抒情，将"叙事"作为诗歌创新的主攻方向。因为历来的文学史家、批评家都认定诗歌的优势不在叙事而在抒情，如中国东汉的《孔雀东南飞》，用韵文的诗歌叙事，但论其情节的丰富曲折、事件的准确具体、细节的精雕细刻方面也比不过散文来得从容自如、游刃有余。但是"第三代"以后的诗人们就是要探索这个危险的路途，撞南墙、破禁区，或许能杀出一条血路。于是，"叙事"成为他们的图腾、信仰，试验却也有若干诗篇出人意料，偶有不俗表现。从艺术探险的角度来看，别具一番风景。但是几乎全员去"智取华山一条道"，甚至不无偏激地认为，不走向叙述的诗歌，就是因循守旧、落伍。20

---

① 朱光潜：《谈诗歌朗诵》，见高兰编：《诗的朗诵与朗诵的诗》，济南：山东大学出版社 1987 年版，第 150 页。

世纪90年代的"及物写作诗歌"重复的不外是"三种道路"（口语诗、民歌诗体、古典诗歌）。21世纪新十年里的"材料主义诗歌"，在艺术道路上可以说，几乎就是在重复宋代黄庭坚的用典、堆砌神话传说的本事、点铁成金、无一字无来处。但是黄庭坚、朱熹还能化用典故而不着痕迹，"问渠那得清如许，为有源头活水来"。但是当今的欧阳江河们除了偶有佳篇外，却是大量的生活、历史材料的生硬堆砌。终于，在2018年，诗坛不再那么热衷祭拜"叙事"了。①

朱光潜进一步指出：

> 人民为什么爱诗歌？理由也许很多，我想其中之一是诗歌具有音乐美。这个道理从我国一些传统剧种里可以看得很清楚。许多旧剧的台词并不那么完美，可是演唱起来，却有极大的迷人的力量。不妨设想把《霸王别姬》《林冲夜奔》或《天女散花》的台词改成白话，请最好的演员用演话剧的方式去表演，那会产生什么样的效果？这样说，我毫无贬低话剧的意思，话剧在表现现实的生动性和鲜明性上自有引人入胜的优点，本不要求语言的音乐化，而诗歌按照它的本质却要求语言的音乐化。诵诗如果不见出语言的音乐美，那就很难把诗的韵味恰如其分地表达出来，浸润到听众的心灵深处，使他们可以优游涵泳，长久受用不尽。这就是不能产生诗所应产生的效果。就是因为这个道理，诵诗不能用演话剧念台词的声调和姿势。
>
> 逃避矛盾的方式还有极端形式化的一种，那就是只管音律的形式节奏，不管语言的自然节奏，有如老太婆唱催眠歌或是和尚念经，声调悠扬、有板有眼，但是毫无表情，使听众茫然不知所云。这种朗诵法当然不能产生诗所应产生的效果。不过我们的目前诗歌朗诵丝毫没有这样的毛病。所以目前应做的事不是说服人去避免这种形式主义，而是说服人要充分认识到片面的表现主义的偏差以及音律的形式节奏对于诗歌的重要性。
>
> 理想的诗歌朗诵，正如理想的诗歌一样，必须求得语言的自然节奏和音律的形式节奏的和谐统一，这就是既能表情，又有音乐美。既是统一，就不能只是表情外加音乐美，或是音乐美外加表情，而是二者处于具有内在必然联系的统一体。表情是基础，顺着自然的倾向，表情是自发的、倾泻的、无控制的，容许金粒与泥沙俱下的。音律的形式按规律

---

① 一行：《分道而行：2018年中国新诗写作概观》，见李森主编：《中国新诗年度研究报告2018》，上海：华东师范大学出版社2020年版，第34页。

的要求却是自觉的、有控制的，不但要披沙拣金，而且要用一定的模型把金粒熔成一定的形象。二者的统一就见于音律的形式对思想感情的内容起了这种洗炼作用、节制作用和熔铸作用。所以通过诗的形式表现出来的思想感情不能就是生糙自然的思想感情，而是经过形象化和音乐化而洗炼和提高的思想感情。这种形象化和音乐化的过程就在艺术作品上打下了一种"炉火纯青"的印痕，再见不出原来思想情感的生糙性。无论对于做诗还是对于诵诗来说，做到这一步，才能算到表情与音乐美的统一。

这只是理想，要实现这种理想，当然不是易事，第一要靠对诗本身有深刻的体会，其次要靠运用语文与音韵的娴熟技巧。这就是说，要包括知和能两方面的功夫。这些都要凭实践中的辛苦摸索才可以获得。

在摸索之中要做的事很多，其中一项重要的事是向民族传统学习。诗歌是不能脱离民族土壤而繁荣的。我国历代诗人都特别重吟咏的功夫。就做诗来说，吟咏有如琴师调弦，要把声音调准。杜甫自道经验说："新诗改罢自长吟"，就是要考验声音已否调准。过去许多诗文评家教人读诗，也强调要懂诗就必须学会诵诗。有人甚至以为一个人如果不会诵诗，则对诗"终身为门外汉"。传统的旧诗朗诵有一个特点，就是把声音拖长。《书经》里已有"诗言志，歌咏言，声依永，律和声"的说法，"永言"就是《乐记》里所说的"言之不足，故长言之"。"咏"字从"永"，也就是取"长言"的意思。杜诗所说的"长吟"足证唐人诵诗动用拖长调子的办法。一直到现在，各省依旧法诵旧诗的人也还是遵守"永言"的规矩。算来用拖长音调来诵诗的传统在我国是和诗歌一样古老的。为什么"言之不足"，还要"长言"呢？古代诗歌大半都要伴乐舞，语言的节奏须要伴乐舞的节奏，这可能是一个原因，但恐怕还不是主要原因，因为诗歌与乐舞分开以后，"长言"式的朗诵还一直维持到两千年左右，不能单是凭习惯的惰力；而且乐舞本身为什么要有使诗歌语言来迁就它们的那种"缓""曼"的节奏，也还是一个要解答的问题。诗歌语言需要音乐化的道理可能和音乐本身之所以存在的道理是一致的。二者都决定于内容。艺术所要表现的情调是比较深永的、低回往复的，走曲线而不是走直线的，所以表现方式也要有相应的低回往复和曲折。所谓"诗歌语言音乐化"乃至于"思想情感的音乐化"其意义就不过于此。要"长言"，正因为"言之不足"。长言才能在低回往复之中把诗的"意味""气势""骨力"和"禅韵"玩索出来、咀嚼出来，如实地表达出来。假如这个看法略有一些道理，我们也就可进一步认识到诗歌的朗诵不宜用演话剧念台词的办法。

目前诗歌朗诵不少是侧重表情的，有时是近于表演的，在节奏上大半不但不是"长言"，而且比语言的自然节奏还要快一点、疾促一点，低回往复的少。这个我们过去朗诵的传统显然有很大的距离。责任当然不能完全在诵诗人，毛病恐怕大半还是出在诗本身。如果诗本身见不出音乐美，诵诗人当然就不能凭空添上音乐美。诗本身何以见不出音乐美？

这是否由于新诗用的是白话，打破了旧音律？我看这不能成其为理由，因为旧诗用白话的也不少，音律向来是在已成基础上逐渐变迁的。问题恐怕在于已成基础上建立一种新音律，需要经过相当长的时期在实践中的摸索，目前我们还没有摸索出来。这就要求诗人们在语言和韵律上多下更严肃的工夫。诗歌朗诵已经把诗歌的语言和音韵问题很突出地提出来了。①

（五）新格律诗押韵的特点

冯国荣对新诗押韵的要求归纳为三点：其一，根据"五四"以来讨论的结果，可只押韵脚、押现代的韵，可不论平仄，即根据现代汉语普通话来押韵。其二，要求双句尾字押韵，第一句可押可不押。其三，可以一首诗一韵到底，也可以换韵，可以四句换韵，也可以六句、八句或一节一换韵，一章一换韵。② 例如，闻一多的《死水》第二段。为了直观起见，这里再提供几例短句押韵半自由诗的例证——伊沙的《结结巴巴》：

> 结结巴巴我的嘴／二二二等残废／咬不住我狂狂狂奔的思维／还有我的腿／／你们四处流流流淌的口水／散着霉味／我我我的肺／多么劳累／／我要突突突围／你们莫莫莫名其妙／的节奏／急待突围／／我我我的／我的机枪点点点射般／的语言／充满快慰／／结结巴巴我的命／我的命里没没没有鬼／你们瞧瞧瞧我／一脸无所谓

例证之二：冯国荣的稠韵诗《吧》。这种诗押韵的密度比常规押韵的大，造成了特殊的节奏、音乐效果，可以称为稠韵诗。如林徽因的《你是人间的四月天》和李瑛的《紧急集合》是局部押稠韵。整首诗通篇押稠韵的是冯国

---

① 朱光潜：《谈诗歌朗诵》，见高兰编：《诗的朗诵与朗诵的诗》，济南：山东大学出版社 1987 年版，第 151 – 153 页。

② 冯国荣：《新诗谱——新诗格式创制研究》，北京：人民出版社 2010 年版，第 22 页。

荣的《吧》：

门古怪　典雅　灯不大　眨巴　酒琳琅　满架
门轴　咿呀　楼梯　吱嘎　叮咚　来啦
来解解烦　说说话　发发呆　磨磨牙
要啥？　青岛吗？　张裕吗？　XO？　人头马？
要不，红茶？　比萨？　色拉？　牛扒？
咖啡？　哥斯达黎加？　哥伦比亚？　埃塞俄比亚？

乐队来啦　要啥有啥　萨克斯　悠悠吹　小提琴　轻轻拉
桑巴？　萨拉萨？　拉丁？　恰恰？
要吼　你就吼吧　要疯　就地蹦跶
音乐　震耳欲聋　旋光　密密麻麻
迪斯科　蹦得翻江倒海　街舞　跳得满地乱爬
不咋　加码　架子鼓　打　大铜钹　砸
暴风骤雨　打得喊哩咔嚓　电闪雷鸣　砸得稀里哗啦

情侣　点支静静的蜡　去吊凳上晃　说说悄悄话
相亲　找个旮旯　虽是陌生人　不必羞羞答答
找工作？　寻个伯乐相马　世有伯乐　然后有千里马
谈生意　难免磨牙　只要公平　尽可讨价还价
自娱　弹弹吉他　叮叮咚咚　为大家解乏

闲人　多的是闲人　啥也不啥
歇歇神经　讲讲笑话　撒撒娇　发发爹
文化　又是文化　先锋诗歌？　前卫绘画？　绝地摄影？　另类
书法？
多的是凡人　不是专家　天上地下　啥都可拉
有一搭　没一搭

美国人上火星，偷嘛啊？　英国克隆人？　可怕！
布什打仗　危地马拉　拉登钻洞　没几天蹦跶
普京是条汉子　安倍可别趴下　伊拉克　惨啦　伊朗　玄啦
朝鲜　得啦
头一扬　腰一叉　当一回政治家：试看今之天下　竟是谁家之天下？

去澳洲　好着哪
加拿大　人少哇

午夜　出吧　城市睡啦

李章斌在 2017—2018 年连续发表五篇论文，认为"格律"与"韵律"（节奏）不同一，并明确针对卞之琳有关音步的文章立了驳论，可查阅其《新诗韵律认知的三个"误区"》（《文艺争鸣》2018 年第 6 期）、《重审卞之琳诗歌与诗论中的节奏问题》（《文艺研究》2018 年第 5 期）、《自由诗的韵律如何成为可能？——论哈特曼的韵律理论兼谈中国新诗的韵律问题》（《文学评论》2018 年第 2 期）、《帕斯〈弓与琴〉中的韵律学问题——兼及中国新诗节奏理论的建设》（《外国文学研究》2018 年第 2 期）、《胡适与新诗节奏问题之再思考》（《中国现代文学研究丛刊》2017 年第 3 期）。有关"格律"与"韵律"（节奏）是否同一，虽然与本节论题相关，但属于音韵学、诗学的元理论问题。笔者赞同"韵律"大于"格律"的论断，格律的规定性内涵更为丰富。

本书的论述焦点是新诗格律体创作的形式规范和实践问题研究，属于应用研究的层面。这个元理论问题值得另文专门探讨。

三、新格律诗关于排列格式的要求

对于新律诗，近百年来在理论与实践上沉淀了顿与押韵两个基本规则，实际上形成了在顿与押韵的基础上创制新格律诗的共识与惯例。但是如何进行组合，包括如何组句、组节，组成何种整体形格，迄今甚少有专家学者加以充分探讨与总结。冯国荣在 20 世纪 80 年代初版的《当代中国诗歌发展走向窥探》一书中曾归纳了 3 种组合方法：一般律、排律与单元律。如加上商籁体可以有 4 类 32 种组合。详见其《新诗谱》第 13 页表十：白话新律诗分为一般白话律、白话排律、白话单元律和商籁（十四行诗）。其中，一般白话律又可分为 5 个子类：以句子长短划分（3 种）、以分节状况划分（2 种）、以有无标点划分（3 种）、以规模划分（4 种）、以排列状况划分（2 种）。白话排律又分为 3 个子类：二排律、四排律和多排律。白话单元律又分为三个子类：一般单元律、特殊排列单元律、回荡式单元律。而回荡式单元律又可以进一步分出 4 个孙类体式：二四回荡式单元律、六六回荡式单元律、二三回荡式单元律、三六回荡式单元律。商籁（十四行诗）可以展开 3 种分类方式：其一，以分段方式划分有四段式、两段式、变式。其二，以句子长短划分有五至十二音（字）。其三，以押韵方式划分有：①abba abba ccdeed；②abba abba ccdede；③abba abba cdcdcd；④变体。①

笔者撰写本书的初稿时编排了若干种新诗格律与格式，但是近两年才发现了《新诗谱》这本书，对比中发现冯国荣的分类更系统、完整而有包容性，其创编的各类格式更齐备、周全。于是，本书的定稿决定采用其新诗格律体的分类。

一般律。一般律就是一般地遵循前述新律诗的三个最基本的要求的诗：①每行（句）顿数大致一样多，每节的行数大致一样多；②押韵脚，一般是双句尾字押韵；③排列组合上有规律，没有排比对仗、单元组合等特殊要求②。例如闻一多的《死水》、邵洵美的《季候》、郭沫若的《Venus》。经过检验，笔者意识到，这种一般律可以有很多种变化形态：每行（句）顿数可以有多有少，从每行一顿到三四顿甚至十顿左右。每节行（句）数可以有多有少，可两行（句）、四行（句）一节，也可以多到八行（句）、十行（句）甚至更多行（句）一节。每首节数也可以有一两节、三四节、五六节，长诗甚至可以几十节、百余节。其行文排版可以标点完整，也可以无标点，更可以有无标点相间或偶发排列。诗歌的长度即行数、节数而言，可以有小诗、短诗、中长诗、长诗。

在诗行排列方式上，可以是每一行起头都平齐、匀整，也可以在相邻的两行之间错行即第二行或偶数行比第一行或奇数行向后（即向右）后退一个字。例如《再别康桥》错行那样有多种排列。后退两行的诗歌样例是《时间是一把刀》。还可以反过来，诗歌的空间排列中，首行诗比次行诗多向后退一个字的空间，例如朱湘的《采莲曲》。更可以像彭邦桢的《台北之恋——试写现代诗押韵之一》第二节那样以首行为起点，二、三、四行分别退一字、一字、二字；第三节则是以首行为起点，第二、三行分别退一字、两字排列：

当我想起：此刻的黄昏正是台北的黎明
　为什么我只在纽约的黄昏，不在台北的
　黎明？且从花开走向鸟鸣，走向诗中营
　　推心置腹，醒在此间看繁荣

---

① 冯国荣：《新诗谱——新诗格式创制研究》，北京：人民出版社 2010 年版，第 21 页。

② 冯国荣：《新诗谱——新诗格式创制研究》，北京：人民出版社 2010 年版，第 22 - 26 页。

当我想起：此刻的黄昏正是台北的黎明
此时圆山饭店的彩灯已千晶，且让我
千斗解醒，睡在山中铸千情

　　为了节省篇幅，不再展示该诗的其余部分。但需要提示的是，该诗的第一节与上引前一节的字数、句数、行数及标点符号完全一致，只是内容的空间维度相反，是站在纽约想象台北，而非前引段落站在台北想象纽约。该诗的第四节则于上引第二节的字数、句数、行数及标点符号完全一致，只是内容的空间维度又有变化，是站在基隆河岸观风景，而非前引段落身在圆山饭店醉酒千杯的样子。这种新诗体一般律的尝试，对于突破"豆腐干"体的局限很有效。

　　新格律中的第二大类别是排律。冯国荣给排律下的定义是，用排比对仗的方式组合起来的白话新律诗，主要有两方面要求：①遵循一般律的要求，即每行（句）顿数大致一样多，每节行（句）顿数大致一样多，双句尾字押韵，每节排列组合大致一样；②主体采用排比、对仗句。[①] 这排律的家族里又可细分出二排律、四排律、多排律（多至八排律）等丰富的具体样态。二排律的例子如严阵的《双堆集颂》：

看春华正繁，似金似玉成团成堆，
望柳色初新，时疏时密如屏如帷！
杨梢柳头，喜鹊又搭起了新巢，
檐下梁间，燕子正哺育着幼辈！
弹痕累累的石槽边，骡马成群，
黄尘滚滚的大路上，车辆成对！

　　同理，四排律是指四个排比句组成的排律。如宋协周的《纵咏大明湖》：

红的火红，千佛山的丹枫搬来一些落户，
白的雪白，金牛山的国槐迁来一些团聚，
黄的金黄，龙洞山的连翘移来一些入族，
绿的翠绿，湖畔祖柳亲切地把来者吻抚……

---

① 冯国荣：《新诗谱——新诗格式创制研究》，北京：人民出版社2010年版，第27 - 28页。

　　笔者以为，这种排律当然比自由诗更加整饬、和谐、均齐。但是如果一位诗人的整部诗集或一生都只写这种新的排律诗体，难免会给人刻板雕琢的印象，失去风行水上、自然成文的天趣。从这个意义上来看，现代汉语新格律诗的主流，确乎应当是宽体的格律诗或半格律的押韵诗。

　　笔者愿意重点推荐的新诗格律体为单元律。单元律是指由一个个经过特殊组合处理的小单元同格反复而组成的白话新律诗。① 如刘半农的《教我如何不想她》、朱湘的《梦》、余光中的《乡愁》。单元律可以分为一般单元律、特殊排列单元律和回荡式单元律三类。一般单元律除了上述经典例子外，还有徐志摩的《我不知道风是在哪个方向吹》、朱大枬的《笑》。

　　笔者在多番比较试验中深切感受到，其中的特例是特殊排列单元律。它是指小单元的组合上经过特殊处理的单元律。经过现代诗人匠心独运的特殊排列新诗体，真是有效结合了古典诗、词、歌、赋、曲、民谣及西洋诗的形式排列长处，达到了熔于一炉的纯美至境！尤其值得向大家推荐朱湘的《梦》和《采莲曲》，应当选入各种新版的《大学语文》教材中。教育部新编推向全国采用的部编本语文教材或其配套的扩展教材、校本教材中，也颇有收录这两首诗歌的必要。同理，汪静之的《时间是一把剪刀》也有异曲同工之妙，但总的艺术效果比朱湘前两首稍逊风骚。请欣赏：

采莲曲

朱湘

小船呀轻飘，
杨柳呀风里颠摇；
荷叶呀翠盖，
荷花呀人样娇娆。
日落，
微波，
金丝闪动过小河。
左行，
右撑，
莲舟上扬起歌声。

菡萏呀半开，

---

① 冯国荣：《新诗谱——新诗格式创制研究》，北京：人民出版社 2010 年版，第 36 页。

蜂蝶呀不许轻来；
　绿水呀相伴，
清静呀不染尘埃。
　　溪涧，
　　　采莲，
水珠滑走过荷钱。
　　拍紧，
　　　拍轻，
桨声应答着歌声。

　藕心呀丝长，
羞涩呀水底深藏；
　不见呀蚕茧，
丝多呀蛹裹在中央？
　　溪头，
　　　采藕，
女郎要采又夷优。
　　波沉，
　　　波升，
波上抑扬着歌声。

　莲蓬呀子多，
两岸呀榴树婆娑；
　喜鹊呀喧噪，
榴花呀落上新罗。
　　溪中，
　　　采莲，
耳鬓边晕着微红。
　　风定，
　　　风生，
风飔荡漾着歌声。

　升了呀月钩，
明了呀织女牵牛；
　薄雾呀拂水，

凉风呀飘去莲舟。
　　花芳，
　　衣香，
消溶入一片苍茫。
　　时静，
　　时闻，
虚空里袅着歌音。

　　这首诗由十行组成一个小单元，每单元的一、二、四行尾字押一个韵，五、六、七行尾字押一个韵，八、九、十行尾字押一个韵；每单元的尾字又押一个韵。句式上是上下句错落排列，隔行又取整齐的词，各单元之间则呈现工整的对仗。丰富多彩的句式不断地交错组合，又在各节（单元）之间不断同格反复。

　　汪静之的《时间是一把剪刀》也体现出特殊排列单元律的妙用。

时间是一把剪刀，
　　生命是一匹锦绮；
一节一节地剪去，
等到剪完的时候，
　　把一堆破布付之一炬！

时间是一根铁鞭，
　　生命是一树繁花；
一朵一朵地击落，
等到击完的时候，
　　把满地残红踏入泥沙！

　　笔者最喜爱的新格律诗体样式是回荡式单元律。所谓回荡式单元律是指用一系列特殊的技巧，组合成有特殊结构的小单元，不断同格反复，造成旋律回荡的特殊美感。所运用的技巧主要有单元组句、对仗、议论咏叹、节奏旋律点押韵。这种回荡式单元律属于郭小川首创。无论是内容的容量还是形式的既整齐和谐又能具有无限的延展性，无论是包含的修辞手段之富厚还是押韵的灵活、广阔程度，这种回荡式单元律比中国古体诗的容量大，也是百年新诗里内在审美含量最为博大深广的格律诗体样式之一。虽然 20 世纪 80 年代以后的中国新诗界推崇朦胧诗、第三代诗歌以降的百余种新潮诗歌，但

是，长期以来被忽视或低估的这种回荡式单元律（亦可名曰郭小川诗体），依然有人在继续创作。除了冯国荣的内容更为阔大而富集的《远去的阳湖》之外，笔者也有朗诵体交响诗《白兰十载风华》（篇幅太长，移至本章附录）算是准回荡式单元律。冯国荣认为，回荡式单元律体式是与自由诗并列的中国新诗格式创制的最高成就。① 这一类型的代表作有《望星空》《秋歌》《团泊洼的秋天》《厦门风姿》《甘蔗林与青纱帐》等。

厦门——海防前线呀，你究竟在何处？
不是一片片的荔枝林哟，就是一行行的相思树。
厦门——海防前线呀，哪里去寻你的真面目？
不是一缕缕的轻烟哟，就是一团团的浓雾。（《厦门风姿》）

厦门的灯塔，伊犁的野火，
早像春风一样照亮海洋和湖泊。

西藏的牦牛，内蒙的骆驼，
早像春风一般巡视高原荒漠。

…………

看，南到琼崖，北到漠河
哪里都有绿浪滚滚，红云多多。

看西到喀什，东到宁波
哪里都有柳絮飘飘，桃花灼灼。（《春歌》）

又如郭小川这首《刻在北大荒的土地上》：

继承下去吧，我们后代的子孙！
这是一笔永恒的财产——千秋万古长新；
耕耘下去吧，未来世界的主人！
这是一片神奇的土地——人间天上难寻。

---

① 冯国荣：《新诗谱——新诗格式创制研究》，北京：人民出版社 2010 年版，第42 页。

令人惊叹的浩大容量在冯国荣的《宋词读慨》长诗里展示得淋漓尽致：

一阕新声，一种弦歌，一样情思，一派境界，一重天地！

水龙吟未吟出红巾翠袖，刘郎才气，却吟出遥岑远目，玉簪螺髻，
齐天乐未奏出平戎鼓角，朝天歌曲，却奏出篱落琴弦，暗窗蛩雨。

踏莎行未踏平千山皓月、万里戎机，却踏出箫声细韵、燕莺软语，
浪淘沙未淘尽漠上烟尘、中原腥膻，却淘出波里莼鲈、浪间芦
荻……

词史有声，有绝唱孤高，有宏论特立——余音逶迤，使人拍案惊奇，
卷帙浩繁，或蛛篆超拔，或蠹镌蕴藉——尘封残忆，令人掩卷太息。

为了证明这种回荡式单元律惊人的潜能，冯国荣创作了体量容量更大的
《远去的阳湖》：

一

小时候不知你就是"阳湖文派"的阳湖，只知你是外婆家的阳湖，
那无比清澈的千顷波涛，和着摇篮曲唱入我童年的浑朴；
小时候不知你就是"常州词派"的阳湖，只知你是妈妈家的阳湖，
那一望无际的青青芦苇，伴着船娘歌摇在我记忆的最初。

日后方知这里曾"文儒家天下"，平均一乡一个进士，一村一个
硕儒，
龚自珍所谓"东南绝学在毗陵"，康熙所谓江左人文之薮；
日后方知这里曾"文采惊国朝"，平均十年一位大家，一年一部
名著，
梁启超誉为"一代学术转捩之枢"，乾隆誉为拔萃国朝学术。

在杨柳岸上、轩窗之中，或是石拱桥头、酒旗飘处，
你可能一下子遇见一屋子本乡学士，他们后来全都写进了史书；
在皇家文苑、翰林学府，或是国立学馆、海上书屋，
你可能一下子看见一整排诗词歌赋，它们全都出自此地的耕读。

51

踏上一条细雨濛濛的田埂，你或者会遇见一位著蓑衣戴斗笠的农夫，

他会告诉你，某某家的俩小子，老二状元，老大探花，老大不服；

走进一条悠长悠长的小巷，你或者会遇见一位边织布、边教子的主妇，

她会告诉你，某某乡的俩媳妇，编过《国朝列女诗录》、《夜纺授经图》。

且不说萧统在此纂过规模空前的《文选》，苏轼选择这里作为最终归宿，

单是这醒世恒言，便足以流芳千古："能勉强吃饱就要读书！"

且不说黄仲则如何"一星如月看多时"，赵瓯北如何"江山代有人才出"，

单是这凌铄气概，便足以令人鼓舞：非耳目一新不是学术！（节选全诗四分之一）

如果从回荡式单元律的历史源头溯源而考证之，可以发现这种现代汉语新格律体有着楚辞、汉赋、陶渊明诗的深厚基因。就具体的例证而言，郭小川的《祝酒歌》的叙事铺陈及汉代辞赋般的旋律，其源头是屈原的《离骚》及陶渊明的《归去来兮辞》。

朝搴阰之木兰兮，夕揽洲之宿莽。
日月忽其不淹兮，春与秋其代序。
…………
制芰荷以为衣兮，集芙蓉以为裳。
不吾知其亦已兮，苟余情其信芳。（《离骚》）

既自以心为形役，奚惆怅而独悲！
悟已往之不谏，知来者之可追。
实迷途其未远，觉今是而昨非。（《归去来兮辞》）

财主醉了，因为心黑；
衙役醉了，因为受贿；
咱们就是醉了，也是因为生活的酒太甜太美！（《祝酒歌》）

更多的诗歌例证，我们将在下一章论述朗诵诗及诗的朗诵时，相继侧面

佐证本章展示的各类诗体样式。为了仿效中国现代格律诗开创者闻一多先生现身说法、亲身证道，披肝沥胆、抉心自食以求明示诗歌体式、规则与大道之理，笔者也将在论述诗歌特性与要求之时，在找不到更典范示例的时候，不揣冒昧，用自己的实践，即新诗格律与格式形态的试作，来说明诗体格式。笔者的目的不是一如班固批评司马迁写《太史公记》"露才扬己"，而是用带体温的鲜活实例，说明新诗格律的规则切实可行，不仅在既往的名诗大家手中能够发挥得淋漓尽致，而且就是在当代，在我们自己身上也照样行得通。

冯国荣教授在《新诗谱——新诗格式创制研究》的上编文末，依据大量新诗谱及谱例，得出如下八个结论，既系统完整又深刻犀利，发人深省：

（1）新诗格式经过近百年的尝试创制已经十分丰富多彩，已基本完成了对中国古代诗歌的换代演进，具有五大系列，细分至少 106 小类，已经构成一套系统、完整的新诗谱，已经远非过去所有分类法能够表示。其间已经开展了对白话的诗歌潜力、中国古代诗歌及外国诗歌优长的全面的汲取。除声调平仄等在现代白话中已基本过时的元素外，已经覆盖性地汲取了所有中国古代诗歌、外国诗歌的长处，做到古代、外国诗有的长处，新诗都有。古代、外国没有的，新诗还有。

仅仅把新诗归结为用白话随便写的自由诗是不够的，仅仅把新诗分为自由诗、新格律诗也是不够的，因为遗漏了一个大系列即押韵的半自由诗，遗漏整个从中国古代诗歌之根上生长出来的拟古新诗。（新诗并不都是用白话写的，其实胡适、刘大白等从倡导新诗起就是"词调"及拟古四、五、七言。胡适、陈独秀、鲁迅、刘大白等人像样的新诗其实就是拟古新诗。从李广田、袁水拍、吴望尧、杨牧、李季、贺敬之、张志民、沙白、张长弓、阮章竞、刘征到昌耀、周涛、周纲、刘章、老乡、姜桦不绝如缕地写作了拟古新诗，成千上万像《送别·长亭外》、《兰花草·我从山中来》、《月朦胧，鸟朦胧》、《东风破》、《小城故事》）等拟古新诗词风靡天下，已经融化在 14 亿中国人的血液里、灵魂中）。自由诗、新格律诗，加上押韵的半自由诗、拟古新诗、混合体诗可组成五大类。

（2）有些新诗格式已经极富独创性，也可以说已经大致成熟，与中国古代诗歌、外国诗歌，尤其是与中国古代诗歌相比，已经具有明显的优势与超越。已经可以说完成了对古代诗歌格式的换代，古代诗歌格式的时代已经一去不复返。新诗的优势与超越明显地体现在五种格式上。这里我们不妨作一个简略的与中国古代诗歌的比较研究。

在自由诗中，尤其是洛夫、艾青那种完全可以随意绪自由排列的诗，

孔孚那种比古诗还小但远比古诗自由、舒展、灵动的小诗，是中国古诗中没有的，甚至是不可企及的。洛夫在《长恨歌》中写到唐明皇迷恋杨贵妃而不上朝时，说他"在床上读报、吃早点、看梳头、阅奏折"，然后在句末处一连排了四个盖章："盖章、盖章、盖章、盖章"，这种自由排列，这种淋漓尽致的强化，只有新诗才有。中国古诗不能想象，外国诗因为没有中国文字一字一音一义的功能，也不能想象。这肯定是一种独创与超越，是一种优势。尽管我们不一定都写得那么极端。孔孚的小诗写得这样小，《烟雨瓜州古渡小立》只有十三字："春水/涨了/吴楚的山们/要过江么"；《大漠落日》只有两个字："圆/寂"。这种诗比古诗中五绝的二十字还短。但是完全可以比古诗写得更精约、神妙，更加以少胜多、四表无极，也就是比古诗实际大大加强了创造的可能。最主要的优势还在于这种无可比拟的自由、随意、灵动。这里面包括了一种巨大的价值，那就是写作者的自主权，包括写作的愉快、写作的格式创造性，从古诗人作为格式的奴隶演化为格式的主人。自由式的写作愉快是难以用语言形容的，同样的想法放进僵死的古诗框架中是很痛苦的事情。

我们虽然为新诗分了一百多种格式，但对每一种，每一个诗人都可根据自己的兴致所至自由创造。诚为闻一多所说："（旧）律诗永远只有一个格式，但是新诗的格式是层出不群的。""新诗的格式可以由我们自己的意匠来随时构造。"所有的诗人，写的每一首自由诗在格式上都会不同，即使一般新律诗，每句的长度、每节的行数、排列方式等也可以不一样。单元律更可随你组织出无限多样的单元。从微观上说，每一个诗人都可以是格式的创造者。"你就是创造者"。这是同古诗根本不同的。

新诗格式成熟的第二个标志是可以运用多种手段相对自由地用句用韵的半自由诗。这种诗用句的自由与用韵的自由、灵动明显超越了古诗。如林徽因"你是一树一树的花开，是燕/在梁间呢喃，——你是爱，是暖，/是希望，你是人间的四月天！"押韵密度很大，非常灵动地表现了爱的热切。这在拙作（冯国荣——笔者注）《吧》中可以更明显地表现出来，这种用句用韵的双重自由、灵动古诗中没有，节奏音乐上的强化古诗中也没有。

新诗格式成熟的第三个主要标志性成果是郭小川创造的回荡式单元律。这是从新格律方向上说的。这种回荡式单元律用单元组合、对仗、议论咏叹与节奏旋律点押韵四种特技构成了旋律回荡的特殊美，开拓了现代白话特有的诗学潜力。格律格局比古律诗格局大，也有很多古律诗没有的技巧，有古律诗没有的难度。古代诗歌中还没有一种同时要求四种技巧的。

　　新诗格式成熟的第四个标志性成果是拟信天游等民歌。这种诗有强烈的地域色彩，有比兴方式组合的两句换韵的用韵与格式，有衬字等表现技巧与原生态风味。这也都是古诗中没有的。

　　新诗格式成熟的第五个标志是音乐性新体系的建立。除新格律诗与押韵的半自由诗的节奏、韵律音乐性外，歌词及朗诵诗的成熟标志着新诗音乐性进入了新的系统，那就是以顿的词语组合为单位的白话已经完全可以谱曲唱，完全可以由朗诵者根据内容、情绪、语气等来自然地处理。新诗歌曲的传唱广泛性与深入人心程度说明在音乐性上已远远超出古诗、词、曲。某种意义上说，正是从旧格律解放出来，才有无限多样的个性谱曲的可能性。

　　我们可对新诗格式成熟的情况作一个大致的描绘。新诗从旧诗解放出来以现代白话与准白话为主，以顿即语辞组合为单位，走向一个更加自由、更加多样的五大类一百多小类的格局。诗人从此拥有了格式的自主权，成为格式的主人。新诗不仅在自由性、开放性、自主性上超越古诗，而且其中有一些在精炼程度、押韵的技巧及写作难度上也超越古诗。新诗并且在以顿即语辞组合为单位的格局上通过歌词及朗诵诗，形成了远比古诗词曲丰富、灵动、优美的音乐性系统。新诗以此种种完成了对古代诗词曲的全方位超越，完成了整体换代。

　　最后，我们要说，古诗格式的时代已经一去不复返了。唐诗宋词元曲与当时的时代背景都有密切关系。各个时代都有由各自的综合要素组成的审美类型：杜甫的沉郁顿挫、李白的超迈飘逸、王维的静谧清空、边塞诗的慷慨苍凉、宋词的婉约缠绵、元曲的泼辣淋漓都是那些时代特有的艺术指纹，特有的格局、情调、意象、意境类型，后人很难复制。即使达到同一个水平也会读起来感到不新鲜。我们试看一百年来所写的旧体诗，除了名人诗（而非诗名人）主要以诗以外的原因有一些为人所知外，传诵的名诗几乎找不到，这才是真正的"迄无成功"。近年不少文雅人士写了无数的旧体诗，但有一首传诵吗？新鲜的内容要用新鲜的格式表述，这已是不可逆转的趋势。而且新诗已经找到了这种有整体超越性的优势格式。诚如刘勰早在一千多年前就说的："时运交移，质文代变"，"文律运周，日新其业"，"歌谣文理，与世推移"。

　　（3）从我们所列谱例可看出，一部新诗谱中几乎所有一百多种格式都已有脍炙人口的名作，几乎所有高水平的诗人都参与新诗格式的创制与沿用，形成浩浩汤汤的名家名作阵容，这远不是近百年来的旧体诗诗人诗作可比的。

　　（4）综合上述三方面，我们大概可以宣布：新诗格式创制已大致成

型。第一，新诗格式创制已非常系统完整，形成了十分丰富、气势磅礴的格式体系，对白话资源、中国古代诗歌资源、外国诗歌有覆盖性地全面汲取，对几乎所有可以创制的方向做出了探索。第二，新诗格式已经大致完成了对中国古代诗歌的超越，形成了自己的一系列特性与优势，完成了自己的音乐性系统，诞生了有代表性的大致成熟的格式。第三，已经产生了浩浩汤汤的名家名作阵容。

这里要特别说明一下，我们所说的是"成型"而不是"定型"，"定型"的说法对新诗不合适，因为新诗的许多格式尤其是自由诗的格式是不能"定"的，只能成一个类型。而且我们说过每一个诗人在每一首诗中都可以创制新的格式，没有什么是完全可以"定"的。

（5）百年新诗格式创制仍存许多不足，或者说要继续努力的地方。从我们的新诗谱例中可以看出，有些格式还缺乏规范的作品，如新三言、新四言还没有人认真去写。拟词、拟曲新诗大抵是六七十以上的老诗人在写，佳作较少。有些好的格式还很少有人沿用，如郭小川创制的回荡式单元律，几乎没有人沿用过，这一方面是这种诗写作难度较大，同时也可能因为我们没有很好去总结、命名。大家缺乏对这种格式价值的认识。有些格式因为作者时代的限制，作品有待更新，如郭小川创制的回荡式单元律、拟信天游的民歌体的作品，因为时代的原因，有些有极左的影子，很难长期传诵，有待新的佳作去接力。最后，古诗词曲尤其是词曲以歌唱见长，新诗应当尽可能向歌唱靠拢，也就是致力于写作能谱曲的"歌诗"，以借助音乐的翅膀走出一条更加宽广的路子。

（6）新诗格式创制仍是一个开放的态势。虽然可以认为大致成型，但成型的只是"类"，每一类在微观上还可以作层出不群的创制，诚如闻一多所说可以由每一个诗人由自己的意匠来随时创造。同时从大类上说，我们仍然可以从现代生活汲取新的养分，从外国及少数民族诗歌汲取新的养分。长远地看，也仍然会有将来的"与世推移"。我们只是说从百年来的这一轮可以认为大致成型。

（7）我们应该可以大致终结百年争论，即关于新诗格式要不要成型、如何成型的争论；要不要押韵，要不要新格律诗的争论，新诗与古诗格式优劣的争论。一些格式虚无者不承认新格律诗及押韵的半自由诗，认为新诗就是随便写的自由诗。你可以有这种主张，但你不能否定郭小川那种回荡式单元律对白话诗学潜力的挖掘，不能否定林徽因《你是人间四月天》最后一节对于韵的运用的价值，不能否定现在每年都在产生的大量脍炙人口的歌词押韵带来的音乐效果，在脍炙人口的歌词中不押韵的是很少的。这些我认为也已经不需要讨论，都是不争的事实。过去我们没有这样去总结、去摆事实，所以才有如此的无谓争论。自由诗、格律诗、半自由诗、拟古新诗都是很有价值的创造，是多元并存的一统格局。

（8）最后，我们应当对新诗格式创制的成就、水平进行大力的推广宣传。我始终认为，新诗格式是与新诗有关的人，特别是新诗人、新诗论家的家园，我们安身立命的地方，我们的底气、自信与尊严所在。我们既然已有这样的成熟、成就，就应该义不容辞、理直气壮地去宣言、去呐喊，去公布一个时代的终结与一个时代的开始。①

这八项结论是他在总结中国百年新诗发展历程和自己数十年的研究、创制实践经验的基础上得出的结论，其著作中也提供了充分的学理依据和实践范例供学界辩难、比较、对照。

上述总结主要是针对诗歌的排列格式，即形式美学的要素做出的考察。那么，还可以继续追问：造成新诗格律呈现出如此外形的内在艺术动因又是什么呢？笔者于 2004 年出版的《文艺逻辑学》一书，从艺术构思的思维逻辑形式、逻辑规律等方面做出了系统的总结。② 具体结合新诗格律的论述则放在本书下编里完成。

这里仅仅从艺术的形式美学角度，结合古代诗论家的论述，做出若干提示。中国古代文艺理论中论述艺术的虚实命题，数清代朱庭珍的《筱园诗话》最为精要恰切。他说："自周氏论诗，有四实四虚之法，后人多拘守其说，谓律诗法度，不外情景虚实。或以情对情，以景对景，虚者对虚，实者对实，法之正也。或以景对情，以情对景，虚者对实，实者对虚，法之变也。于是立种种法，为诗之式。以一虚一实相承，为中二联法。或前虚后实，或前景后情，此为定法。以应虚而实，应实而虚，应景而情，应情而景，或前实后虚，或前情后景，及通首言情，通首写景，为变格、变法，不列于定式。援据唐人诗以证其说，胪列甚详。予谓以此为初学说法，使知虚实情景之别，则其说甚善，若名家则断不屑拘拘于是。诗中妙谛，周氏未曾梦见，故泥于迹相，仅字句末节著力，遂以皮毛为神骨，浅且陋矣。夫律诗千态百变，诚不外情景虚实二端。然在大作手，则一以贯之，无情景虚实之可执也。写景或情在景中，或情在言外。写情，或情中有景，或景从情生。断未有无情之

---

① 冯国荣：《新诗谱——新诗格式创制研究》，北京：人民出版社 2010 年版，第 294－298 页。

② 姚朝文：《文艺逻辑学》，呼和浩特：远方出版社 2004 年版，第 64－80，82－105 页。

景，无景之情也。又或不必言情而情更深，不必写景而景毕现，相生相融，化成一片。情即是景，景即是情，如镜花水月，空明掩映，活泼玲珑。其兴象精微之妙，在人神契，何可执形迹分乎？至虚实尤无一定。实者运之以神，破空飞行，则死者活，而举重若轻，笔笔超灵，自无实之非虚矣。虚者树之以骨，炼气熔滓，则薄者厚，而积虚为浑，笔笔沉着，亦无虚之非实矣。又何庸固执乎？总之诗家妙悟，不应著迹，别有最上乘功用，使情景虚实各得其真可也，使各呈其变可也，使互相为用可也，使失其本意而反从吾意所用，亦可也。此固不在某联宜实，某联宜虚，何处写景，何处言情，虚实情景，各自为对之常格恒法。亦不在当情而景，当景而情，当虚而实，当实而虚，及全不言情，全不言景，虚实情景，互相易对之新式变法。别有妙法活法，在吾方寸，不可方物。"①

朱庭珍的《筱园诗话》是针对中国古代诗歌做出的深入思考。但笔者发现，这种艺术法则的经验之谈用于衡量当今新诗的艺术内在法度，其理亦通。

附录：

白兰十载风华（朗诵体交响诗）
——佛山实验学校建校十周年颂

这里是知识的圣殿——名字叫"佛山实验学校"，
这里是求真的通途——东平河边荷园路二十号：
神奇的传说从这里开始，
惊人的数据在这里创造。
在每一位学子必经的路旁，
写满了我十年的期许和渴望……

序曲：登月与庆典（粉色）

把玉兔登陆车送上月球地表，
完成千年梦想，是"嫦娥三号"！
你把中国登天事业推向峰巅，
也拉开实验学校十周年庆典。

---

① 徐中玉主编：《意境·典型·比兴编》，北京：中国社会科学出版社 1994 年版，第 63 页。

58

我们曾齐聚在多媒体室投影机前，
收看天宫一号上太空授课的讲解，
质量单摆：陀螺、水膜——
永无止境哦　深邃的太空，
科学的探索　奥妙无穷……

A 复调：校园颂歌（朱红色）

极目远眺实验学校，恢弘的校园、开阔的场馆
凭栏轻抹书苑春色，精美的园林、优雅的泳坛
十年前迎来的是一只只雏凤，
十二年后送出了一排排大鹏。
皎洁的白兰映波涛，
油油的青草戏跑道。
锦鲤跃龙门、荷叶碧连天
暖冬把金光洒满了校园。

请把耳朵支在亚洲艺术公园旁，
何等的悦耳，倾听那书声琅琅；
请把眼睛安装到云朵的胡须下，
俯瞰莘莘学子不舍昼夜地奔忙；
请让鼻子在食堂里尽情地放纵，
嗅一嗅师生们一日五餐的饭香；
请展开双翼追随直升机螺旋桨，
好为学校航拍鹅蛋形的绿茵场。

十二年一贯制——
书写基础教育的新篇章，
一流的建制、先进的设施，
领先的理念和卓越的素质，
谱写了奇迹、铸就着辉煌，
编织跻身国际名校的梦想。

B 行板：节日欢歌（浅绿色）

英才的摇篮，智慧的校园。
夕阳驱散了学子们曾经的迷惘？
朝霞镀亮主楼的回音壁、工作坊。
潜能要跳舞，灵感会歌唱，
理想的沃土在阳光下生长。

孜孜以求、慎思明辨，
知识的星空浩瀚无边；
我努力、我快乐、我成长，
我们的梦想要在这里实现！

读书节：
东平汤汤，兰花芬芳；
南国花蕾，亚艺之光。
书香满园，潜能无量，
优雅和精思于岭南大地绽放，
德能与智勇在寰宇八方颂扬。

科技节：
汾江流长，陶都辉煌；
万花盛开，初升朝阳。
脚踏实地，志存高远，
去技术的星空中寻觅热与光，
到科学的大海里好扬帆起航。
幸福与智慧在岭南大地绽放，
艺术和科技交融是我们的理想。

体育节：
南国暖冬胜春阳，
实校健儿运动忙。
比学赶帮齐努力，
雏鹰展翅竞飞翔。
将希望与寄托——

刻印在绿茵场，
风雨同舟、灵猴运水、踏石过河，
奇幻的游戏充溢着快乐。

C 柔板：学子情深（青莲色）

一幕幕歌舞剧　和谐、清脆而悠扬，
一场场辩论赛　唇枪舌剑显锋芒。
天空　回荡着收获的气息，
硕果　夯实了十载的华章。

让老师挠头的小淘气：
时常把 6 和 9 弄颠倒，
多次将 8 与 ∞ 相混淆，
粗心的坏毛病坑苦了我，
丢三落四，前腿忘后脚。
唉——长此下去可怎么得了？
急得父母眼睛直瞪着成绩表。
嗨，可怜、可怕又可笑！

数学门萨、潜能开发
历奇训练、野外探险
逻辑重严密，科学加幻想
诗歌、辩论加讲演……

反复的失败锤炼了我：
赢的是心态，输的是骄傲。
从此悟出科学规律的重要：
更明白了芝麻开花节节高。
坚韧与辛劳换来了欢笑，
栋梁的雏形啊在此塑造！

D 蓝调：教师风采（蓝色）

每当说起您——我们的园丁，

眼前就浮现出一幅幅图画：
您带我在知识的海洋里遨游，
在百花甘甜的蜜中汲取营养……
此刻，您正在伏案备课，
催白您秀发的是岁月的风霜！

为了最终的实验数据，
您正在资料中不停地翻查；
为了完善教学计划，
您正夜以继日地出发、再出发……

每一个夜晚，您披星戴月坐班辅导，
　　对我们白天里的疑惑逐一解答；
每周一的晨曦，您驱散往日的困乏，
　　以升旗仪式微笑地重新出发。

机器人与航模、立体说课与科学探索，
连中三元，圆了我们十载梦想；
羽毛球和击剑，舞蹈团与合唱
欢庆十周年大典有演讲冠军与故事大王。

汉字书法、国旗下的酣畅，安全活动重消防，
野外考察、生存训练，抗震抗灾可效仿。
动画、美术加体操，科技手抄画传捷报，
历奇训练、国际营，话剧小品冠商标，
水果拼盘示范做，学生、家长夸——真棒！

老师啊，您在假日里也从无闲暇，
教案上的红黑字迹，作业里的勾勾叉叉，
从黄昏直到黎明，千百次地为我们答出满天的云霞；
从韶华到华发，万千桃李在您的心田里——扎根开花！

E 快板：进行曲（浅红色）

今天是桃李芬芳，明天成为祖国的栋梁。

栋梁，栋梁，成就辉煌，反哺母校，润泽家乡；
园丁，园丁，禾苗茁壮，春风化雨，百花竞放；
荷园，荷园，托起太阳，责之所在，无上荣光！
我们在这里收割希望——
硕果属于亲爱的同学们，
荣誉属于可敬的老师们，
认同属于那睿智的家长！

书香篇：
这里是天堂才有的景象：
可以读到有梦的《狼王》，
可以让《木马》散发着丁香，
金钱不是万能——还看《百万英镑》。

学生明白了老师藏在试卷里的爱，
孩子懂得感恩父母森林般的关怀。
猴子、狐狸追逐着春天里的流云，
《完璧归赵》活现蔺相如的神采。

校长篇：
水越流越长，树越长越高
校长智慧的皱纹越来越深了。
铺展开画笔，油彩在画布上燃烧
唤醒了布谷，燃尽了枯草，
浇灌出因材施教的活样板，
浇灭掉有教无类的死角。
您的树人计划，催醒了十年桃李梦
穿越了十载的时光隧道！

理念篇：
名师荟萃，专家支撑，
涵养性情，开启潜能。
国学为本，外语见长，
受益无穷，成才多样。
陶熔品性，培育人格，

激发智慧，超越自我。
我们用一生的心智来全方位地思考，
白兰精神——永不褪色的爱之大纛！

尾声（深紫色）

实验学校初创
我怀揣着一份期盼、千般渴望，
谁也无法预言
十年后它究竟是何等模样？
今天，我梦想成真，
让整个珠江水系听到一声巨响：
我们昨天　是桃李芬芳，
明天将是　社会的栋梁！

（全诗170行）
2013 年 12 月 1 日草

注：本诗作部分篇章以《校园颂歌》为题参赛，获"相聚北京·全国中老年文学征文大赛"诗歌组一等奖（2014 年 4 月 16 日）。

第三章　新格律诗的朗诵要素

第二章重点论述节奏、韵律、语言修辞、句式、诗节排列格式等问题。附录里又以《白兰十载风华》具体展示了新诗格律与音乐美（交响诗体）、绘画美（辞藻及每一节诗的标题必须采用的标准色彩之美学效果）和建筑美（句式组合、行数、节数、形式排列等）的造型艺术追求。现在，则进一步探索这些美学造型在具体运用中的效果，也就是说，在诗歌欣赏、批评尤其是朗诵实践中怎样才能发挥好格律诗或宽体格律（即半格律）诗本身蕴含的潜能。当然，正如朱自清曾指出的那样，有些诗例如艾青的《大堰河——我的保姆》，在视觉默读下可能很普通，但是若朗诵者发挥得好，例如闻一多的超常发挥，那声音的渲染力就远远超出默读的效果。

朱自清在《论朗诵诗》一文里以亲眼见证的方式论述诗的朗诵效果："笔者过去也怀疑朗诵诗，觉得看来不是诗，至少不像诗，不像我们读过的那些诗，甚至可以说不像我们有过的那些诗。对的，朗诵诗的确不是那些诗。它看来往往只是一些抽象的道理，就是有些形象，也不够说是形象化；这只是宣传的工具，而不是本身完整的艺术品。照传统的看法，这的确不能算作是诗。可是参加几次朗诵会，听了许多朗诵，开始觉得听的诗歌与看的诗歌确有不同之处；有时候同一首诗看起来并不觉得好，听起来却觉得很好。笔者这里想到的是艾青先生的《大堰河》（他的乳母的名字）。自己多年前看过这首诗，当时并没有注意它；可是在三十四年（1945 年——引者注）昆明西南联大的五四周年朗诵晚会上听到闻一多先生朗诵这首诗，从他的抑扬顿挫里体会了那深刻的情调，一种对母性的不幸的爱。从当场热烈的掌声以及笔者后来跟在场的人的讨论可以证实，这似乎是那晚上最精彩的节目之一。……笔者那时特别注意《大堰河》这一首，想来想去，觉得是闻一多先生有效地戏剧化了这首诗，他的演剧才能给这首诗增加了一些新东西，它是在他的朗诵里才完整起来的。

"后来渐渐觉得，似乎适合于朗诵的诗或专供朗诵的诗，大多数诗朗诵里才能见出完整来的。这种朗诵时大多数只活在听觉里，群众的听觉里；独自看起来或在沙龙里念起来，就觉得不是过火，就是散漫、平淡、没味儿。对

的，看起来不是诗，至少不像诗，可是在集会的群众里朗诵出来，就确乎是诗。这是一种听的诗，新诗中的新诗。它跟古代听的诗又不一样。那些诗是唱的，唱的是英雄和美人，歌手们唱，贵族们听，是伺候贵族们的玩意儿。朗诵诗可不伺候谁，只是沉着痛快地说出大家要说的话，听的是有话要说的一群人。朗诵诗虽然近乎戏剧的对话，可又不相同。对话是剧中人在对话，只间接地诉诸听众，而那种听众是悠闲的、散漫的。朗诵诗却直接诉诸紧张的、集中的听众。不过朗诵的确得注重声调和表情，朗诵诗的确得是戏剧化的诗，不然就跟演讲没有分别，就真不是诗了。"①

中国白话散文的早期开拓者朱自清是散文大家兼古典诗学的学者，他并没有因为自己偏爱散文而歧视新诗。恰恰相反，他能够从文学实践的实际接受效果出发，做出不同时流的论断，纠正了诗坛的偏向——重视书面写作的诗（主要作用于"看"）而拒斥接近口语写作主要用于朗诵的诗（主要作用于"听"）。

他的这段论述信息量很大，启发笔者至少需要讨论如下几个相关的问题。

一、格律诗需要且应当用于朗诵

早在 1947 年，金童在《谈新诗的朗诵》里就强调过诗歌应当用于诵读。他说："我国新诗（白话诗）的历史尚短，朗诵新诗的历史则更短。假如不是我记错的话，大抵是在香港沦陷之后，朗诵诗的风气才流行起来。记得在桂林、昆明、重庆等城市里，差不多在任何一个文艺晚会上都有诗朗诵的节目插入，不过听众仍仅局限于知识分子群；发展到最近，学生们才把朗诵诗作为一种最有力的宣传工具，而且很普遍地形成了一种风气，这是很好的现象。至于诗朗诵的逐渐普遍流行，其影响是很大的。它把诗由纸面上的死的语言，变成了口头上的活而生动的语言。有一种倾向是诗必须走上通俗大众化、口语化和形象化，而且借口头的朗诵，可以把任何一首诗传播得很广。即便在出版上受到限制，但却可以借口头来传播。这不能不说是新诗的一大飞跃、一大进步，同时也证明了新诗是有远大前途的。和小说、童话、寓言、神话等一样，原始的诗是口头的文艺，它同歌是分不开的，用口头来创作，用朗诵、歌唱来传播。因为全凭记忆来传播，所以原始的诗是没有定型的。自从人类有了文字和印刷，诗就变成了纸上的死的文学，就失去了原始的活泼的语言美，变成了一种文雅的雕琢的东西。尤其是我国的旧诗，它受了文字和形式的局限，与语言相距极远。虽然旧诗也讲究朗诵，但它已经不是大众的

---

① 朱自清：《论朗诵诗》，见高兰编：《诗的朗诵与朗诵的诗》，济南：山东大学出版社 1987 年版，第 98－99 页。

活的语言。白话诗本身就是一个大革命，白话诗走向朗诵的路则又向前进了一步，所以说诗走向朗诵风气之流行是一种好现象。"①

　　其实，远古的诗歌都起源于民谣、民歌，先天就带有音乐性。在文字尚不普及、记载工具也不够发达的条件下，不能口耳相传就意味着消亡。后来书面文字越来越发达，写诗、读诗成了被书生们垄断的行当。经过百年的新文学革命，当今的诗歌又面临着"写诗的多于读诗的"尴尬。诗歌如何重新发现拥有读者的成功道路呢？笔者以为，先拥有"听众"要比努力拥有"读者"更见效、更广泛、更有活力和市场！

　　如果有读者要和笔者抬杠，那就用事实来说话。笔者曾给某地文联新办刊物写了近千言发刊词，他们反馈意见说：文章不错，但记不住，长了点。尽管按照通行的卷首语标准已经比较精短了，可是结尾的 51 字小令却容易让人们记住："行程满，事务急，数日切磋多才艺。诗书画，三灶里，今晚珠海电视悉。盛情待，《金土地》，鸿儒欢聚创意齐。别时紧，车驱驰，九龙诗魂永相忆。"这表明，就一般意义而言，诗歌的艺术效能高于散文，格律诗高于自由诗，短诗比长诗更易让人记得住。

二、格律诗的朗诵与朗诵的诗

　　我国跨现代与当代文学史的著名儿童文学作家锡金（原名蒋锡金）早在二十世纪三四十年代里是与高兰、张光年（笔名光未然，《黄河大合唱》的词作者）等人热衷于在武汉、西南联大、桂林、昆明、重庆等地或在延安的中央大礼堂、陕北公学倡导诗朗诵的活跃诗人。笔者三十年前在东北师范大学读硕士的时候听导师介绍他的老师蒋锡金退休后还在写儿童文学，于是前往拜访这位师祖。他就像济公和尚一样常常手里攥着酒葫芦，略有酒兴的时候就会有问必答，颇有禅意，出口成章、妙语连珠。近年来，我因给所任教的大学硕士生们开设"诵读与语文教学"专题课的需要，搜罗同题著作，编写教案、讲义之需，反复研读高兰先生汇编了中国迄于 1937 年止于 1984 的所有论述诗朗诵的文集《诗的朗诵与朗诵的诗》，才发现其中有关朱自清、闻一多、锡金等先哲们诸多倡导诗朗诵的言论、活动行止。其中许多行止的记载令人音容宛在、耳目一新，他们的见解和艺术气质都活灵活现。此时，笔者才明白了锡金师尊为什么会即兴成章，原来他在青壮年时代有大量的诗朗诵实践，是朗诵诗的倡导名家之一。

　　先来听听朗诵诗的权威高兰对当时情景的记述：

---

　　① 金童：《谈新诗的朗诵》，见高兰编：《诗的朗诵与朗诵的诗》，济南：山东大学出版社 1987 年版，第 92－93 页。

苏联文学顾问会给初学写作者说："写你所深知，你所熟知的。"朗诵也必须朗诵你所深知所熟悉的，你所消化了的，或是被深深感动了的。记得在六七年前，在汉口美的冰室一个非常盛大的文艺座谈会上，临时加了一个朗诵节目，并推定王莹、锡金和我（指高兰——笔者注）合诵普希金的长诗《茨岗》。当他们宣布的时候，我还没熟悉那首诗和作应有的准备。于是三个人连忙凑在一起，大致商量了一下分段，还不等看第二遍便开始朗诵了。我不记得他们朗诵得怎样，我只觉得我当时好像一个人在读秘书为他准备的演讲稿一般，"所以……我们……"似的。可惜普希金的名作，被我朗诵得若断若续不够流畅，令人难于理解。可是到重庆后，有一次（约为一九三九年一月中），也是一个颇为盛大的文艺座谈会，事前由陈纪滢先生通知我准备一个朗诵节目，我懔于前次的失败，于是把我自己的一篇《我的家在黑龙江》，着实地准备了一番，才出席朗诵，结果就比前次好得多了。……朱熹说："大抵观书，先须熟读，使其言皆出于吾之口，继之以精思，使其意出于吾之心，然后可以有得尔。"①

由此可见，即便是名家、权威诗人也不能打无准备之仗。同时，笔者从上述描述里找到了理解锡金先生的门径。有了上述诗歌氛围的背景，锡金先生的如下论述就更容易理解了："诵诗介于读和唱的声音的艺术，不是读也不是唱，而是一种感情的言语。说它近于读的，则是近于读的'念'，就是念出字的声音和含义来；说它近于唱的，则是近于唱的'咏'，就是要把念出来的字加以吟味，适当地表现出来这在过去的学塾里是可以取譬的，但不一定有调子，更不一定有固定的调子。过去的诵诗书，除了段落必须分明外，还须求'文气'的灌注。好的教书先生还要教诵出内容的感情和意义，如是喜怒或是褒贬之类。这些，据说可以帮助记忆以便背诵，以及可以不知不觉中懂得了'文章三昧'。现在我们的诗的朗诵，不必要拘泥于过去的诵的形式，哼出调子摇头摆脑等类；也不必要袭取西洋的非同型的语言的朗诵形式，如Weinert，配音乐的和分男女各声部的朗诵，戴面具化装的朗诵等。不妨有时拖长些尾音或是为表情而晃动身体；或者如演讲者的疾呼，或者配一些乐器，或者加以化装或布景，要看诗的内容的需要而定。其实大鼓和开篇之类的弹唱，也可算是诗歌朗诵的先例。大鼓和开篇之类的弹唱等其实也有诗的本质。他们的内容不外是叙事的抒情的写景的，以描写一段故事的为主体。这些唱演者的技术，如连念、逗顿，都有可学习的地方，当然我们要新的朗诵艺术。朗诵的原则，应该是朗诵出来的，用一种感情的语言，使听者因明白诗的内

---

① 高兰编：《诗的朗诵与朗诵的诗》，济南：山东大学出版社 1987 年版，第 18 - 19 页。

容而受感动。

"这时，朗诵者便必须要多多地学习了，要学习朗诵的各部门。要练习声音，声音必须洪亮、清楚，使听众听得见，而且听明白是什么。要练习姿势，怎样歌颂崇高的英雄，怎样讽刺猥琐的奸佞，怎样描摹景物。要练习表情，这表情与演剧的表情不同，不是动作的模仿，而是诗的心情的表现。最主要的还是要练习怎样正确地表达诗的内容。不过火也不必不足，这又是有待于对诗的深入理解的基本修养。这些是正待朗诵者去努力的。

"朗诵的诗与诗的朗诵，是相生相长的，朗诵诗经过朗诵固然有了凭借的工具，人们可以从听觉上接受诗，这给文盲大众又得到了他们几千年前被文学摈弃后所失去的享受。诗更要在朗诵里，逐渐地吸收更多的活的语言。这样，可使它在数千年已经僵死的文字里解放出来，充实和活泼了它的内容。在经过新的诗的言语，诗人们要为民族创造新的言语。中国的言语文字已经历久地感觉到呆板和不适于近代文明的应用了；普希金曾经创造了俄罗斯的新语言，我们也要通过朗诵创造新中国的语言。"①

与白话语体相比，文言文的僵硬、模糊性是有目共睹的。即便是采用韵文、即便表现的内容是当代人的生活，也难以克服其困境。例如，笔者在2017年写了一首《彩虹》：

　　　　风拥抱了彩云
　　　　托起了彩虹雨
　　　　游丝魂归天宇
　　　　淅淅沥沥
　　　　落回凡尘
　　　　泣泪成语……

它明显比我近日将半格律旧作改为通篇四言押韵诗《月亮发呆》的艺术性强：

　　　　静夜无眠　独倚兰台
　　　　凝视斜月　沉切痴呆
　　　　冷风吹皱　百缕相思
　　　　铭心刻骨　天国余哀

---

① 锡金：《朗诵的诗和诗的朗诵》，见高兰编：《诗的朗诵与朗诵的诗》，济南：山东大学出版社1987年版，第62－63页。

后者的教训让笔者明白，四言诗主要盛行于《诗经》，曹操之后几成绝响。八言诗就没有成功的诗篇，它应当归入骈四俪六的骈文才对。现代人如果还喜欢写四言诗，就要在四言为主的诗句中，有规律地加插奇数的七言、九言错落其间，从而减少声调节奏上的呆板单调。本章末附录里的《西樵山赋》（并序）就是笔者为了克服四言诗的缺陷而尝试的试作。

三、格律诗朗诵与诗意的回环、排比

（一）朗诵与戏剧表演的不同

记得 2015 年 9 月，笔者所在的中文系在河滨校区举办诗朗诵比赛，一位单薄瘦弱的女生选择朗诵《沁园春·雪》。与其他选手相比，尤其是与几位身材高大健壮的男生朗诵苏轼的《念奴娇·赤壁怀古》相比，显出她身弱气虚的不足。尽管她也有动作、表情，但不是全身心融入情境中，也不十分熟悉现场，找不到自信，动作略微僵硬不自然。事后，她征求我这位评委的建议，我耐心地鼓励她继续磨炼，选择更适合自己气质类型的情意轻松、洒脱的诗篇。量体裁衣，找到合适自己的作品，再配合适当、适度的动作（不要过多，也不能几乎没有）与表情，效果一定会好很多。2022 年 7 月底，笔者指导的语文教育方向龚成硕士，在广东省语委主办的"迦陵杯·诗教中国"诗词讲解大赛中荣获一等奖（第一名）。

中国朗诵诗的先驱高兰早在《时与潮文艺》1943 年第 4 卷第 6 期上发表的《诗的朗诵与朗诵的诗》长文里，就最早指出了这个现象："表情和动作必定合适，决不可过或不及，可是怎样才能合适呢？我觉得一个朗诵者，必定首先清楚地记着自己是在朗诵一首诗。假如是自己的作品就要时时不忘，我是写诗的人，在朗诵我的诗，我不是诗中的人物。假如是朗诵别人的作品，就应当不要忘了，我是在替别人说话，不是诗中人物在讲话，这不能与演戏相混。必定要保持诗作者与诗中人物的相当距离，你还要保有你自己的人格、感情、语言、声音、笑貌。如果演戏则不论是演你自己的剧本，或者别人的剧本，既然上台，你就变成剧中人物了，与剧作者毫无关系，不能存留你自己一点，甚至应当完全忘记自己，你要为塑造剧中人物而努力。这是朗诵与演戏的本质的不同。"①

笔者早年的诗朗诵就比较情感强烈，时不时表现过热、过火。经过许多时间磨炼后，分清楚了不同的诗歌要采用冷、热、高、低、轻、重、缓、急，不同的温度与节奏，不应该设定统一僵硬的节拍、声调，更不能采用法国美

---

① 高兰编：《诗的朗诵与朗诵的诗》，济南：山东大学出版社 1987 年版，第 15 页。

学家罗兰·巴尔特主张的那样——零度写作、零度朗诵。

　　零度朗诵比较常见于当今的许多小学语文课堂。教师要求背诵"谁知盘中餐，粒粒皆辛苦"，小学生们的记性好，可以毫无表情地高声叫嚷十遍而背诵出来。你问他诗的意思还能答得出，但问他诗歌在何种情境下写出来的？表达了作者怎样的心情？这首诗的句式、节奏、声调，那就付之阙如了。当孩子们诵读诗歌，不是读词组，而是类似机关枪点射那样，机械地读着一个个的字，采用幼童玩木偶游戏的方式来读：我—们—都—是—木—偶—人，不—许—说—话—不—许—动！教师没能够示范地吟诵出长短不同的词组、节奏、声调、情感，孩子们就只能干巴巴地像留声机一样地读单"字"了！反之，广东省教育厅组织的全省"诗教中国朗诵大赛"于 2021 年 8 月 3 日在江门幼儿师范高等专科学校举行，笔者作为总评委之一，亲眼见证了一位获得二等奖的教师谈她采用普通话朗诵与粤语古韵吟诵双语开展初中语文诗歌教学的独到体会，确证了朗诵与吟诵之间的相通之处与差异之点。

　　有鉴于此，写诗的时候，至少是初稿与定稿之间的修改中，诗人们要想到在预想中的读者、听众眼前展开此诗作时，他们可能会怎样读，又应该怎样进入预设的理想化的读诗状态？有不少诗人文友们很老实地回答过笔者提出的这个问题：想那么多？搞那么复杂？我想也没有想过写一首诗还这么烧脑，不就是有了兴致、来了灵感，直接写下来就好，很多时候我自己都不清楚自己想表达个什么明确的意思，就是一种感觉、情绪。笔者只能如实地指出，固然可以允许诗人"不想烧脑想那么多"。但是，如果你是一位有出息的诗人，你既不想重复别人更不愿意重复自己，真正在追求"创造性写作"，如果你真心实意想告别"模式化写作""规范化写作"（只写被别人已经写熟的内容、形式、技巧、风格），那你就真的要配得上"创造性写作"（简称"创作"）这个本来尺度很高的行当。因此，绝大多数诗人其实只配称为诗歌练习者、诗歌发烧友，好一些的可以被称为诗歌作者。"诗人"真的不是多写了百篇像模像样的"诗行"以后，你就真的是"诗人"了。有探索精神并创造发明了独特的诗体、诗题、诗风、诗情、诗歌技巧，因而别开生面，带来了新的美学观念，或引发诗潮，或聚集起特定类型的诗歌群体与流派，这样的诗人，那就是真正的诗人了，别人不可替代了。至于这样的诗人是否一定无可争议、一定名垂青史，那也很难说，还要面对历史巨浪的无情冲洗、筛选。其结果，或许能够预言，但也常常出乎惯常习见的预料。

　　但是，不论你多么想常规或想创新，诗歌的吟诵或朗诵属性是必备的要素。回想诗人沙可夫早在 1938 年时说的话尚言犹在耳："朗诵是一种属于声音的艺术，是可介乎歌唱与读念之间的东西，这是谁也不否认的。如此说来，第一，朗诵是不需要什么动作和姿态的；第二，朗诵的声调不应做作成歌唱

一样，也不应变成念读似的。朗诵者在朗诵时可以随着朗诵材料（诗歌、小说、戏剧等等）中传达的情感而自然地在面部流露出（不要做作！）喜怒哀乐的表情，或用手部动作来表示一下（不要过火！），但这不是说朗诵非要动作和姿态不可。我们应该避免朗诵时不必要的，尤其是不自然的表情与动作。要使朗诵真正成为艺术，在听众（不是观众）中获得最大效果，除内容以外，主要的条件是：1. 语音清晰；2. 生动流利；3. 声调适合于内容中所传达来的情感。至于朗诵时应该怎样来表情、怎样来动作，这对于朗诵这一种艺术倒是无关重要的问题。这些都是关于戏剧的问题。"①

然而，朦胧诗在其后续发展中越来越偏执于密集有加的隐喻、暗示、象征，把诗歌变成了猜谜、玄思、脑筋急转弯、克洛诺斯迷宫，甚至故作高深但其实自己都不知道自己在说什么。

针对此种现象，南开大学的当代诗歌诗评家罗振亚教授总结得精辟深刻：

> 长期以来，诗歌内部就存在着叙事与抒情的"疑似矛盾"。说它是"矛盾"，是因为有限的诗歌容量使诗人们很难同时兼顾叙事与抒情，在不同的发展时期，诗歌或是倾向于抒情，或是倾向于描摹；说它"疑似"，则因为这对"矛盾"并非是完全冲突的，诗歌中的叙事内容往往最终是为抒情服务的，只是在掺入叙事成分后，诗歌的抒情策略就会发生某种偏转，于是就有了直抒胸臆和借事抒情的区分。在这种相对平衡的对抗和融合中，诗歌的重心无论是略微偏向哪个方向都是健康合理的。直到20世纪50年代末，诗歌在这个问题上"误入歧途"，走向两个极端，要么胡编乱造打油诗，要么情感泛滥，文本过分直白，情感缺乏必要的克制。朦胧诗借用意象艺术的含蓄和内敛，纠正了前者的浮泛直白。但是，时间一久，朦胧诗"因意象无节制的泛滥暴露出明显的局限性。意象对意象的多情，意象间的叠加派生，完全成了苍白意味的遮掩，矫揉造作，玄乎其玄；诗人把某种内涵装在意象里，用大暗示牵动小暗示，由大象征套叠小象征，让读者去猜，隐喻与象征的多义、游走性，使诗渐成无谜底的呓语，背离了生活的可感性"。②

笔者对戏剧体诗歌，即诗剧没有研究，也没有创作实验过，但知道郭沫

---

① 沙可夫等：《关于诗歌民歌演唱晚会》，见高兰编：《诗的朗诵与朗诵的诗》，济南：山东大学出版社1987年版，第65－66页。

② 罗振亚：《从意向到事态——"后朦胧诗"抒情策略的转移》，见罗麒：《21世纪中国诗歌现象研究》，北京：人民出版社2018年版，第248－249页。

若早期创作的《棠棣之华》《胆剑篇》等诗剧后来发展成了多幕历史剧《屈原》《蔡文姬》。莎士比亚的 17 部戏剧都是用诗歌的形式写成的，因此叫诗剧。其实，在莫里哀之前，欧洲的戏剧都是继承古希腊而来的诗体剧作，莫里哀之后才改为适合市民阶层兴起所需要的口语化散文体戏剧。但是，那其实被归入戏剧，已经不能算诗歌了。笔者自己的诗歌试验中最具有戏剧成分的是朗诵体交响诗《白兰十载风华》，采用了交响乐的构思、框架、旋律，那也证明笔者的诗歌接近了交响乐。但那还是诗歌，不是戏剧。所以，有关诗剧的问题，笔者不遑多论。

（二）格律诗朗诵与歌唱、演讲的不同

对此，我们需要再次回到诗歌的原初基本属性或者说要素上来，那就是诗歌是必须讲究节奏的。尤其是格律诗，更讲究音乐美、绘画美、建筑美。因此，诗歌不能没有音乐性，不能完全无法诵读，不能出现大量生僻字词，不能一点都不能合乐演唱。我们没有要求诗人会唱歌，没有要求诗歌完全适合于演唱，但是诗歌作品如果一点音乐性都没有，那也就太另类了，另类到马上跳出诗歌的边界之外去了。

上述观点不是笔者最早提出的，这其实是诗歌界绝大多数人的共识，笔者仅仅是有自身写作体会和试图在创造性地写诗的三十余年历程中反复验证了的一条铁律。就中国新诗百年历程中查筛，李雷在 1938 年就有专文论述此现象，可能是这一观点在中国现代的初始发言吧。他说："诗歌朗诵可以不唱，但是得允许唱的成分存在。诗歌朗诵可以省略戏剧性的太夸张的表情及动作，但是可以稍带着借用戏剧性的表情及动作以辅助传达诗篇的内容。诗歌朗诵的音乐性和戏剧性是有限度的，不能超过某种程度。若是太强调了歌唱性或戏剧表情，那就会弄得人家觉得滑稽好笑。诗歌朗诵的音乐性与戏剧性是服从诗篇内容的，而不是诗篇服从朗诵的歌唱和戏剧性动作表情。"[1]

但是，不要求诗歌必须适合于演唱其实是个宽松的低级要求。好的诗歌是可以用来演唱的，例如《诗经》里的《蒹葭》不仅适合三千年前的古人演唱，就是在 20 世纪 70 年代，被中国台湾的词曲家庄奴稍稍改一两个生僻字后，它就变成了《在水一方》，红遍了中国及东南亚各国，让邓丽君成为一代华语乐坛天后。所以说，合乐的诗歌应该是好诗歌，容易传遍千家万户的好诗歌。如果再进一步延伸，有些好诗歌，先不考虑它的乐谱，仅看歌词就会让不通音乐者都能喜欢起来，通晓音乐者那就更加增强共鸣效应了。

① 李雷：《论诗歌朗诵的技巧》，见高兰编：《诗的朗诵与朗诵的诗》，济南：山东大学出版社 1987 年版，第 56 页。

可以说，这样的主张十分符合后来的文艺发展需要。中国的许多著名歌词，其实就是新诗，有的是宽体朗诵诗，有的是比较严格的格律诗。符合新格律诗的歌词如《牵手》"因为爱着你的爱/因为梦着你的梦/所以悲伤着你悲伤/幸福着你的幸福//因为路过你的路/因为苦过你的苦/所以悲伤着你悲伤/幸福着你的幸福"。这是非常严格的格律体。有宋词风味的《送别》句式不像《牵手》那么整齐，却更见张弛有道的韵致："长城外，古道边，/芳草碧连天。/晚风拂柳笛声残，/夕阳山外山。//天之涯，地之角，知交半零落。一壶浊酒尽余欢，/今宵别梦寒。"符合准格律或半格律的歌词如《牧羊曲》："日出嵩山坳，/晨钟惊飞鸟，/林间小溪水潺潺，/坡上青青草。/野果香，山花俏，/狗儿跳，羊儿跑，/举起鞭儿轻轻摇，/小曲满山飘。"当然，谱曲时为了收尾起见，尾句重复了半句"满山飘"，那是作曲的惯性定律。

有一首颇为流行的歌曲《祈祷》，深受"80 后"老青年们的喜爱。我把歌词压缩为纯诗，再附上歌词原作，可以比较出诗歌与歌词艺术特性的异同：

> 敲希望的钟，/祈祷在心中，/失败叫成功永远转动，/四季少了夏、秋、冬。

附流行歌曲《祈祷》的原词：

> 让我们敲希望的钟啊，/多少祈祷在心中。/让大家看不到失败，/叫成功永远在。//让地球忘记了转动啊，/四季少了夏、秋、冬。/让宇宙关不了天窗，/叫太阳不西溜。//让欢喜代替了哀愁啊，/微笑不会再害羞。/让时光懂得去倒流，/叫青春不开溜。//让贫穷开始去逃亡啊，/快乐健康留四方。/让世界找不到黑暗，/幸福像花开放。//让大家看不到失败，/叫成功永远在。

王力先生在《现代诗律学》中指出："汉语诗句的长短以字数为标准；西洋诗行的长短不以字母的数目为标准，而以音节（syllabies）的数目为标准。这里，中西的标准可认为是相同的，因为汉语里一个字恰是等于西洋的一个音节。在没有轻重音的语言里，诗行的结构比较简单。在欧洲，这可以法语为代表。古代汉语也可认为属于这一类。……至于在有轻重音的语言里，诗行的结构是复杂多了。在欧洲，这可以英语为代表。现代汉语普通话也属于这一类。因此，有些汉语诗人仿效英诗的轻重律或重轻律，这样构成的诗行另有讲究。"①

现代汉语已经基本上变化、消退了古汉语的平仄理论，平上去入已经不适合用来写新诗体了。但是，现代汉语的声调变化依然是世界各主要语种里节奏性最显著的，其轻音、重音就是音乐属性的明显表征。

臧克家的《诗的朗诵》曾指出古代中国的诗、乐、舞三位一体的状况："中国最早的一部诗总集——《诗经》里面的作品不但可以配上音乐歌唱、舞蹈，作为徒歌也可以'诵读'，所以《墨子》里就有'诵诗三百，弦诗三百，歌诗三百，舞诗三百'的话。有的人把这样的诗叫做朗诵诗，以区别于只眼看而不上口的诗。当然，在群众场合里朗诵的诗，它必须具备以下这样一些条件：政治性强，思想内容群众化；调子雄壮，语言比较通俗。"② 这就表明了远古中华大地的重大庆典要诵、弦、歌、舞，就是说要吟诗、声乐、器乐、舞蹈配合在一起，完成礼乐交响！

喜欢格律诗的诗人和欣赏者喜欢强调诗歌具有音乐性，那是当然不过的事。但是，希望一点都不受拘束的自由诗诗体爱好者们是否能接受诗歌的音乐性铁律呢？笔者在想，不少自由诗的偏爱者很可能嘴上说不出理由，但心里不太亲近这一条"铁律"。事实上，笔者的担心大可不必，那些只能写自由诗却不会、不敢、不爱写格律诗的诗人文友们也不必偏执一隅。因为中国现代自由诗的主将艾青都在明确无误地强调：诗可以诉诸听觉，"因为诗是借助于语言以表现比较集中的思想感情的艺术，而语言是声音组成的"（艾青《诗的形式问题》）。这话就是说，诗本来就是节奏的人声的艺术。诗不仅可以朗诵，而且应该朗诵。

朗诵一首诗产生的效果与阅读一首诗产生的效果有所不同，许多诗经过朗诵，可以在听众心上唤起更加深刻的印象。其所以如此，因为朗诵诗是诗的再一次创造，再一次燃烧。

让我们追溯到七十多年前的小学语文课堂教学中的朗诵重音的训练吧，这个案例不仅对当今的我们如何掌握诗歌诵读很有启迪，而且对当今的中小学语文教学有丰富的借鉴意义。例如："春天，花园里的苹果树全都开了花。"这句诗："把逻辑重音放在'春天'一词上，这对吗？不是的，这里并不是谈论一年季节性的安排；把逻辑重音放在'全都'一词上来读，是不是对呢？不，因为是不是每一枝苹果树都开了花，并没有这样重要。把逻辑重音放在'苹果树'之上呢？但不仅苹果树，其他树也开了花。把逻辑重音放在'花园

---

① 王力：《现代诗律学》，北京：中国人民大学出版社 2012 年版，第 15 页。

② 臧克家：《诗的朗诵》，见高兰编：《诗的朗诵与朗诵的诗》，济南：山东大学出版社 1987 年版，第 106、108 页。

里'上也是不对的，很清楚，这里所说的就是在花园里的苹果树，而不是树林里的。那么哪一个词在这里是主要的呢？主要的是苹果树'开了花'，矫健地、茂盛地开了花……"① 这样来确定逻辑重音无疑对朗诵诗是有帮助的。

（三）格律诗朗诵与诗的回环、排比

那么，百年来的诗人中，谁的诗朗诵造诣最高呢？我们当今的诗歌爱好者们往往会想到前中央电视台《朗读者》栏目的主持人董卿，中央电视台许多已经退休或当红的主持人、表演与朗诵艺术家。可是笔者最推崇的是既是中国现代格律诗的创始人又是诗朗诵的楷模、朗诵诗的倡导者兼演说家的闻一多。当今所有的朗诵艺术家们或许能占据上述一项或两项，却历史性地无法同时达到闻一多的四项创造。因此，可以说闻一多是中国创作格律诗（也可以说是朗诵诗）、又能完美地做好新诗的现场朗诵表演、又身先士卒倡导诗朗诵的"现代中国诗朗诵之父"。至于其"中国现代格律诗之父（或开创者）"的称号则是全中国公认无疑的。他分析自己《死水》的情况笔者在第二章里已经提及，他的《红烛》和《一句话》也是诗歌爱好者们耳熟能详的。现在给大家提供他的另一首类似"突然青天里一个霹雳，爆一声：'咱们的中国！'"那样的诗《口供》②：

> 我不骗你，我不是什么诗人，
> 纵然我爱的是白石的坚贞，
> 青松和大海，鸦背驮着夕阳，
> 黄昏里织满了蝙蝠的翅膀。
> 你知道我爱英雄，还爱高山，
> 我爱一幅国旗在风中招展，
> 自从鹅黄到古铜色的菊花。
> 记着我的粮食是一壶苦茶！
>
> 可是还有一个我，你怕不怕？——
> 苍蝇似的思想，垃圾桶里爬。

笔者这样说是有依据的。闻山在 1963 年发表的《听诗朗诵有感》一文中

---

① 阿达莫维奇：《小学语文朗诵教学》，见徐迟：《怎样朗诵诗》，《中国青年》1954年第 17 期。

② 王力：《现代诗律学》，北京：中国人民大学出版社 2012 年版，第 22 页。

表达了他的论断："我又忆起了闻一多先生。我所听过的最好的朗诵，是闻一多先生的朗诵。……闻先生朗诵的时候，往往是手里拿着书本念，手足并无动作，脸上更没有夸张的表情；他懂得戏剧，因此他能够有效地掌握语言的强弱节奏，这方面确乎是很高明的，但是他不依靠动作和腔调来获得听众，他的声音传达出一种极强烈、极真实的感情的力量；他所朗诵的诗，似乎并不是别人的作品，而是他自己内心的语言。但用斯坦尼斯拉夫斯基'进入角色'的说法，也还不足以说明为什么从这个胸膛中发出的声音，就更有震撼人心的力量。我想，诗朗诵是一种艺术、一种再创造，朗诵者之于诗，正如戏剧演员之于剧本。因此，首先要求他懂得诗，深刻地理解诗，能够体会它的内在的思想感情的脉搏，并且恰如其分地用语言的强弱节奏表达出来。这是最基本的。但是，这还不够。严格地说，有些诗，它将要考验朗诵者的修养，他的品质、他的胸襟和思想的高度。闻一多的朗诵就把诗歌朗诵提高到这样一种境界：……这是我对于诗朗诵常抱有一种颇为苛求的观念：这不是一种随便念念聊供玩赏的东西。"①

对于诗歌声音、辞彩、造句、章节的精益求精是许多名诗人必需的功课。朱自清在青岛大学期间培养的研究生、现代诗人臧克家说过，他写诗的时候，有时哪怕一个字，也要敲好了声音、配好了颜色，然后才把它安放到最恰当的地方，这怎么能掉以轻心呢！同时还要发音明晰、吐字清楚，不能含糊，否则就要出格走样。但是我们却时常听到一些朗诵者把诗行或诗句的最后一两个字吞咽下去，念不出字、发不出音来。由此我想起在语文教学中，朗读课文，首先就是正字正音；而诗的朗诵也是这样，并要求更严格。因为从字、词组、句、章节到全篇，都是相互关联、互相制约，而又异常紧密地结合着诗的语言节奏的。清人刘大櫆说："积字成句，积句成章，积章成篇，合而读之，章节见矣；歌而咏之，神气出矣！"所以，诗的朗诵更是要求字、句、篇、章各尽其妙，合起来又成为一个完整的优美的乐章。②

笔者觉得，某些采用了复沓、对比、排比、顶真、回环（亦称回文）修辞格的诗歌就是轻音、重音交错使用的诗歌实践。采用上述修辞手段的诗歌很容易被选来朗诵，如果它们句式相对整齐，又讲求押韵，那就是宽泛意义上的新格律诗了，就更受读者的欢迎。例如戴望舒的《雨巷》、徐志摩的《再别康桥》、舒婷的《致橡树》《祖国啊，我亲爱的祖国》，以及第一章里笔者推荐过的北岛的《回答》和舒婷回答北岛《一切》的《这也是一切》等著名诗篇。

---

① 闻山：《听诗朗诵有感》，《人民日报》，1963 年 2 月 3 日。
② 高兰：《漫谈诗的朗诵》，见《诗的朗诵与朗诵的诗》，济南：山东大学出版社 1987 年版，第 270 页。

　　戴望舒的《雨巷》兼用顶真、回环、复沓修辞手法，赢得数代诗歌爱好者的青睐。大家耳熟能详，兹不赘录。王力先生著作中举证卞之琳的《长途》①也有类似的修辞效果，只是普通读者不大熟悉而已。

　　　　一条白热的长途
　　　　伸向旷野的边上，
　　　　像一条重的扁担
　　　　压上挑夫的肩膀。

　　　　几丝持续的蝉声
　　　　牵住西去的太阳，
　　　　晒得垂头的杨柳
　　　　呕也呕不出哀伤。

　　　　快点走，快点走吧，
　　　　那边有卖酸梅汤，
　　　　去到那绿荫底下，
　　　　喝一杯，再乘乘凉。

　　　　几丝持续的蝉声
　　　　牵住西去的太阳，
　　　　晒得垂头的杨柳
　　　　呕也呕不出哀伤。

　　　　暂时休息一下吧，
　　　　这儿好让我们躺，
　　　　可是静也静不下，
　　　　又不能不向前望。

　　　　一条白热的长途
　　　　伸向旷野的边上，
　　　　像一条重的扁担
　　　　压上挑夫的肩膀。

---

　　①　王力：《现代诗律学》，北京：中国人民大学出版社 2012 年版，第 24－25 页。

再比照一下笔者早年采用回环修辞格的回荡式单元律试作《哦，我亲爱的姑娘》：

我渴望能对你冒昧地讲，
　　我亲爱的姑娘。
一旦你愿扑入我的胸膛——
爱撒娇就撒娇，
爱欢唱就欢唱。

我祈祷着一支银箭，
　　同时射中你我的心房。
只要你吻烫了我的胸膛——
爱痛哭就痛哭，
爱跳荡就跳荡。

你那魅人的眼神，
涤荡了我爱的河床。
你那温丽的风致，
洞开我心灵的天窗。
美好的爱情花蕾
即将盛开啊，盛开在你我的中央——
该欢乐就欢乐，
该渴望就渴望！

幸福就在咱们的身旁呵，
哦，我亲爱的姑娘！

哦，我亲爱的姑娘，
幸福就在咱们的身旁。

该欢乐就欢乐，
该渴望就渴望，
在你我的中央呵
美好的爱情花蕾即将绽放——
洞开我心灵的天窗，

是你那温丽的风致。
涤荡了我爱的河床，
是你那魅人的目光。

爱痛哭就痛哭，
爱跳荡就跳荡，
只要你吻烫了我的胸膛——
是那朱庇特的神箭，
燃烈了你我的心房。

爱撒娇就撒娇，
爱欢唱就欢唱，
一旦你愿扑入我的胸膛。
呵，我亲爱的姑娘，
我渴望，渴望能有一天
冒昧地对你倾吐衷肠。

1991 年 3 月 2 日晨读《外国抒情诗选》有感作

　　这是笔者青年时代的习作，深受戴望舒的《雨巷》和外国抒情诗格式的影响，情感有余而内涵不足。现在不会再这样写了。现在则比较欣赏刘半农的《教我如何不想她》，既是格律诗，又适合朗诵，而且抒情与叙事兼顾，受当今青少年喜爱。

天上飘着些微云，
地上吹着些微风。
啊！
微风吹动了我的头发，
教我如何不想她？

月光恋爱着海洋，
海洋恋爱着月光。
啊！
这般蜜也似的银夜，
教我如何不想她？

水面落花慢慢流，
水底鱼儿慢慢游。
啊！
燕子你说些什么话？
教我如何不想她？

枯树在冷风里摇，
野火在暮色中烧。
啊！
西天还有些儿残霞，
教我如何不想她？

　　这种特殊格式排列的单元律，比邵洵美的《季候》的一般单元律要复杂。笔者在 2000 年写过一首《火夏与寒风》，现在看来属于流水律即一般单元律。

火夏与寒风
——仿邵洵美《季候》

惊艳你那婷婷的倩影
眼前幻出春日的憧憬

凝视你那温馨的面颊
面上映出绯红的桃花

相邀牵你那纤细的腰
眼眸印着湛蓝的妖娆

终生回味冰美人的梦
团团环绕颊边的蜜蜂

2000 年 2 月 20 日晨 7 时大学车队等车中即兴草

　　本诗内涵比《季候》丰富，但语言的自然流畅度略逊色于邵洵美的《季候》：

初见你时你给我你的心，
里面是一个春天的早晨。

再见你时你给我你的话，
说不出的是炽烈的火夏。

三次见你你给我你的手，
里面藏着个叶落的深秋。

最后见你是我做的短梦，
梦里有你还有一群冬风。

　　"垃圾派"诗歌创始人徐乡愁写出《中国，我的钥匙也丢了》，此诗解构意味十分明显："我的钥匙也丢了/但跟祖国没有关系/我记得是把钥匙挂在腰间上的/开门的时候却摸了个空/这就叫丢了/我可以到街上再配一把/或者干脆把锁撬开/还有一个办法就是耐心地等一等/我们家的每一个成员/他们身上都各有一把相同的钥匙/所以这点区区小事/不必去麻烦伟大的祖国/不过/我还是要给祖国提点意见/祖国啊祖国/您能不能把房租降低一点/我也想坐在明净的窗前/安安心心地/跟祖国抒抒情"。笔者找来梁小斌1980年发表的《中国，我的钥匙丢了》逐行做了比较，发现两篇诗作除了前六行在文句形式上构成呼应关系，后面在措辞、押韵、格式上差别甚大：梁小斌的诗为七节押韵的半格律诗；徐乡愁的诗则为不分节、不押韵的纯自由诗，只是在立意上反其道而行。由于溢出格律诗讨论的范畴，这里不再展示梁小斌的诗。

　　青年诗歌研究者罗麒博士在他博士论文基础上完成的教育部人文社科青年项目《21世纪中国诗歌现象研究》专著中对此评价道："这显然是让有当代诗歌阅读经验的读者联想到了20世纪80年代梁小斌那首脍炙人口的名诗《中国，我的钥匙丢了》，两者构成了互文关系。这首诗不是对梁诗的仿效、致敬，而是调侃和解嘲，认为不管什么事情都要和国家挂上钩的抒情方式是不恰当的。"①

　　舒婷的《致橡树》是不分节押韵的半自由诗，即整首诗只排列为一节。大家对这首朦胧诗最高杰作太热爱了，随处可查到，兹不赘录。笔者早年试作《爱的圣地》精神上受其激励，但诗歌体式上则是五节，采用四、四、四、五、五行排列，构成较宽松的回荡式单元律。

---

①　罗麒：《21世纪中国诗歌现象研究》，北京：人民出版社2018年版，第255页。

爱的圣地
——答舒婷《致橡树》

茫茫人海中我发现了你，
从此顿悟到人生的意义。
我沉入你那无边的魅力，
不顾一切地，你成了我爱的唯一。

你是我生命的阳光，
普照我生活的大地，
你是我热情的激流，
在你那无底的爱河中游弋。

方才明白了我生命的轨迹，
早已有你遥遥的希冀。
廿余年的求索
是等待你轻盈走来的步履。

原来：我不是为自己活着，
竟是在为你执着地拼搏；
原来：我们注定要终生相托，
以我全部的勇气、智慧、灵性、激情……
编织我们美好的生活。

把我们滚烫的热血
灌注给百合、常春藤、苍松、翠柏……
让我对你的爱情：
与日同光共参天地，
百年合欢永不分离！

1994 年 5 月 25 日作

当今诗坛"诗歌体裁主要有两种分类法，第一种是按照长度来分类，比如短诗（11—39 行）、超短诗（10 行以内）、中型诗（40—79 行）、小长诗（80—140 行）和长诗（140 行以上）；第二种则是按照诗的内部构成方式来分类，主要应用于那些具有预先的整体构架、由多节或多首诗组成的'诗章'，

可分为系列诗、组诗、大组诗和（严格意义上的）长诗。我们看到，所有这些诗歌体裁的潜力或可能性，在今天的写作中都被诗人进一步开掘，由此产生了许多耀眼的诗篇，甚至形成了一些稳定的'新型诗体'"①。

论者接着对各类诗体的内质做出如下规定：

> 对很多诗人来说，长诗是最高的诗歌体裁。今天仍然有不少诗人将主要精力放在长诗和小长诗的写作上。"小长诗"是 80—140 行以内的诗，在诗集中一般占 5—7 个页码。长诗是超过 140 行的诗，在诗集中至少占 8 个页码。小长诗可以用来处理比较重大、有较高复杂度的主题，但一般来说它处理的主题仍具有某种单一性，其中的线索和问题不能过于缠杂、不能分割为很多部分。如果主题可以进行分割（对应的就是数字标出的节的划分），小长诗一般要控制在 3—8 个部分（节）之内，每一部分一般在 10—40 行之间（一首短诗的篇幅）。此外，最严格意义上的小长诗和长诗，都不能以组诗的方式进行架构（除非组诗中的某几节本身就有中型诗或小长诗的长度），而需要更严密的气息连贯性和结构上的有机性。长诗适合于处理重大、广阔、混沌、庞杂的主题，比如一个人的整个生平，一个地方、一个共同体的生活和观念的总体，一次错综复杂的战争、社会运动和事件。诗歌史上，之所以不少人认为长诗在诗歌中占据最高地位，是因为一般来说只有长诗才能为重大事件命名。如阿兰·巴迪欧所言，诗的最高使命就是"为事件命名"，荷马史诗就是例证。长诗比起组诗，在整体性上的要求更高，因而章法和结构需要更严格的安排和布局。长诗的整体性，要么体现为气息上的不可轻易分割性，要么体现为事件经过、观念逻辑上的高度连贯性。长诗往往不像"建筑"这样的人造物（这是组诗的特征），而更像是"河的流动"或"树的生长"，具有更高的类自然物的特性。②

依据这种分类，笔者写得最长的诗歌是由初稿 270 余行到定稿压缩为 170 行的《白兰十载风华》，最短的则是 1991 年 10 月 27 日晚写的《超短诗两首》：

---

① 一行：《分道而行：2018 年中国新诗写作概观》，见李森主编：《中国新诗年度研究报告 2018》，上海：华东师范大学出版社 2020 年版，第 36 页。
② 一行：《分道而行：2018 年中国新诗写作概观》，见李森主编：《中国新诗年度研究报告 2018》，上海：华东师范大学出版社 2020 年版，第 39－41 页。

脚印/唱出了自己的歌声/神经误以为/自己失灵/沙哑地说/谁定的音？（《脚印》）

上苍有眼，/让我活到今天。/如果明天我活不下去了，/请问老天：/你还会不会给我安上第三只眼？（《问天》）

从形式上看，这有点类似五四时期的冰心体小诗，但不满足于外景状物或单纯抒情，而是在追究生命复杂而矛盾的本体内涵。

笔者虽然有心总结现代汉语新诗的各种格律与格式，但对于汉语十四行诗很少创作实践，除了引用上述权威专家的论述、概括之外，以及推荐国内现代名家冯至、卞之琳、梁宗岱等，外国的如意大利的彼得拉克，英国的莎士比亚、斯宾塞，西班牙的洛尔迦之外，当今创作十四行诗的中国诗人里，需要向有志于汉语十四行诗创作的诗歌爱好者们推荐的，是一位数十年里专事创作汉语十四行诗的诗人，他是北京大学法学系毕业的海子的师兄弟，曾任职佛山市、云浮市中级人民法院院长的陈陟云，著有诗集《在河流消逝的地方》《梦呓：难以言达之岸》《月光下海浪的火焰》等。他的代表作是长篇组诗《新十四行：前世今生》。

云南大学文学院院长李森教授引用臧棣的话描述诗的形式："诗的形式，说到底，是人们愿意采用什么样的方式看待感觉的对象：它可能是自然事物，也可能是人世纷争。所以，在本质上，诗的形式是基于生命感觉的一种给予能力。它是活的，它不是套路，尤其不可简单地归结为语言是否需要押韵。诗的形式，考验的是我们能够奇妙地理解事物的那种能力。所以，对诗而言，追求形式即自觉于我们有责任精湛地表达我们的生命感受。换句话说，对诗而言，形式的本质就是表达是否精湛。"[1]

这里提及的生命感受，令笔者回想起自己早在1997年发表的《生命体验诗学论纲》[2]。有关命题将在下编里论述。记得海外新儒学大家徐复观在其代表作《中国艺术精神》篇末指出，"最高的画境，不是模写对象，而是以自己的精神创造对象"[3]。

但是20世纪90年代的中国叙事诗歌"及物写作"的诗人们则努力停留在事物本身，不愿意一如既往的诗人们那样习惯于"从物象、意象拔高到象

---

① 李森：《论原初写作》，见《中国新诗年度研究报告2018》，上海：华东师范大学出版社2020年版，第7页。

② 姚朝文：《生命体验诗学论纲》，《佛山大学学报》1997年第5期。

③ 徐复观：《中国艺术精神》，北京：商务印书馆2021年版，第257页。

征层面，而且普通的生活小事也要与民族、国家的大叙事联系起来"。本书后记里提及公木先生 30 年前对笔者的教导此刻又回响在我耳边。

附录：

西樵山赋（诗并序）
姚朝文

2009 年 8 月 16 日，岭南古体诗人假蒙娜丽莎陶瓷集团做东，云集西樵山，赋诗吟诵、作画手书。更有中华诗词学会副会长刘麒子先生到会祝贺，蓬荜生辉。2012 年 4 月 28 日，随着《禅城诗词》第三辑付梓，海内外五百余骚客重聚，盛会空前。因再度于开幕式诵诗而情思勃发，即成辞赋，传诸知交。不愧康有为遗风、梁启超的《少年中国说》之雅韵。

云梦七泽，仙境樵庄；
晨曦朝露，日午琼浆。
西江之滨，樵山顶旁；
白云深处，叶井清凉。

泛舟天湖，百鸽飞翔；
狮舞南天，龙舟竞忙。
观音慈航，净瓶手上；
求佛祈福，众生敬香。
三湖书院，有为经坊；
天梯索道，瀑布流淌。

穿行九龙潭——
紫霞圣井，大仙茶场；
彩蝶嬉戏，蜻蜓逐浪；
蘑菇石云，飞帘画屏；
羊肠小道，葫芦潭芳。

攀登石刻崖——
巨蟹泉眼，举人故乡；
石林环抱，碑刻墨香；
神龟摆尾，八卦阵场；

一线天地，裂隙口张。

畅游石燕岩——
水晶宫殿，石棺车房；
雨燕衔泥，冬暖夏凉；
黑熊竞技，孔雀屏张；
松涛阵阵，莺飞鹦黄。

禅定碧玉洞——
桃林内外，一片吉祥；
古堡城垣，隔世情殇；
洞天福地，经卷翻狂；
回到红尘，断桥顾望。

鸿儒云集，骚客胜场；
舞文弄墨，情采飞扬；
书画相融，视听交响；
何日重聚，平生夙望。
听雨阁内，思潮激荡；
珠江海外，寰宇回响！

2012 年 5 月 1 日午佛山听雨阁草

秋思新曲（诗并序）
姚朝文

1989 年 4 月，我夫武汉。在武汉长江大桥上和长江渡轮中，体验了长江的浩大、广阔。当时天雾蒙蒙，水汽很重，江风吹来，鱼腥味扑鼻；水势湍急，漩涡流转，江面壮阔激荡。置身其间，感受到自然的无边、宇宙的无限。在历史长河中，每一段历史都是长江的横截面，每一个人或集体都是江里的一朵浪花或一团漩涡；每一朵浪花既可单独奔泻，更会受漩涡的裹挟；每一团漩涡，都有力量激荡水流，又都随着大江的潮流向东奔腾。大江之潮不可阻挡，雄浑澎湃、蔚为壮观，但它难道不是由一团团涡流，一朵朵浪花汇聚交响的结果吗？

一丝暮雨三分秋色，

看尽黄叶飘落。
漫取关东山水路，
许身耕耘，心在收获：
探艺术宫阙，指迷去惘
荡、荡、荡。

天涯游子戴月霜，
薄寒露，细思量，
辞别黄河①，征尘永难忘。
呕出一腔酸楚，背上雄壮：
望万里长江风云竞爽
闯、闯、闯！

1991 年 9 月 12 日　黄昏

---

① 1991 年 8 月 26 日，我离开故乡黄河之滨——河套平原，踏上了赴关东的漫漫旅程。动身前数日，当我和同桌在黄河里尽情嬉游时，多少坎坷苦辛似乎都被那黄河圣水冲洗掉。

中编　现代汉语新格律、朗诵诗
诗人诗艺论

第四章 新格律诗的意象独造，诗灵云霞

——王性初的诗艺探索

海外华文诗群可谓代不乏人、星光熠熠。但是，在海外华文诗坛持续 30 多年如一日地坚持华文现代新体诗创作的诗人可就不可多得了。现任纽约《中外论坛》总编辑、《美华文学》副主编、中国冰心研究会副会长的王性初先生，就是这十分难得的坚守者之一。他在 20 世纪 80 年代，曾经担任福建省作家协会副秘书长，在 1989 年于国内出版了第一部诗集《独木舟》之后，又在海外先后出版了《月亮的青春期》130 首、《王性初短诗选》（中英对照版）30 首、《孤之旅》88 首、《心的版图》以及 2011 年夏出版的《行星的自白》108 首。战国时期楚国诗人屈原在《离骚》里述说自己"余幼好此奇服兮，年既老而不衰"。如果把"好奇服"改为"好新诗"，用在当今的王性初身上则是分外贴切的。

性初有一颗细腻、敏感、纯情、善良的文心与诗心，而且这样的性格体现在诗歌创作中，时时不期然地流露出"赤子之心"的纯净甚至单纯到可爱。例如《王性初短诗选》（中英对照版）第一首《宇宙里有两个声音》[①] 兼用复沓和回文，清新纯真、温馨动人，是现代新体格律诗探索中可喜的收获之一：

> 我是一颗星吗
> 悄悄地　你问
>
> 在蓝湛湛的天庭
> 有千万个知心
> 整夜里相互照应
> 　呵　我是一颗星吗

---

① 张诗剑主编：《王性初短诗选》（中英对照版），香港：银河出版社 2002 年版，第 10 页。

　　　　　噢　我是一颗温暖的星

　　不甘于默默地沉沦
　　常提着晶莹的灯
　　整夜里酝着梦的光明
　　　　呵　我是一颗星吗
　　　　噢　我是一颗纯真的星

　　把心架在夜里燃烧
　　从黄昏亮到黎明
　　履行着爱的使命
　　　　呵　我是一颗星吗
　　　　噢　我是一颗多情的星

　　　　悄悄地　我问
　　　　你也是颗星吗

　　如此灵透纯情、清新俊逸的诗作，可以把读者召唤回少年时代的美好韶光中去。

　　他的这种纤细、灵透禀赋不仅仅在仰望苍穹时发酵，也会在感知日常生活道具器皿时表现出来。我们见到过亲手摔碎过的玻璃瓶不知凡几，可又有谁会为玻璃杯写悼词而且采用现代诗的形式？性初就是这类不可多得的一位。请读他的诗句：“有谁会料到一夜之间/那亭亭的倩影/就升华到悠扬的天堂去/享受那豪华的顺从和荒诞的宽容”（《关于一个玻璃杯的悼词》）[1]。

　　当然，他对现代汉语格律诗体的探索，如上述诗作，并非孤例。同一诗集里的《相处》再次给出回答：“用时空用夜梦/用回忆用惦挂/与你相处/是一道幸福的堤坝//用悠长的电缆/用声波的交叉/与你相处/是一种缘分的泪花”。在上述铺陈和形象奠基之后，他同时向形象性和哲理性做出双向开拓：“盼望相处的相处/是远隔重洋/实现相处的相处/是爱的天堂”[2]。这既生动形象又富含生活的韵味。“今晚的月亮很圆很圆/圆成一块不语的齿轮/今晚的月

---

　　① 王性初：《月亮的青春期》，台北：文史哲出版社1998年版，第16页。
　　② 张诗剑主编：《王性初短诗选》（中英对照版），香港：银河出版社2002年版，第14页。

光很淡很淡/已经淡得不成月光"(《无矢无的之别》)①。同类诗篇还有同一诗集第98篇的《距离》,《孤之旅》第31首《蝴蝶谷》:"美丽只是美丽的外衣/诱惑才是诱惑者之峡谷/蓝天是网外的经纬/大地是网内的故土"。

　　他不仅在诗歌表现的内容方面有着十分亮眼的表现,在诗艺修辞上也细心打磨、殚精竭虑。譬如,"遥远的思念是一种贴近/贴近的思念是一种遥远"(《思念的诠释》)②,"太阳还在地平线上执政/远远地对世界恨之入骨/真担心琴弦突然崩断/咸咸的阳光会填满船舱"(《甲板上的吉他声》)③。

　　他毕竟是从中国20世纪80年代朦胧诗的诗潮中走出来的诗人,所以朦胧意象中表达的切切情意,却是我们从80年代走出来的文学批评工作者们不仅不会像由中国台湾到美国的纪弦先生所感到的那样"朦胧"甚至"晦涩"④,相反却感受到共同的土地上共同经历过70年代至80年代历史的坚实沉重和表达现实的丰盈而痛切。譬如,"苍天有眼墙垣有基/铭心的思念盘根错节//熟稔的钟声总是袅袅/敲碎游子的无眠"(《故陵依旧》)⑤。又如,"还有什么可遗憾的呢/竖一块心碑吧/用无言镌成无字的碑文"(《生命最后一夜的推想》)⑥。

　　他也有许多似乎是纯粹写景状物而炼字炼句别有心得的诗行。"泪水　淹没了哭声/浸透　岁月的脚跟","小星　一颗/哇哇!喷出啼哭的光/映红产房的橘红"(《哭声二重奏》)⑦。"远山镶着暮色的心事/近树正在静静地聆听"(《蓝湖》)⑧。"满目落叶黄色了视野/绿树开始重新生活/虽然不是调情的时光/花卉仍有献媚之作"(《墨尔本的落叶》)⑨。"用朦胧的双眼看雾中的你/看山的曲线看树的腰肢/看水的多情看船的放荡//用朦胧的画笔读雾中的你/读

　　①　王性初:《行星的自白》,福州:海峡文艺出版社2011年版,第23页。
　　②　张诗剑主编:《王性初短诗选》(中英对照版),香港:银河出版社2002年版,第22页。
　　③　王性初:《月亮的青春期》,台北:文史哲出版社1998年版,第74页。
　　④　王性初:《月亮的青春期》,台北:文史哲出版社1998年版,第16页。
　　⑤　张诗剑主编:《王性初短诗选》(中英对照版),香港:银河出版社2002年版,第42页。
　　⑥　王性初:《月亮的青春期》,台北:文史哲出版社1998年版,第3页。
　　⑦　张诗剑主编:《王性初短诗选》(中英对照版),香港:银河出版社2002年版,第52页。
　　⑧　张诗剑主编:《王性初短诗选》(中英对照版),香港:银河出版社2002年版,第58页。
　　⑨　张诗剑主编:《王性初短诗选》(中英对照版),香港:银河出版社2002年版,第56页。

山的哀怨读树的凋零/读水的多情读船的无奈"(《薄雾》)①。"都说九月的太阳是无忧无虑的/高兴得连舞步都笑出声音","太阳哭成一滴炽热的泪珠/落在殷红的梅花瓣上"(《九月纪事》)②。

他更有情思和哲理凝聚在特别具有表现力的具象细节里。"用一双双相思的筷子/挟起乡音的彩虹"(《唐人街》)③。"这一夜是一窝幸福/幸福着失眠的归程/枕三枚时针的脚步/直到阳光镀亮了中银的剑锋"(《失眠,躺在香江的土地上》)④。"记忆没有枯焦/湖边的柳枝儿摇摇/流水洗涤着陈旧的朝阳/日子全都褪色"(《八行诗之G》),"一道白色的闪电/柔和地拨亮双眼/那么多日日夜夜思念的距离/缩成了咫尺之间……当四片花瓣于夜中醒来/灯光已醉入梦乡"(《八行诗之H》)。⑤"无法测知水的深度/无法测知山的巍峨/落叶的季节正在眼前/造林的忙碌远在天边//等这一切都仿佛过去/便刻意株守丹田/窗帘已姗姗走过/夜里的雷声多么灿烂"(《第四十五片支撑的枯叶》)⑥。

读至此处,再加上《相思,第二千零一夜》,我情不自禁地在诗集书页边做出旁批:朦胧诗风,蕴藉丰盈;点点意象,回味无穷。有道是:过目万千异域情,无奈一片唐人心!

由生命哲思的探寻,诗人们常常会叩响诗歌与哲学都会涉及的人生归宿命题——死亡主题。性初也不例外。他写道:"总爱扮演一只/不安分的羊羔/令鞭子不知所措/好在牧羊人已经成为碑文/羊群也散成白雪朵朵"(《告一个段落》)⑦。经历过大陆20世纪后半叶时代狂潮洗礼的老年与中年两代知识精英们,自然会明白这种"朦胧"到"晦涩"的诗句所表现的那个时代对我们当前生活巨大而深沉的投影。这是生活的悲怆影像,这是惨痛的历史记忆,这更是由生活升华而过滤出的情思与智慧的表达!"细胞从此在血管中阻滞/皮肤顿时让知觉死亡/麻木的肢体细碎地燃烧"(《迷途》)⑧。他又写道:"活着是为了一种痛苦/死去是为了一种偿还/这一切果真都是虚假/生命的形式终

① 张诗剑主编:《王性初短诗选》(中英对照版),香港:银河出版社2002年版,第62页。

② 王性初:《月亮的青春期》,台北:文史哲出版社1998年版,第18页。

③ 熊国华选编:《海外华文文学读本·诗歌卷》,广州:暨南大学出版社2009年版,第201页。

④ 熊国华选编:《海外华文文学读本·诗歌卷》,广州:暨南大学出版社2009年版,第203页。

⑤ 王性初:《月亮的青春期》,台北:文史哲出版社1998年版,第9页。

⑥ 王性初:《月亮的青春期》,台北:文史哲出版社1998年版,第44页。

⑦ 王性初:《行星的自白》,福州:海峡文艺出版社2011年版,第19页。

⑧ 王性初:《月亮的青春期》,台北:文史哲出版社1998年版,第19页。

成负担"（《生命的另一种形式》）①。

当然，这些诗句多为 1988 年的心境，待到诗人辞去当年的福建省作家协会副秘书长职务，定居美国之后，是否依然认为生命终成负担了呢？距离产生疏离的同时更产生了审美心理学所说的距离美，远隔祖国万里之遥后会产生心理变化，认为曾经令自己痛心疾首的东西也是值得回味、记忆又难以忘怀的。他在定居美国的第二个平安夜里写下了《壁炉之火在平安夜燃烧》："肥沃的音符浇灌着断续的相思/苦壮了心的愁苦/此时没有乐曲可以替代/消逝的地平线/纸上的岁月/以及安息于平安之夜的平安"②。读至此，记忆的闸门突然将我拉回到 2004 年秋，当美国华文作家协会的若干位领导成员回访佛山的时候，他给我发来电子邮件又打来越洋电话，特别委托我通过副会长刘荒田先生给他捎回去流行音乐歌手刀郎和闽南民歌的激光唱碟。当时，我心里就十分明白：性初十分想念故土故国了。但在今天细读他在 1995 年的平安夜所思所想，那种跨越时光、地域、种族的故国之思是多么的深切——刹那便是永恒！他写的《我是一滴中国酒》至今还能香醉万里之外的亲人、诗友、同行："很芳香很甘醇的一滴/徜徉在大洋彼岸/从此便有了流浪者的度数/迁徙在不同肤色的唇边"③。请读《月亮的青春期》最后一首长诗："让人们经常重温'一碗饭'的不朽功勋吧，那是我们侨胞的光荣，侨胞的骄傲，让时代继续书写'一碗饭'的彪炳史绩吧，那是我们侨胞的火炬，侨胞的旗帜！"（《礼赞一碗饭》）④ 我发现，性初创作现代新诗，每句分行后绝少采用标点符号。他是一个内秀沉浸的诗人，不适合做火山爆发一般的激情迸发。但是，这一首诗很例外，他从 80 多年前的美国报纸上号召华人家家户户捐献"一碗饭"支援祖国抗日救亡的义举里，受到强烈的震撼而写下罕见的霹雳烈焰之诗。《行星的自白》第 83 首《有一位神叫平安》也是他难得的直抒胸臆之作。

他于 1990 年美国旧金山中国城餐馆写的《唐人街》里的夫子自道："黑眼睛望穿黑眼睛/于尊严的季节里归来/黄皮肤贴着黄皮肤/愈合一代代无法愈合的伤痕"，"有无数泯灭/有无数省略/都在皱纹的啼笑中/笑成一滴唐人的历史/唐人的历史铺成这条街/这条街是一条龙/异邦土地上的一条/东方——龙"。⑤

在 1989 年末的深圳罗湖桥畔，诗人王性初踏上赴美定居、负笈远游的历

① 王性初：《月亮的青春期》，台北：文史哲出版社 1998 年版，第 10 页。
② 王性初：《月亮的青春期》，台北：文史哲出版社 1998 年版，第 34 页。
③ 王性初：《行星的自白》，福州：海峡文艺出版社 2011 年版，第 48 页。
④ 王性初：《行星的自白》，福州：海峡文艺出版社 2011 年版，第 64 页。
⑤ 熊国华选编：《海外华文文学读本·诗歌卷》，广州：暨南大学出版社 2009 年版，第 201 页。

程。当时写下的《最后……》①是在为中国生活与创作的前半生做出的回顾、诀别，但余响不绝，今天读来依旧情味盎然、令人无法释怀："最后的春天没有雨季/最后的握手没有泪滴/最后的夜晚没有鼾鸣/最后的笑容没有悲戚//最后的心律必定同步/最后的祝福必定无声/最后的问候必定遥远/最后的送行必定深沉//最后的星光绝对璀璨/最后的花香绝对长久/最后的日晖绝对永存/最后的风景绝对清幽/最后的想象定有烙印/最后的预言定有谜底/最后的绿洲定有密码/最后的告别定有归期"。

面对万里异域、辽阔海疆，前路茫茫、孤魂启程，我们在诗中读不出惶恐、迷惘、忐忑不安或喜悦万分，相反，却感受到诗人青壮岁月体验人生的哲思竟如此深沉，凝练至纯！

然而，我拜读了《月亮的青春期》里《黑色的怀念》后，才了解到不同的诗只能表达诗人心境的不同侧面。"没想到有一种怀念/庄严成黑色的告别/腮边的石头风化/心脏的裂痕清晰可见"，"找回那只失踪的小船吧/尽管它拒绝归航"（《黑色的怀念》）。②面对诗人的黑色心意情结，我们倏然意识到他与死亡意识相贯通的另一面。从《迷途》《起航》《亚热带的冬夜》《空巢》和《无矢无的之别》等诗篇里，一颗思古鉴今、辗转反侧，沉思中有依恋、决绝中有迷惘的诗心跃然纸上。

相似的诗思、相似的遣词造句方式，在海外华人诗歌中会惊人地反复呈现、不绝如缕。现居香港的北岛（原名赵振开）所著的《零度以上的风景》依然延续了四十多年前创作名诗《一切》的余韵："是鹞鹰教会歌声游泳/是歌声追溯那最初的风……是笔在绝望中开花/是花反抗着必然的旅程/是爱的光线醒来/照亮零度以上的风景"③。

绝非巧合，这种诗风在澳洲的雪阳《多少世纪》里有着精神上的契合④，因而是又一个北岛的《一切》与《回答》："多少不该发生的灾难都已经发生/多少可以避免的不幸却重复降临/多少黄金岁月的梦——成为泡影/多少如期而至的幸福却留下伤痕//多少正直的人承受了屈辱的命运/多少无耻的人却顶着新奇的光荣/多少小丑跳出了人类的新纪录/多少冤魂在新世纪的门前游动//多少谎言曾经飘满天空/多少废话像春季的花朵流行/多少心里话在心里

---

① 张诗剑主编：《王性初短诗选》（中英对照版），香港：银河出版社 2002 年版，第68 页。

② 王性初：《月亮的青春期》，台北：文史哲出版社 1998 年版，第 15 页。

③ 熊国华选编：《海外华文文学读本·诗歌卷》，广州：暨南大学出版社 2009 年版，第 209 页。

④ 熊国华选编：《海外华文文学读本·诗歌卷》，广州：暨南大学出版社 2009 年版，第 209 页。

腐烂了/多少真理累死了传递真理的人//多少次激动人心原来是误会/多少场
轰轰烈烈原来是噩梦/多少种敌人在金钱里隐姓埋名/多少条出路在昏暗中悄
悄失踪//多少纯正的爱成了爱的陷阱/多少受害者也曾经同样害人/多少江河
水无望地流进大海/多少无根的云默默地寻找虚空//回首多少个世纪不堪回
首/是泪纷纷是雨纷纷是血纷纷？/回头哪里是岸一派朦朦胧胧/泪也纷纷雨也
纷纷血也纷纷……"

这首诗属于典型的新格律诗中的单元律，与北岛的《一切》《回答》在
精神气质、心灵律动层面高度契合。

性初在美国移民局签证时写下的《一颗行星的自白》既是《孤之旅》中
的第四首，又是他最新一本诗集的书名。他以行星自喻："既贴近又遥远/既
遥远又贴近/从眼前离开又飘向宇宙/由太阳系又堕入黑洞"。

诗集《孤之旅》毫无隐含地揭示了这 88 首诗作的主题。对于跨入新世纪
的新家园，作者已经很熟悉，物质生活也不再是什么困扰自己的事。但是，
对于一个有深邃的思想、幽深的情感、天天追问灵魂寄托之所在的诗人，他
却非常地焦虑，焦虑的不仅仅是故园之思、自然之爱、风物之咏就可以轻易
寄放下一个安逸适然的灵魂。诗人荷尔德林有一句被德国大哲学家海德格尔
推崇备至的诗句是"人诗意地栖居在大地上"[1]，吁请人类应该超越物质功利
世界的域限，将精神生活变得更有艺术的情趣。然而，我们的诗人性初早就
做到了两位先哲所倡导的境界，但是灵魂安归的问题依然困扰着他："千山万
水翻一页页晕黄的日历/山野荒郊枕一场场疲惫的幻梦/踏遍满目风霜的岁月/
尝尽无数人间的冷暖/肩上扛着家的空虚/扛着迷惘扛着遥不可测的明天"
（《浪迹天涯》，王性初《孤之旅》第 14 首）。我们知道，这是无解的人类精
神之困，这是与人类命运相始终而人类又无法回避却难以得出最终统一答案
的大悬疑。更何况，这个人类终结性问题，是否有答案？答案是唯一还是无
穷？答案时有时无？或者你认为有便真的有？你认为无那便真的无？……

他在《行星的自白》第 48 首《月亮的青春期》里形容中国传统的节日元
宵节说：

如今花灯又怀孕了
月亮的青春期正丰满正蓬勃
不管天空
是湛蓝的抑或深灰的

---

① 刘晓枫：《诗化哲学》，济南：山东文艺出版社 1986 年版，第 242 页。

> 不管世界
> 星光璀璨抑或风狂雨暴
> 那发光的爱捎一条信息
> 月亮已经发育成
> 一个动人的圆①

　　是啊，不论无解还是有解，太阳每日照样东升西落，月亮每月都要发育成一个动人的圆。这是宇宙大化的轨迹，也是人类代代复始的宿命。当我们在夜晚面对星空苦思无绪，就请性初在朝日初升的时候去远眺旧金山的金门大桥和海湾，一如我在华夏南国俯视珠江、远眺南海一样。记得海子在他的名诗《面朝大海，春暖花开》里也曾对诗友们说："从明天起，和每个亲人通信/告诉他们我的幸福/那幸福的闪电告诉我的/我将告诉每一个人"②。

　　性初新诗集《行星的自白》第108首是《鱼的天空》："水是鱼的天空/在天空散步/游来游去/无拘无束/有云作伴/有雨滋润/鱼的幸福流成了/江/河/海/洋"③。我不知道性初是否读过网络上盛传据说是印度大诗人泰戈尔的诗《世界上最遥远的距离》，因为与性初的这首收尾之作有相近似的优美意境，令我情不自禁地在许多诗歌朗诵会上再三吟诵：

世界上最遥远的距离	The farthest distance way in the world
是飞鸟与鱼的距离	is the love between the bird and fish
一个翱翔天际	One is flying in the sky
一个却深潜海底	the other is looking upon into the sea

　　性初为人与为文一向十分低调，即便是在2015年2月6日的通信中依然是数十年来一贯的自谦："我的那些破诗真不值得评论什么的。我自己在整理思绪时，发现闫丽霞对我的诗提出一个问题，说我的诗中充满了'死亡意象'。这次我在研讨会上谈自己的书写体会时，写了篇东西：诗的孕育与心灵创伤——我的诗歌书写。"他就是这么一个灵犀独运、满纸云霞却又如此纯真质朴的人。读着它《孤之旅》篇末《熟悉的脸》《午后的破产》《一个傍晚的收获》，记忆立刻飞回到2002年8月初，我们22国文友相识在菲律宾首都马尼拉湾看日落的情景。

---

① 王性初：《行星的自白》，福州：海峡文艺出版社2011年版，第54页。
② 文际平主编：《大学语文》，广州：广州出版社2006年第2版，第205页。
③ 王性初：《行星的自白》，福州：海峡文艺出版社2011年版，第121页。

　　宋代大诗人黄庭坚在《虞美人（宜州见梅作）》里曾填词云："玉台弄粉花应妒，飘到眉心住。平生个里愿探深，去国十年老尽少年心。"① 对性初而言，去国外已经 32 年有余了，但是一如少年般的赤子诗心却依然，怡然，更盎然！

---

　　① 《唐宋词鉴赏辞典》，上海：上海辞书出版社 1988 年版，第 791 页。

第五章　解读格言诗《世界上最遥远的距离》与创作《世界上最亲密的距离》

　　《世界上最遥远的距离》这首诗拥有广大的读者群，一直在网络世界里盛传，据说作者是 20 世纪的印度大诗人泰戈尔。笔者努力查证国内出版社各种版本的泰戈尔诗集，发现均未收入这首诗。十余年来，中国诗歌界开始有越来越多的声音怀疑这首诗不是泰戈尔之作，笔者也倾向于这种主张。现在，暂且不讨论泰戈尔及其诗歌，只分析这首诗——笔者认为它从内容角度来判断算是格言诗，因为从诗体形式来看，它符合现代汉语格律诗的格式规则的内容含量与艺术特色。

　　这首诗没有普希金的雄健壮阔，没有海涅的甜蜜梦幻，没有拜伦的气悍心魂，也没有雪莱的浪漫如风。但是，它展示了海天一色之际的优美画面，无声无息、水乳交融、令人神往。

　　我们就逐层品味这首诗给我们敞亮的理想化的幻想世界，来展开艺术想象，体验其艺术造境立意的匠心。

一、喻体：爱情——化石

　　诗中虽然没有展开详细的细节描写，而我们却可以清楚地知道诗人为我们叙述了一个伤情的故事——飞鸟和鱼是主角，一只飞鸟，在飞过一片美丽的水域时，偶遇一条浮在水面呼吸的鱼，眼神相撞，久久凝望。它们惊讶地发现，彼此都已深深地爱上了对方。飞鸟就在空中盘旋，迟迟不肯飞走。而这条鱼也久久不愿沉入水底。然而，它们毕竟有着两个完全不同境遇的生命，注定无法走到一起。最后这条鱼带着深深的叹息，沉入水底，而那只鸟也悲伤地飞离了那片水域。匆匆相遇，匆匆离散。从此，这只鸟再也没有经过这片美丽的水域，鱼也再没浮出过水面，音讯渺茫。

　　在大自然的法则下，飞鸟和鱼是不相容的，两者本来就是一对矛盾体，具有相互排斥的作用。作者用一对矛盾体来阐述爱情的悲剧，同时激发审美体验中的移情效应，令人产生联想，从动物的活动中触动人类的情感，这样的一种手法，正是文学叙事理论中所提到的第四人称（它）的叙述手法，用动物的口吻去表现大自然的活力，乃至人类的感情。

诗中借用飞鸟与鱼相爱的意象，来表达一种难以言喻的人生际遇与世态哲理。因此，这是一首格言般的哲理诗。但诗中的形象大于暗寓其中的哲理，而非诗人直接跳出来，面对读者直通通地说教。印度文学学者唐仁虎等对泰戈尔的英译本《飞鸟集》评价道："英文本《飞鸟集》也是一部重要诗集……实际上，这是一部格言诗。格言诗历来难写，不是辞胜义，就是义胜辞。但泰戈尔的《飞鸟集》却不是这样，由于他富有哲理的头脑和高超的语言艺术，使得诗集中的每首诗都辞义双胜，相得益彰，像一棵棵晶莹剔透、耐人把玩的雨花石。"① 但是处于第一次世界大战前夕的欧洲人"只喜欢《吉檀迦利》《新月集》《飞鸟集》和《园丁集》，认为这是泰戈尔优秀的四部诗集。这说明，西方人只喜欢沉思的、神秘的泰戈尔，而不喜欢奋起的、抗争的泰戈尔"②。爱尔兰的著名诗人叶芝在给泰戈尔《吉檀迦利》英译本作的序中说："我每日读泰戈尔，读他一行诗，便把世界上的一切烦恼都忘了。"③

这首可能不属于泰戈尔的英文诗作却具有笔者所主张的适合朗诵的、又是力荐泰戈尔获诺贝尔文学奖的英语界大诗人叶芝所钟情的奇效。

这个故事，引出一个人生的大话题——爱情。说到动物之间的爱情，那是寓言、童话、神话里想象的产物，尚且是无稽之谈，而人类之间的爱情却是实实在在的。假若以动物作为载体去表达人类的爱情，为何不写得悲悲壮壮，而是如此的无奈与惋惜？

虽然说飞鸟与鱼注定不能够在一起，且让我想起中国古代的人神爱情故事，如《柳毅传》中，柳毅与洞庭君龙王之女前世的无缘以及后续婚姻的再续。牛郎和织女依旧有鹊桥相见的机会，七仙女下凡与董永相爱，还有不同版本的白蛇娘子与凡人许仙共结姻缘的故事。如此看来，若这个故事改成这样或许会有更好的效果。

可把这个故事用散文体式的童话来做如下叙述。笔者也准备编成可拍摄的电影剧本：

有一条鱼和一只鸟相爱了。但是天神告诉它们，它们永远不会是恋人，甚至做朋友也是奢求，即使它们彼此相爱，这一辈子也是可望而不可即。鱼儿讨厌海水的束缚，渴望在蓝天中自由自在和高高在上的感觉；鸟儿讨厌空旷的蓝天，渴望得到海水的沐浴，在水中漫步。鱼儿努力地跳出水面，跳向它梦想的蓝天；鸟儿不断地冲向海面，去感受水的亲近。鱼儿一次次地跳，

---

① 唐仁虎等：《泰戈尔文学作品研究》，北京：昆仑出版社 2003 年版，第 129 页。
② 唐仁虎等：《泰戈尔文学作品研究》，北京：昆仑出版社 2003 年版，第 129 页。
③ 张光璘编：《中国名家论泰戈尔》，北京：中国华侨出版社 1994 年版，第 190 页。

却总在尾巴还没离开海面时,就重重地落下,有一次落到岸边,是涨潮的海水救了它;鸟儿一次次地接近海面,却总在刚刚拥抱海水时,就被湿了的羽毛拖住,是它的朋友一次次帮它逃离险境。鱼儿不愿放弃,因为它感到蓝天在召唤它;鸟儿不愿放弃,因为它觉得大海才是它真正的家。这样,鱼儿和鸟儿不停地尝试接近,但都在它们接近梦想的过程中接近死亡。鱼对鸟说:"你原是在天上的,应该飞来飞去。"鸟对鱼说:"你原是在海里的,应该游来游去。"鱼对鸟说:"如果飞鸟和鱼可以相爱,那么我们在哪里筑巢?"鱼的眼泪落在海里。鸟对鱼说:"看着我,我告诉你答案。"鸟最后一次飞上了天空。在那一刹那,鸟从天空向着大海俯冲,不,是奔向她的鱼;就在那一刹那,鱼竟离开深海跃向高空,不,是迎接他的鸟。鱼和鸟紧紧相拥,一切都停止了……没有人知道究竟过了多久,桑田沧海几度变幻,时光无情地流逝,一对恋人在博物馆里发现了拥抱在一起的鸟和鱼的化石。飞鸟与鱼的痴恋爱情,曾让彼此痛苦不已,但那种痛苦是幸福的一部分。他们确实拥有过幸福,而春去春回,流传在众人心中的,只剩下美好的回忆……

故事用化石作为结尾,恰恰会让人浮想联翩,故事也因此变得悲壮。或者以"欧亨利式结尾"稍加修改,以"鱼儿为鸟弃鳍,飞鸟为鱼折翼"为结尾,改编成一篇微型小说,也会有异曲同工之妙。

对比下来,这个关于飞鸟与鱼的故事就能让人在惋惜中体会到爱情的那种悲怆,如此,整个故事所展现出来的情感因素也不再单一。当然,如此想象性地再加工、再创造,也只能是"仁者见仁,智者见智",艺术想象万千可能之一。

二、距离:爱情——时空

生活在凡尘俗世,天天面对柴米油盐酱醋茶,面对平庸凡俗的日常生活,人们不免会展开想象的翅膀,去幻想不可能的世界里具有符合人性理想,在凡间又无法实现的"美好事物"。这就是艺术创造的动力之一。于是才有了民间的哲理名言"那山看比这山高,到了那山没柴烧"。人们总是想当然地觉得,别人(尤其是那些成功人士、名人贵族)的日子肯定比自己的日子过得好,比自己幸福自在。其实呢,家家都有本难念的经,外表光鲜内里苦涩。正因为如此,人们又常常说,"好花不常开,好景不常在","花无百日鲜,人无百样红"。

不同世界的人,总会深深地吸引着对方。不同的经历、不同的背景、不同的过去,总让人向往着彼此的世界,向往着那个神秘且充满刺激色彩的国度。正如飞鸟与鱼,仅仅一次偶然的凝望,便已深深地相爱了。一见钟情,爱的不是过去,爱的不是互相的了解,而是爱那刹那间产生的情愫和感觉,爱对方身上散发着的神秘气息。一见钟情的爱，总是热烈且激动人心，并不像日久生情般细腻。飞鸟向鱼描绘着天空的广阔，述说着翱翔的快感；鱼也向飞鸟阐述海洋的深邃，描绘着海底的多姿多彩。刚开始时，总是激动地讨论着各自的过去，让彼此融入对方的世界，让彼此的交汇点越来越多。然后便是述说着共同的经历，每个早晨的朝霞、每个傍晚的落日、每个夜晚的星空，每分钟空气里的味道……渐渐地，彼此都发现越来越爱慕对方了，似乎对方就是自己的全世界。

爱得越深，就越想紧紧地抓着对方，越想让对方成为自己世界的一分子。似乎只有这样，才会有安全感，才能爱得越长久。飞鸟想携带着鱼在蓝空中飞翔，感受着风从身边掠过的自由；鱼想携带飞鸟遨游大海，体会深海中的色彩斑斓。只可惜，它们都忘记了彼此不是同一世界的人。即使拼尽全力，它们也无法真正融入对方的世界中。即使交点越来越多，它们还是原来的它们，无法改变彼此天然相隔的差异。即使再爱，它们也始终敌不过现实。飞鸟像鱼一样都深深地爱着对方，正因为爱，它们不能让对方失去最宝贵的东西，不能自私地占有对方的一切，所以它们都选择了离开，保留着最初的神秘，带着深深的爱意和无尽的叹息，离爱人而去。可是，它们都不知道，即使离去，彼此已经不再是曾经的彼此了。它们心中都多了一份爱，多了一份沧桑，更重要的是多了一个不可替代的精神上的知己。它们都不再回到那个区域，只怕触及那份回忆。因为相爱，选择携手风雨；因为更爱，选择让爱深埋！

放弃一个人、一件事或曾经珍爱的一方物品，可能并不是最难以割舍的，最最难以割舍的其实是放弃心中的爱，爱的理想、爱的寄托、自我实现的强烈心愿！因为放弃，我们在挣扎中回想最真的昨天，在绝望里删除密密的回忆。昨天虽已走远，但回忆的某些环节，越删除越清晰，它会牢牢盘踞在我们的精神深处。就道理而言，如果放弃，那就彻彻底底割舍掉，不要再留恋，不要再藕断丝连，不要再回头顾盼，仰起头来，径直向前。就如 20 世纪 80 年代初在中国盛行的日本电影《追捕》里的男主人公杜秋（高仓健饰演），被强制服用了迷幻剂后，站在高耸入云的高楼阳台边，身旁两侧的黑帮干将在努力诱导他："杜秋，往前走，往前走，一直往前走，不要往两边看，你将走到那蓝色的天空之中……"

但是，现实生活又不是或不全是幻想或理想，壮士断臂、斩钉截铁，也并非易事。即便能够做到，日后也或许有舔尽伤口时的回顾与感伤。这就像美国早期奥斯卡获奖影片《罗马假日》《魂断蓝桥》和表现世界圆舞曲之王约翰·施特劳斯的传记片《翠堤春晓》里，施特劳斯最终明白，妻子才是和他恩爱相守的归宿，而那位音乐上的女知己，是无法与他白头偕老的。于是，

他断然放弃了抛家弃妻的决定，撕碎了与红颜知己一同乘船流浪天涯的船票，留在了妻子的身边。但是，电影末尾，通过蒙太奇叠影技术处理后，当同一造型的老年施特劳斯依然站在海边遥望大海中的航船时，尽管在海风的吹拂下，无情的岁月令其满脸皱纹、步履蹒跚，但他的眼神依然是那样一往情深、专注不移地凝视着大海深处的航船。

电影《翠堤春晓》里的如此情境，与诗歌《世界上最遥远的距离》营造的情境具有很高的关联度。

诗中有云："世界上最遥远的距离是鱼与飞鸟的距离，一个翱翔天际，一个却深潜海底。"是的，距离是遥远的，可是爱在心中。即使距离再远，彼此深爱着，便已足够了。

印度佛教文学专家、深圳大学文学院前任院长郁龙余教授曾指出："泰戈尔作品体现的思想内涵宏富深邃，甚至复杂神秘。这样，给了'五四'前后的中国文坛各派作家各取所需的机会。他那些表现自我、歌颂自由、弥漫着神秘主义泛神论的作品，被中国的浪漫主义作家引为榜样；他那些清新纯真、批判社会不平等的作品，被中国追求现实主义的作家视为楷模；他那些宣扬'信爱'，充满'童心''母爱'的作品，更为大批小资产阶级作家和青年学生视为知音；他那追求正义、光明的理想，博大仁慈的胸怀，独具魅力的人格，更是赢得了无数中国读者的敬仰。"① 在"五四"时代、20 世纪中叶和21 世纪初，中国的印度文学研究者认为，"泰戈尔是中国读者心目中最具地位的外国作家之一，能与其匹敌的大概只有莎士比亚一人"②。笔者以为，这一论断可能只是限定在英语文学的世界里。如果扩大到欧洲文学的范围来看，至少意大利文学的奠基人阿里格里·但丁、西班牙文学的宗师塞万提斯、德语文学的文豪沃尔夫冈·歌德、法国浪漫主义文学的宗师维克多·雨果、俄罗斯文学的高峰列夫·托尔斯泰，也都不遑多让、未减分毫色彩的。

从《世界上最遥远的距离》这首格言诗深邃的生命体验、超越的人生哲理和清醇自然又技巧圆熟的形式创造来看，是颇具泰戈尔诗歌情韵的，难怪它竟然拥有那么广大的读者。

精通泰戈尔母语孟加拉语的英译本译者白开元，谈及他为了赶上纪念泰戈尔 150 周年诞辰而耗时五年翻译泰戈尔以散文诗体英译自己孟加拉语诗歌的成功经验时，恳切地指出：诗歌最好由诗人本人翻译。译者若不是诗人，起码也应知晓并能运用诗歌技巧。翻译不宜拘泥于"信达"，应尽力做到"神

---

① 郁龙余：《中国印度文学比较》，北京：中国社会科学出版社 2001 年版，第 84 - 85 页。

② 郁龙余：《中国印度文学比较》，北京：中国社会科学出版社 2001 年版，第 86 页。

似"，而不是"形似"。无论是诗人或别的译者，都应对读者所在国的文化传统和语言叙事方式有全面了解，遣词造句契合读者的审美习惯，译作才能为读者接受。这或许就是泰戈尔英译本为有志于把中国文学作品推向世界的我国译者提供的有益启示。①

这一经验，对于缺少唐诗、宋词、元曲、明传奇写作训练（当今我国大学中文系古代文学的教材和课堂上仅仅满足于阅读欣赏，这是远远不够的）却十分喜爱古体诗歌的当代诗歌爱好者，对于喜爱外国文学又想把中国文学传播到世界各地的中国文学家们来说，是一种十分切实可行又可以扬长避短、与世界通行观念和流行文化对接的可取策略。

三、续作：意象——延伸

从生活中最简单的朋友之谊想到情侣之间最深层的爱慕，是肉体转向灵魂的感情递进，是感性的升华；从精神世界里最深奥的智慧想到物质世界中最普通的契合，是从精神转向物质的理念的淡化，是理性的超越。从感性过渡到理性，再升华为情理交融，情思相胜。这是笔者读出的最深的感受和体会，也是本答诗的最大创作特色。

笔者创作的这首诗是为了回答《世界上最遥远的距离》提出的一系列人生难解之谜。原诗题目是"最遥远"，笔者的初稿是《世界上最近的距离》，后来意识到"最近"与"最遥远"的物理空间上相反，但在词语音节上看仅仅有两个字，与"最遥远"不匹配。再者，不能仅仅追求外在物理空间上的相反，更需要立意与心理世界的对照。于是，又在答诗中把"最近"改为"最亲密"。"遥远"与"亲密"这对反义词能造成巨大的落差，原诗一直把"距离"扩展得一层比一层遥远，直至最后"飞鸟与鱼"那个永远无法有交汇点的距离。笔者在设想，如果在诗中把两者的"距离"拉得更亲近，亲近到没有任何东西可以分割，又会如何呢？从笔者的角度看，全诗最后以"生死与共，氢和氧无法分离"似乎这两者间还能有分离的可能。

原诗的主题是从人类情感世界逐渐过渡到自然世界，有一种返璞归真、崇尚自然的倾向。答诗也应遵循这一条路，所不同的是答诗"理"的成分多一点，从"不是阴阳交合毫无间隙，而是信仰与真理的统一"这一节开始，笔者试图在阐述一种佛家智慧，但后来又笔锋一转，又转回写自然万物，其实思维跳跃度比原诗要高。

笔者也有一个疑惑，最后一两节写到的"彩虹雨衣"，似乎普通读者不太好读懂（虽说诗歌不好较真），不懂在何以体现"最亲密的距离"？

---

① 白开元：《英译泰戈尔诗歌的艺术特色》，《文艺报》2011 年 4 月 18 日。

于是，笔者把自己创作的答诗《世界上最亲密的距离》最后三段改为如下诗行。为了便于更显豁地对照研究，将自己创作的全诗与《世界上最遥远的距离》全诗中英文双语版本以附录的方式列于章末，供有志于研究新体诗格律及翻译体新诗之特点的读者朋友们揣摩。

> 世界上最亲密的距离，
> 不是海水与蓝天的相互偎依，
> 而是树根与树根缠绕在一起。
> 同生共死，事关休戚。
>
> 世界上最亲密的距离，
> 不是树根与树根缠绕在一起，
> 而是缘分与命运的生息，
> 错综复杂，却有冥冥注定的回忆。
>
> 世界上最亲密的距离，
> 不是缘分与命运的生息，
> 而是母亲与婴儿共同的呼吸，
> 一个在里头探秘，一个在外头希冀。

不知道如此改动后，效果与原作相差有多少呢？愿闻读者诸君的反馈意见。

四、反思

在文学界，创作需要激情、需要冲动、需要灵感突至时刹那感受的迅疾书写表达，是沸腾的热泉奔流而下，所以，需要"热"处理。批评则要求尽可能与所批评的对象拉开身体与心灵的距离，力求保持客观、中立，以超越时空距离的限制，力求赢得经受得住岁月冲刷磨洗的历史生命力，追求"跳出三界外，不在五行中"的豁达、通脱与超越。所以，需要"冷"处理。这种冷与热，在理论意义上来说，很有道理；一般而言，也有成规。何况绝大多数的诗人不是诗歌乃至文学批评工作者，绝大多数的文学评论工作者也不能、不擅、无暇、无力从事诗歌创作。同时能够左右开弓，既倾心诗歌创作又能够写出学理深厚、体系卓具、体大思精的文艺理论专著者，这种兼擅两者的"第三种类型"的文学人是少有的。通观文学史上这类"第三种类型"的文学人，也多半是在其文学创作生命历程的某一阶段里，更偏重文学创作，尤其是在青壮年时期；而在生命历程的另一阶段里，又偏重文艺批评，多见于中晚年时期。在大体同一时间段落内，同时左右开弓者，也有，但概率更低一些。

如此一来，笔者就更加体会到新文学开创者鲁迅的定位和自我约定之"自知之明"：自己创作的时候就尽心创作，避免创作的心境受到外界干扰，就索性不看外界对自己创作的评论。待创作完成后，再看外界对自己的批评，可避免自己陷入"王婆卖瓜，自卖自夸"的境地；反之，尽量避免自我批评、自污其身，作者最好对自己的作品不要发表任何意见，除了说明自己创作时的所思所想的"创作谈"之外，不宜发表对自己的任何评论。

本来，笔者现在正处于"创作"与"批评"两者之间的夹缝里，难辨情伪之南北与西东，正有诸多感受想倾吐，兴笔所致、信马由缰之中。忽然想到引路人的上述教诲，于是，心境开始冷静下来，不再漫无节制地顺从创作（或仅仅达到"写作"的高度也未可知）时的感觉。因此，这种"冷热交融"下对自己的创作与批评"双管齐下"的试验品，究竟有多大的探索意义，自己毋庸赘言置喙。只是指出这样的文学创作中的实然状态，供"置身事外"的文学研究者们来关注、思考、总结这类经验与教训。

附录：

笔者创作的《世界上最亲密的距离》，可与网络世界里盛传据云为泰戈尔作《世界上最遥远的距离》（中英双语）对照。

世界上最亲密的距离
——答相传印度文豪泰戈尔诗歌《世界上最遥远的距离》

姚朝文

世界上最亲密的距离，
不是朋友间握手的缝隙，
而是眼神对视中的善意。
彼此会心的微笑轻轻拂去尘埃与颗粒。

世界上最亲密的距离，
不是眼神对视中的善意，
而是爱侣肌肤相触的距离。
像触电一般的麻酥与战栗。

世界上最亲密的距离，
不是爱侣肌肤相触的距离，
而是心旌摇荡的情意。
冥冥之中心驰神往的魅力。

世界上最亲密的距离，
不是心旌摇荡的情意，
而是阴阳交合毫无间隙。
灵肉相融，化为同一。

世界上最亲密的距离，
不是阴阳交合毫无间隙，
而是信仰与真理的统一。
信念的力量才能让人始终不渝。

世界上最亲密的距离，
不是信仰与真理的统一，
而是一颗心与另外一颗心虔诚的默契，
走到哪里，总是默默地相依。

世界上最亲密的距离，
不是一颗心与另外一颗心虔诚的默契，
而是海水与蓝天的相互偎依，
远望天际，分不出点滴的痕迹。

世界上最亲密的距离，
不是海水与蓝天的相互偎依，
而是树根与树根缠绕在一起。
同生共死，事关休戚。

世界上最亲密的距离，
不是树根与树根缠绕在一起，
而是缘分与命运的生息，
错综复杂，却有冥冥注定的回忆。

世界上最亲密的距离，

不是缘分与命运的生息，

而是母亲与婴儿共同的呼吸，

一个在里头探秘，一个在外面希冀。

2011 年 7 月 9 日夜　听雨阁

世界上最遥远的距离（中英双语）

世界上最遥远的距离	The farthest distance way in the world
不是生与死的距离	is not the way from birth to the end
而是我就站在你面前	It is when I stand in front of you
你却不知道我爱你	but you don't understand I love you
世界上最遥远的距离	The farthest distance way in the world
不是我就站在你面前	is not when I stand in front of you
你却不知道我爱你	you don't know I love you
而是爱到痴迷	It is when my love is bewildering the soul
却不能说我爱你	but I can't speak it out
世界上最遥远的距离	The farthest distance way in the world
不是我不能说我爱你	is not that I can't say I love you
而是想你痛彻心脾	It is after missing you deeply into my heart
却只能深埋心底	I only can bury it in my heart
世界上最遥远的距离	The farthest distance way in the world
不是我不能说我想你	is not that I can't say to you I miss you
而是彼此相爱	It is when we are falling in love
却不能够在一起	but we can't stay nearby
世界上最遥远的距离	The farthest distance way in the world
不是彼此相爱	is not we love each other
却不能够在一起	but can't stay together
而是明知道真爱无敌	It is we know our true love is breaking
	through the way
却装作毫不在意	we turn a blind eye to it
所以世界上最遥远的距离	So the farthest distance way in the world
不是树与树的距离	is not in two distant trees
而是同根生长的树枝	It is the same rooted branches
却无法在风中相依	but can't depend on each other in the wind

世界上最遥远的距离	The farthest distance way in the world
不是树枝无法相依	is not can't depend on each other in the wind
而是相互瞭望的星星	It is in the blinking stars who only can look with each other
却没有交汇的轨迹	but their trade intersect
世界上最遥远的距离	The farthest distance way in the world
不是星星没有交汇的轨迹	is not in the blinking stars who only can look with each other
而是纵然轨迹交汇	It is after the intersection
却在转瞬间无处寻觅	but they can't be found from then on afar
世界上最遥远的距离	The farthest distance way in the world
不是瞬间便无处寻觅	is not the light that is fading away
而是尚未相遇	It is the coincidence of us
便注定无法相聚	is not supposed for the love
世界上最遥远的距离	The farthest distance way in the world
是飞鸟与鱼的距离	is the love between the bird and fish
一个翱翔天际	One is flying in the sky
一个却深潜海底	the other is looking upon into the sea

注：选自据传诵为泰戈尔诗歌之《世界上最遥远的距离》（1913年发表）但笔者查遍各地图书馆、书市中自己所能阅读到的泰戈尔诗集中文各译本，均未收录此诗作。

第六章 半押韵拟古新诗的灵性、诗辩与诗艺探索

——由《王韬诗草》引发的诗思

一、拟古新诗的灵性

王韬，远祖山西人氏，民国战乱频仍，逃难西凉民勤。抗日战争时期，傅作义将军苦心经营河套，南北朝时期就因"敕勒川，阴山下，天似穹庐笼盖四野"闻名华夏的河套开始了旱涝保丰收的时代。中华人民共和国成立后，王韬父母移居内蒙古西部河套平原中枢地带的临河。1969年河套专区公署由磴口县迁至临河市，临河就成为粉碎"四人帮"之后，名列"新时期"之"十三个商品粮基地"之一的丰饶之乡。"黄河百害，唯富一套"，这里独享此一闻名遐迩的美誉。

王韬爱书法、好丹青、有志于诗文的遗传基因得益于其母系的文化传承。其外祖父是扬州诗礼之家，其母幼承庭训，雅好诗文。

王韬自幼好文史而疏于数理，科班路途不显赫，但承袭糖酒世家经营头脑，加上"丈夫志四海"的抱负、敢为故乡先的创业毅勇，兼之醉心书法、慧心诗歌，来粤廿载、天道酬勤，终成珠海儒商界内中生代之俊杰。因此，十年前在珠海市内蒙古商会成立时，大家公推这位工书法、善诗词的八大名酒集团投资人为总商会首任会长。他亦儒亦商、文商两繁忙的天赋恰逢其时。记得当时曾有几位巨贾豪商明确地说："咱们选会长，一定要选一位有文采、有学识的儒雅之士做我们的门面，可不能让外人以为我们都是些只有铜臭的暴发户。当然，他也要有相当的经济实力做支撑才行。"于是，王韬就成了最佳人选。他待人平和中不失热情，儒雅中透视着精明、豪放中见真性情、挥毫中尽显才情。他性格有魅力，谈吐得人缘，身在红尘中，常怀超俗心。

按常规社会阶层定位，王韬无疑是商人或实业家。但这个实业家又是发自灵魂深处散发着文人书卷气的职业儒商兼准职业书法家、业余诗人。此外，他在美国加利福尼亚州考察期间，应圣伯塔蒂诺市政府之邀，作《当前蒙古经济形势与投资策略》的公开演讲，赢得市政厅全体成员的热烈赞誉并破天

荒地成为该市第二个荣膺荣誉市民金钥匙的中国人。由此可见其见识之深广和演讲水平之一斑。我在他的商会书法室为他草拟了两副对联："文韬商略珠海王，华堂沽酒诗为裳"，嘱其"闲居珠海沽几斗酒，闹处南海烹几杯茶"。他看罢，立马提笔流畅地书写如下的八字联语：儒商王韬，诗酒英雄。我禁不住叹其才思敏捷之余，更发现他自成一格的书法里，投射出规规矩矩临帖十数年的老者们丧失掉的飘逸隽永、洒脱挺秀。

笔者一生仰慕的钱锺书先生曾经说，做学问是发不了财、养不了家的。在学院里可以有条件做学问，但要耐得住寂寞和清苦。解决这个困扰的最好办法是经商，积累足了衣食资本再回头做学问。笔者多半生在学海文界涉猎、游历十国终归没有跳出文化界，即便现在搞文艺会展设计与策划，带研究生班与编写研究生教材，也是在岸边上掠水而过，比不得王韬这种真正下得了海又在精神上上得了岸的左右开弓者。

他写诗可不是为了附庸风雅以便装饰自己，也不是为了向商界朋友们显摆自己能结交文士名流、骚客雅望、高朋满座。他写诗是有北国南疆的巨大时空落差，有人生起伏盛衰的世态炎凉之痛，有利禄红尘中的冷眼旁观，有财富缠身后的返璞归真……他的诗作大多数是在这种处境下提笔而就的，不是在商务应酬中、酒足饭饱后的装饰和做作。因此，读他的诗，里面有真性情在流淌，有摆脱红尘世俗的形而上的超越力量在驱使。这种"道自不器"又"道不自弃"的追求与那些单纯地追求诗的对仗、格律、辞藻、尾韵的匠气十足的文士们不同。他有一种发自生命深处的"大追问、大关爱、大情怀"。因为沉迷书法，又喜欢收藏名画、名酒，他写的诗里也如他的书法一样，有一种飘逸感，一种热情洋溢、挥洒自如的奔放感。

当然，他的第三个追求"形象直观、生动如画"的画面感却大多没有达到。这是因为他的诗歌创作思路长久囿限于咏史怀古、友人酬唱赠答、感叹人生无常与红尘利禄。他采用的诗体也基本上是接近于近体格律诗的形式。写得久了会感到容易袭蹈故旧、重复自我。而且习惯于借诗的体裁直接发议论，就会导致"理大于词，思大于形"。通俗言之，就是抽象性议论太强、太直切了，压倒了形象具体性和鲜活的生动直观性。

中国诗坛这种偏向的典型就是宋诗。宋代诗人出身进士、举人者夥矣，比唐代诗人文化素养的平均水准要高出很多，但是孱弱的宋代无法仿制大唐帝国的盛世气象，而且生活面狭窄却饱读诗书的文人书生们又"位卑未敢忘国忧"，"心忧天下"却不掌权的现状导致他们特爱发牢骚，"怀才不遇""不平则鸣"的心结使得他们喜欢引经据典、征引历史、含沙射影、指桑骂槐。结果是才学卖弄出八斗，而诗家最需要的生命直观的豪情逸致、从容开阔的眼界胸怀反倒没有了。毛泽东采用历代批评宋诗的名句来下论断"理胜其辞，味同嚼蜡"。

可喜的是王韬悟性高、天资勤快异常，当我一年里再三批阅其诗而提及此类现象时，在五月初的深入切磋后，他可能受到我"呕出一腔酸楚，背上雄壮，看长江万里风云竟爽"[《秋思新曲（诗并序）》]和一年前寄给他的"湖水/将我一脸的凄凉/写在了湖面上"（《月亮》）的触动，他在五月中旬畅游了武汉长江、山峡大坝、赤壁古战场。一路诗篇跌出、联翩而至，在船上、火车里、飞机场里纷纷发到我的手机上。于是我终止所有的工作，返回电脑旁，一边输录这些诗篇，一边考究其典故、平仄、诗韵、修辞，在批注、改写中，也被他洋溢的激情所感动，于是再三停下批阅的笔杆，转而动手步其韵而和其诗。一般而言，同一个人由批评的角色迅速转化为诗歌创作者，是不太容易的。但是，阅读、品味他的诗作，被其洋溢的才情、丰富的想象力、时不时冒出的奇思异想、生花妙笔感动得兴奋不已，禁不住拍案而起、抚节称快了。笔者自编诗集《生命的情思》之第四辑"古诗新创"末篇几首就是这些互动的产物。

他的 80 首诗作里，尽管有点类似东晋时代的大诗人谢灵运那样"有佳句而无完篇"，但有些才情卓颖的佳句，能给我们烙下了鲜明的印象，如"曾识英才满天下，高山流水是老兄"（《惜别》）、"思乡梦中归故里，北漠无烟草无边。父母欢聚兄弟笑，醒时拭泪雨窗前"（《贺徐荣生日诗》）、"一缕琴弦引思念，天涯茫茫难相见。若见飞雁似吾在，捎信今冬共度年"（《送蒙古友人》）。我发现，他上述写得最好的诗句，恰恰是他写给挚友、妻子、远方亲朋的，而不是他比较侧重的咏史诗。因为发诸真情，挥笔而就，恰有"春风得意马蹄疾，一日看尽长安花"的畅快淋漓。这说明，好诗是从心灵深处自然流出的，而非王朝历史阔大又空泛的叙述所能替代的。个人如此，整个社会亦复如是。

笔者因此不肯徘徊在历史故事上写诗，凭借历史传奇或典故、传说写作终究不如写自己亲身经历的现实生活更有体温、更真切可信、更踏实可靠。如果将已经定型的历史事件，变换一种表达形式，由古文改为现代汉语白话文，由散文改为断行的韵文，那其实是我们在中小学语文课堂里接受的文体"改写"与"仿写"训练课程的扩展板而已，原创性是不够充分或比较缺乏的。而文学创作之所以被称为"创造性写作"，而不是类型化、公式化、模式化、流行性商业化写作，其根本属性就是"原创"，也即创新性！

因此，笔者的诗歌美学主张里，最核心的一条就是：我只肯拥抱生活、拥抱现实，赞美田园山川、歌咏岁月长河、歌唱友谊爱情。偶尔也写一些旧体新作的篇什，但绝对不让纸堆里的典故淹没了滚烫的现实生活本身！

足迹遍及了半个地球，年逾知天命之后，笔者常常顾影自怜"我究竟是哪里人？"画家高更在一百年前发问："Who am I？Where I come from？Where I will go？"（我是谁？我从哪里来？我将到哪里去？）这令人时不时感到"梦到故园多少路，酒醒南望隔天涯，明月千里照平沙"，有时"酒困路长惟欲睡，日高人渴漫思茶，敲门试问野人家"，更有"万里归来颜愈少，微笑，笑时犹带岭梅香；试问岭南应不好，却道，此心安处是吾乡"。由中年渐入晚景，我更倾慕苏东坡，也更热爱生命，因为生命是写不尽的长河。德国伟大的文豪沃尔夫冈·歌德说"理论是灰暗的，而生命之树长青"。

"此心安处是吾乡"，苏轼说得太好了。其实故乡更可触摸、更可想象、更可怀念的是我们自己精神境界里的"故乡"，而未必是自然地理意义上你曾经出生并长大的那个"故乡"。现实情境中，当你下了很大的力气，放弃许多机会与诱惑，专门赶回你的出生地、你的祖居地。你会发现，那里是陌生的，与记忆中的景象几乎找不到多少"似曾相识燕归来"的景致了。古人所谓"景物依旧，而人事全非"，是你离乡不超过二三十年的情境。一旦你相隔三五十年后再去寻幽访旧，在当今快速城镇化的中国，除了若干能够保存数百年之久的大型历史古建筑之外，你几乎见不到儿时的房屋、街道、村舍、玩伴了。每一次回故乡，都会产生类似的感受，甚至自己携妻将雏寻访故里，总想努力表达这种感受，可是每当拿起笔的时候，又觉得找不到最合适的落笔交汇点。终于在 2017 年，与故乡拉开了时空距离的南国，我写出了《家乡——他乡》：

> 父亲走了，
> 家乡就成了——故乡；
> 母亲又走了，
> 故乡又成了——他乡。
>
> 为梦中念念不忘的理想
> 负笈远游，到海滨南疆
> 总算挤出闲暇时间归乡
> 皱纹刻满了父母额、眼、脸
> 自己？万亿的情感债王！
>
> 少壮志当拿云漂泊万里
> 纵有等身的著作与荣誉
> 又怎能换回追思的悲伤
> 原来的他乡是现在的家

原来的家乡是现在的它

父亲走了，
家乡变成了——故乡；
母亲又走了，
故乡又变成了——他乡！

2017 年 8 月 26 日感喟于广东佛山季华园

"此心安处是吾乡"，特此引苏轼的诗句赠予王韬，引其为我的诗歌同道。

二、探讨论辩中的情思

回顾、检视与当今诸诗友切磋诗歌创作和诗坛动向的往返书札，往往发现一些颇具启发意义的零散议论，激发起笔者新的激情，回想起当初的具体场景，在大脑中历历在目。例如，新年初收到一位文友的《厦门与台湾友人诗》后，明显感受到他的诗歌探索存在着"今不今、古不古"的现象，有鉴于散文书信已经写了不少，也想用诗歌本身来现身说法、避免"天桥把式，光说不练"的空口说教，缺少亲身示范的力量，于是写给他以诗论诗的《因某友厦门与台湾友人论诗艺化境》，指出他进一步努力的方向，仅供参考："兼擅新旧体，诗文两从容。摆脱陈窠臼，开阖任光荣。创新超朦胧，赋旧如唐宋。尽晓天下艺，鸿篇杯盏中。本诗越《小河》，更优仿古董。清新不做作，远胜鹿、青、陇。朝文即兴诗点评。"

诗中说的《小河》是指他在去年夏天在故乡写的《家乡的小河》；仿古董，是指当今诸多写旧体诗的作者。时下许多写旧体诗的新作，即便能掌握格律诗体各种规范，内容却陈陈相因、千百次地重复古人言辞，了无新意，读之再三，也不如我们翻开《唐诗三百首》仅研读一半有功效！鹿、青、陇是指他多年前的夏季在包头、西宁、兰州、银川等地写下的诸篇仿古诗习作。前日发去短信，指出他在五一节期间发来的辞赋习作《洞庭湖口益阳》文体错杂引发的不伦不类现象。初学文学又缺乏对文学史和各类文体功能的具体真切了解者，常常会出现这种舛误。于是，笔者以诗评诗，回复他诗作中出现的语病、笔误和歧义："晨出暮归始复回，读罢'吾悲'似'吾辈'。七言五言相往还，切磋诗词意更斐。2011 年 5 月 14 日收到短信新诗即复。"

笔者的另一同窗好友吴民君，早年擅长绘画，在天津大学读书期间，曾是大学书画社的骨干，指导教授乃是当今画坛巨擘范曾。他曾远游印度尼西亚，某日深夜，忽然发给笔者一首即兴新作。他因工作关系并不常下笔，但偶一下笔，极有诗意禅味，境界全出。请看《游某岛醉醒次日赠友》："晨风

扬帆去，夜饮蹒跚归。海上风浪起，水下彩鱼追。修得丹田静，何来是与非。"若按照唐诗五律四联八句的要求来看，该作少了尾联。但是，如果不拘泥于古诗格律，采用本章标题的拟古新诗的尺度来看，有话则长无话则短，未必需要硬凑齐整数句子。笔者十分赞赏其末句"修得丹田静，何来是与非"。

当时，这位仁兄远在万里之外，风尘仆仆中，况且是刚刚"今宵酒醒何处，杨柳岸晓风残月"。岁月冲淡了记忆，不记得当时是否发送了下面这首岭南前贤看破红尘的诗作给万里之外远游中的挚友。

这句诗化用了禅宗开创人、中国佛教六祖慧能对答弘忍的佛门公案。南北朝时，五祖弘忍在湖北的黄梅开坛讲学，为了考核数百弟子谁的悟性最高、可继承衣钵而出了一首偈子考验众人。当时的大弟子神秀（后来的北派渐宗创始人）就在半夜起来，在院墙上写了一首偈子作答："身是菩提树，心为明镜台。时时勤拂拭，勿使惹尘埃。"弘忍意识到神秀并未禅悟，评价道：照此修炼，亦不失本性。众僧徒谈论这首偈子的时候，厨房里的火头僧文盲慧能听到了，他也做了一个偈子，央求别人写在了神秀的偈子的旁边，"菩提本无树，明镜亦非台，本来无一物，何处惹尘埃"。弘忍心中窃喜，但不便当众表扬慧能，亲自擦掉了这个偈子。然后走过慧能身边时，用拐杖击地三下而去。慧能灵敏地悟到：这是暗示他三更半夜来见师父。果然届时弘忍在禅房等到慧能并向他传授了衣钵、袈裟和《金刚经》这部佛教最重要的经典之一。

笔者和其诗并凑为四联微信回复《万里遥寄挚友吴民远游印尼》："一路多珍重，大吉策安归。莲雾蕉风动，平生又几回？遥祝牵手时，万帆尾齐眉。待君凯旋日，琼浆起芳菲。"

在西樵山顶碧云宾馆侧叶井之旁，有一系列摩崖石刻诗。其中，最出色的一首诗是清代七十二山人何翀西樵摩崖石刻诗原作。笔者探访多次，最后一次勤快地抄录于笔记本中。

西樵山摩崖石刻诗

清·何翀

不骛纷华不尚仙，优悠林下养余年。

闲非闲是休闲理，半日看花半日眠。

诗艺文心之奥妙与微茫，常常非旁观临摹或自我努力就能探得奥堂，须有鸿儒大师、真正的行家高人手把手来教。非五年不足成中业，非十年难达上乘境界。笔者给外地诸诗友的忠告是：热心急切很可贵，追求速效，毕其功于一役，往往难遂其愿。无知者无畏，仅得皮毛，看千年诗艺易如反掌；有成者有知，深得真传，攻百载文心如履薄冰。

笔者曾给另一位外地诗友指出提高诗艺的路径，就他生活与创业的地界而言，珠海、澳门可以教他入正统传统诗词奥堂者，乃澳门大学文学院施仪对教授。施仪对教授对古诗词，尤其是宋词的研究，享誉中国。施教授的诗艺谭论也见于我曾于十年前暑期某位发烧友来访时赠予他的《中国韵文学刊》。写作古诗，在创作实践方面可以师法者有二人：一是麦小舟，著有多部古诗词知识性丛书。二是当地诗人林启鸿。准备登堂入室者，要想有成就，就要向正宗行家学习，否则，就会偶有惊奇灵气，间杂多半野路章法。笔者曾建议他们，杜甫云，"读万卷书，行万里路"，前提是要"破"了那万卷里的奥妙。当然，自学成才也能或多或少"破"到一些奥妙。但是，一位业余治诗歌者，再聪明也是利用业余时间研究这个行当。那些从万千才子里经历过千百次淘汰而选拔出来的高士能人却是一辈子什么都不做，就殚精竭虑地专攻这些诗艺的啊！向他们学习，可以多快好省地学到绝顶聪明而专业的本领，学到他们这些能人用毕生精力发现并传承下来的绝活，又可以避免了他们探索中曾经耗时穷年累月而走过的弯路，岂不异常划算？我等背井离乡求学万里，跨海漂洋远达十国，学成诸多驳杂学艺，深知来之不易。略得名师正传再转益多师，更深悉"真经至道"之可贵。而时下诗坛，尤其是网络世界里，鬼才层出，自学而"成才"者不可以道里计。甚至出现"劣币驱逐良币""三流人才为博出位而自我炒作得想超过一流名师"的现象频频发生。世道不古，人心惟危，我心中甚明。庄子云："至人无己，神人无功，圣人无名。"

有一些一心追求成为"诗人"者，起于草根阶层，心里很想"出名"，很想赢得"上流社会"认可。有为的大家也都是从无名到有名再到现在淡然名利，"不若相忘于江湖"的。那些出身科班正统、一生师从海内外诸多大师鸿儒、名门正学的各类权威性的大奖赛的评委们，评判许多无门无派者野狐弄禅，很容易产生困惑不解，甚至动了气。新人的新作不轻易入得了他们的法眼。

正走在诗歌创作道路上的发烧友们，即便不类我这等视诗文、艺术为生命，仅仅想利用艺术为晋身阶梯（虽然也爱好，甚至狂热），也得真能入道，求得正经而非野路子。至于"真经大道"的上乘艺术至境，那就要看你的造化了。

今年春夏之交拜读了一些诗友们的诗稿，发现了若干开始真正入门者，真的欣喜异常。文学艺术界真有若干可造之才，也是文坛幸事。文学艺术中的某些独特的体会、诀窍或者说奥秘，是有些类似于非物质文化遗产中的某些绝技、家传。常常听一些年事已高的武功师傅或民间艺人们说，徒弟找师傅，难；师傅找徒弟，更难；掌门绝传者想找到能够发扬光大本门派的满意传人，难上加难。尤其到了耄耋之年，他们的心思很迫切，愿择善而可雕琢

117

者为徒，毕生所学亦不至绝传。如有传人，当倾心育之；如无中意人选，就像古代武功宗师那样，宁可将毕生绝学带到道山或西天乐土！

笔者也发现了某一位中年诗人写的仿古体诗歌，艺术水准在某位理工科出身的博士发烧友之上。那位博士的幻灯片演示文稿末尾彻底暴露了这一点。他的现代汉语口语诗反倒比他写的古体诗歌更见特色，也明显地更熟练、流畅。他的口语朗诵营造发烧友们的气氛很不错，颇见真性情。但正规的、大型的艺术化诗朗诵就需要控制好情感的火候，如果还是那样简单火爆，会烧焦了会场。笔者师范大学毕业，三十年前在大学里，身兼演讲社社长、诗朗诵优胜奖得主，在东北、广东、福建、海外常年坚持着诗朗诵，但在诗歌朗诵的技巧、情感火候分寸的把握上，也有比较多的得失成败的甘苦。《二十五史·宋书·岳飞传》里云："运用之妙，纯乎一心！"

《明史·文苑传》有一段话很中肯："汉魏骨气虽雄，而菁华不足。晋祖玄虚，宋涤荡，齐梁以下，但务春华，少秋实，惟唐作者可谓大成。然贞观尚习故陋，神龙渐变常调，开元、天宝间，声大备，学者当以是为楷式。"凡是诗歌爱好者，不论其出生于工农兵学商、党政群企个，或者那些有心学艺而"漂白心灵"的房地产老板和其他商人、官员们，如果能够获得严格系统的语言艺术训练，那么不仅仅是他们的福气，也是艺术缪斯的造化、诗歌界的幸事、诗学与诗艺研究者们的终身使命所系。

收到一些诗友们的诗稿，有空闲就帮他们每一首都悉心批阅修改。感慨太多了，就会写一篇诗评。忙得焦头烂额的时候，就只能写一封信，讲出自己的一孔之见、真心感受。如果收到其诗作却不回复，于文情学谊、劳苦良心计，甚感歉意。许多诗友整理出他们敝帚自珍的旧体诗集，意欲出版。笔者则持有消极立场，认为旧体诗比较精短，适合于练习书法誊写之用。用于出版，基本上价值不大，因为现代文豪鲁迅在百年前就认为"好诗都被唐代的诗人写完了"。笔者于今只敢稍稍修正一下宗师的教导：古诗的佳作基本上被古代诗人们写完了，新体诗的空间还很大。所以，笔者建议当代诗人们，多发表、出版有探索性、试验性的新体诗歌（即真正的创造性写作）。不是创新探索，只是迎合酬唱、自娱自乐的话，那些陈陈相因的诗歌习作（普通写作、模式化写作、模仿性习作等），则不论是新体还是旧体、不论是长诗还是短章，都没有出版价值。

这就是我们虽然比较熟悉唐代近体诗，但为何不肯多写旧体而创新体的缘由。到诗词网站上找来旧体格、韵表照着模仿训练，那是写诗最基础的九九乘法口诀。依照规范，尚未掌握，是不宜参赛的。只有烂熟于心后才可以创作。练芭蕾、武术都有严格套路，不上路不成；绝非未掌握套路就可以独创的。

诗歌创作有两条路可选：要么彻底写新诗，我基本上选择这条路；要么必须先入古代格律诗的法门，出徒后才可以上擂台。我偶尔写旧诗，是专业要求必须掌握，别人不会原谅一位文学教授不达标，却不会对业余选手严格要求。就如我们唱歌跑调别人一笑了之，但当今执牛耳的美声唱法名家唱跑了调将无人愿意原谅他一样。因为他不仅代表他本人的演艺水平，也代表着中国当代声乐的水准，假如他失了水准，恐怕人们不会认为那仅仅是他个人的事，而是中国当代音乐在普通民众和世界上的影响与地位的事。

每当有灵感，就最好当时抓紧时间记录下来，避免过了一段时间后就遗忘掉而追悔莫及。但是，好诗往往不是一挥而就的，往往是几年、几十年后回顾、审读时，结合了当初的鲜活滚烫的生命体验与激情奋发，加上中老年人对人生沧桑感悟的深沉彻骨，两相结合的冷抒情、凝练化改写，才往往能出佳句、格言、神来之作！

我们写到书面上的东西，即便达不到千锤百炼，改十遍总可以吧。我们不是以诗歌为活路的人，不必达到杜甫那样"为人性僻耽佳句，语不惊人死不休"，也不必追赶乾隆那样一生写出两万五千多首诗，创造中国古人单个写诗数量的纪录。我们希望自己一本诗集就能够传世，力求传世！所以，一般诗迷认为好得不得了的作品，我们也要依照高标准量一量；别人认为难理解的，我们也有可能认为很好，只要它达到我们认定的上乘诗歌的标准。

《宋书》有如下一段影响后世甚深的论述："周室既衰，风流弥著。屈平、宋玉导清源于前，贾谊相如振芳尘于后。英辞润金石，高义薄云天。自兹以降，情志愈广。王褒刘向杨班崔蔡之徒，异轨同奔，递向师祖。虽清辞丽曲时发乎篇，而芜音累气故亦多矣。若夫平子艳发，文以情变；绝唱高踪，久无嗣响。至于建安曹士，基命二祖，陈王咸蓄盛藻，甫乃以情纬文，以文被质。自汉至魏四百余年，辞人才子，文体三变。相如巧为形似之言，班固长于情理之说；子建仲宣以气质为体，并标能擅美，独映当时。是以一世之士，各相慕习。"① 我们即便达不到"英辞润金石，高义薄云天"，即便无法"标能擅美，独映当时"，只要能够被读者阅读后觉得过目难忘，还想多读几遍，甚至愿意抄录部分诗篇、诗论的段落背诵、转发、流传，不也是"一世之士，各相慕习"吗？所以说，实现上述高远的目标，说难也不难，说不难还真的难，完全在于你和我是否能"千里之行始于足下"，完全在乎你和我是否能够"精诚所至，金石为开"！

诗歌创作的实践者们，诗学诗艺的探索者们，祝洞庭湖口有余波，珠海水滨起风帆！

---

① 沈约撰：《宋书》，长春：吉林人民出版社1995年版，第1026页。

三、锤炼诗歌的甘苦

（一）关于"口语化"诗歌

当代诗人们讲过太多锤炼诗歌的甘苦了，诗论家、词论家们更是不遑多让。但我还是觉得明代曲论家王骥德所论更精妙剀切："夫抵纯用本色，易觉寂寥，纯用文调，复伤雕镂……至本色之弊，易流俚腐，文词之病，每苦太平。雅俗浅深之辨，介在微茫，又在善用才酌之而已。"①

上述论断好像就是针对五百余年后的当代中国诗坛发出振聋发聩的檄文。当今口语诗歌的迷失方向、无病呻吟，多醉心于题材大胆、形式另类，有如六朝文坛覆辙的症结之所在。有的诗人自己都承认"自己也不知道自己想说什么"。没有深刻的生命体会，只追求形式花架子，是没有长久生命力的。当然，这种生命体验必须是文学艺术的方式，即形象、生动、具体的语言表达方式，而非哲学语言或公务文书的简明、苍白。

日常口语真正进入诗歌写作，还是从 20 世纪 80 年代末的"第三代"诗歌开始的，韩东、于坚、李亚伟等人发起的带有强烈后现代主义颠覆、反叛性的"口语诗"运动，矛头直指朦胧诗时代的精英主义诗学、理想主义情感和诗歌艺术的象征化、意象化，采用"反英雄""反崇高""反抒情""反诗歌"的策略，通过语言还原、冷抒情、口语化的语感手法，企图以诗歌呈现生命的本真状态。随着"第三代"诗歌在诗坛站稳脚跟，口语诗歌才在真正意义上拥有了"准入许可"，用日常口语写诗也具有了艺术上的合法性。而后经过 20 世纪 90 年代诗歌的进一步锤炼，口语写作已然成为一种新的诗歌语言，甚至上升到一种新的诗歌标准，并占据诗坛的"半壁江山"。正如沈浩波在世纪之交所说："在真正意义上的 90 年代，从韩东、于坚、杨黎等对于语言'命题'的完成，到伊沙、余怒对于语言'命题'的重新开发和补充，到'后口语'诗人群在写作上体现出来的勃勃生机，再到新近涌现出来的'下半身'诗歌群体对于诗歌写作中身体因素的强调，这十年来，中国先锋诗歌内部的生长点不断涌现着。"②

天津师范大学的罗麒博士在他完成的 2016 年教育部人文社会科学研究青年基金项目《21 世纪中国诗歌现象研究》中认为：新诗经过百年的发展，已经到了某种艺术创新的瓶颈期，今天的情感相比于百年前的情感除了某些时

---

① 王骥德撰：《曲论（卷 4）·杂论下》，北京：古典文学出版社 1985 年版，第 1026 页。

② 罗麒：《21 世纪中国诗歌现象研究》，北京：人民出版社 2018 年版，第 266 页。

代特征之外并无实质性的转变，政治隐喻可以紧跟时代却并不是每个时代的主流话语都能许可的，今天的诗人想要在诗歌史上留下点什么，似乎也只能在技巧上下功夫了。而语言还是第一个要解决的问题，片面地回归古典显然不现实，今天的诗歌写作和阅读都与古典诗词相去甚远，而"回到 80 年代"又究竟有多大的可能性和艺术前景？拾人牙慧是不可接受的。这就形成了一个"没有选择的两难选择"，也恰恰证明坚持诗歌语言"口语化"方向是艰难却唯一可能的选择，这种看似"无可奈何"的选择原因很复杂，它是诗歌和语言合力作用的必然结果。①

笔者却认为，当今诗坛的出路并非只有"口语化"这唯一的路径，新格律体诗歌的拓展空间巨大，朗诵诗也很有市场。至于笔者在本书里倡导的"现代汉语宽体新格律朗诵诗"，如此多重限定的"狭窄"方向，笔者都认可了它具有的拓展深度与广度，更何况限定甚少的半押韵格律诗、拟古新诗、半自由押韵诗、公约共同格律体、特殊形式排列格律诗、自创格律诗……形式多样，不一而足呢。新诗的发展道路无限广阔！

另外，还有一种偏向则是，直抒胸臆、自成诗篇。我同意现当代名诗人兼诗论家何其芳的诗歌定义："诗是一种最集中地反映社会生活的文学样式，它饱和着丰富的想象和感情。"同时，鲁迅也一再告诫我们："感情太直露，会将诗美杀死。"当然，这也不是定则，生活确实强烈地冲击了诗人，诗人们自然会写出火山爆发一般的诗句。只是，时间流逝后，若干年、几十年后再回味，部分感情强烈的作品依然感人至深又让人感怀于年长后激情不再；而大多数作品的背景已经远去，令人有隔膜感、恍如隔世。

（二）关于格律与雕琢的问题

我在青壮年岁里，放任写诗十余年，终于复归正统与典雅。意识到，千古文士、历代豪杰各自终其一生才摸索出的成就，又经过后代无数次检验而不被淘汰，说明了他们的非凡。他们终身创造的高度，不是偶一为之或热心几年就可以轻易超越的。也许我们这一整代人的最高成就，在后人看来可能并不高。何况，唐宋中古华夏族先民采用文言文会话、写作，古代的诗歌形式法则适合单音节字为基本语言单位的唐宋；现代汉语是由双音节词甚至多音节词组构成的新语法，采用唐体格律会自缚手脚。不是唐诗不好，也不是我们无能，而是世异时移，我们不能刻舟求剑。只能吸收古诗的意蕴、情调却无法企及唐诗诗体形式的高度，也根本没必要承袭古人衣钵。这就是我在教学、研究、评论时，涉及古诗乃至古典文化就严格按照古典标准要求自己

---

① 罗麒：《21 世纪中国诗歌现象研究》，北京：人民出版社 2018 年版，第 268 页。

和他人，但在自己的创作上很少依据古体画葫芦。虽然自己能够掌握，也不肯多做，因为即便再熟练也赶不上唐宋诗人！何必费力不讨好呢？每一个时代"各有偏胜"，宜扬长避短。现代人就应该采用现代汉语创作才有出息的可能，只是可能，未必是必然，更难言必定！所以，对你我的创作而言，除非标明"七律"之类，那就必须依法唐人诗歌去创作，否则就名实两乖。要么就不宜既采用唐宋诗体又不遵循其规范。这也是金庸对采用他的作品名称却随意改编的影视编导们很不高兴的主要原因。

明代陆时雍在《诗镜总论》中说："有韵则生，无韵则死；有韵则雅，无韵则俗；有韵则响，无韵则沉；有韵则远，无韵则局。物色在于点燃，意态在于转折，情事在于犹夷，风致在于绰约，语气在于吞吐，体势在于游行，此则韵之所由生矣。"①

那么，这个格律和声韵又被什么推动、作用呢？首先，要具备汉语声调、字形、词义、词组、短语、短句的基本功训练，这是诗歌创作者助跑的前提，否则，连走路都不稳，没等跑两步就会摔跤了。其次，要对诗歌形式排列要有强烈的排列组合好奇心、探索欲望。否则，有再好的情思，也只能采用大家已经司空见惯的样式来书写、排列。那样的话，视觉方面的新奇感、新颖性也就减色不少。再次，是生活素材与具体感遇。这是诗歌的内容与骨肉。内容苍白、空洞无物，是诗家大忌。最后也是最强烈的动力，却是灵感光顾下特定的奇妙构思。只有在这种可遇不可求的状态下，诗歌的内容与形式的同时创新与双向扩张，才能够巧妙而有机地组合在一起。否则，在平静的常态下构思，很可能挂一漏万、顾东少西、摁倒葫芦起了瓢，很难和谐优美地结合好。清代诗人兼诗论家袁枚说得就很直白："须知有性情便有格律；格律不在性情外，《三百篇》半是劳人思妇率意言情之事；谁为之格？谁为之律？"②他强调的恰恰是笔者前面十分看重的最后一点。

（三）关于辞采的"雕琢"问题

以杜甫之圣才尚且"吟安一个字，捻断数径须"，我等诗才不及其百、千分之一，尚不肯练字炼句，以为信手拈来而泥沙俱下的草稿就是上乘之作，真正写出好诗岂有如此容易之事？当然，如果把诗当作兴趣和消遣，那是业余作者，自然另当别论，不可求全责备。

在诗歌锤炼的问题上，不同的论者因为在不同的时间与场合针对的作品

---

① 姚朝文：《文艺逻辑学》，呼和浩特：远方出版社 2004 年版，第 87 页。

② 陈良运主编：《中国历代诗学论著选》，南昌：百花洲文艺出版社 1995 年版，第 994 页。

不同而各自侧重的方面、角度有差异。我阅读过的中外各种诗歌流派、样式、观念成千累万，因为名家甚众，自己极难超越，甚至一生也未必能追赶得上他们的高度，所以，不肯轻易写。但又不肯自废文功，断断续续地写出来一些，散存各笔记本内，后来被他事触及，才捡起来再看再改，20多年积累成了现在这模样，不同时段的差别也颇大。我也不想形成单一的诗风，力求内容或形式上不重复自己。特别触动自己的就存留相近的两首诗，其他情况仅录其一，不想浪费当今及未来读者群体的时间与精力。当然，未来也可能证明，即便从自己数百首试作中选编而成的自选诗集《生命的情思》里的这101首，也大多数是在浪费读者精力。试想，古往今来有多少诗人？淹没掉一个半个我也不足为道。全唐诗58 900余首，万余诗人呐，当代中国诗人也成千累万。所以，我以淡然的心态、悠悠的情趣、严谨的方式和充沛的激情写诗（当然，诗歌创作仅占我目前时间与精力的一部分，不是全部），毁誉不计、妍媸自存，尽可能注意不同的意见和倾向，但不会仿效鲁迅那样搞论战。诗歌如德国大诗人荷尔德林、大哲学家海德格尔所推崇的那样"诗意地栖居在人类大地"。

　　笔者在"诗人"们自以为是"职业"角色的当今社会里，不肯追逐"诗人"角色，原因是本着生命感受，写出真实的生活情思，不肯做作地作诗给别人看："我是诗人！"同时，笔者不想为了证明自己是"诗人"就得天天写所谓的"诗"，也不考虑自己是否天天都会有好灵感、新颖卓异的艺术感觉，一生写几十本、甚至逾百部"诗集"，自己都记不得是否是自己写的。高产诗人必然是自来水！真正的好诗确乎可遇不可求！我就这样踽踽独行，宁可偶尔发表一少部分，也不创造万首诗歌的纪录！

（四）关于托物言志、借景抒情的问题

　　的确有少量佳作是直抒胸臆之作，如李白《蜀道难》、屈原《离骚》等，但这类作品在他们自己的作品中也是少数，而且也是借外物寄托、借芳草美人、高山流水比喻。很难想象，诗人自以为是"世界真理的化身""最高权威"，或者有如恩格斯《致敏娜·考茨基的信》里指出的，以为别人难以明了自己的用意，又如鲁迅所言"不断地不相信读者""以为读者智商很低"，所以跳出作品具体的情境，把作者、叙述者和作品中人物三者之间的界限混淆为一，直接讲话："这个世界是这样的""读者朋友们，我这个诸葛亮不是历史上的诸葛亮而是某某某某"。

　　20世纪法国叙事学几代大师研究、发展、证明了的这个艺术法则，在小说领域需要严加恪守，诗歌领域不是铁律，但轻易无人愿意招惹。笔者年轻时写诗与散文，形成了急切地想让别人明了自己的意图、很怕人家难以理解

的习惯，花费了很多年时间，反复在创作和教学中研磨大师名作后，终于从生命本体的层面理解了他们的忠告，而非年轻时从书面和导师嘴里获得那样仅仅是"知"而难以达到"行"。陆游80岁时劝告他的侄子《为学一首示子侄》云"纸上得来终觉浅，绝知此事要躬行"，又云"汝果欲学诗，功夫在诗外"。笔者也没有在创作上很好地创作出这样的杰作来"现身说法"。

引用《清诗话续编》里朱庭珍《筱园诗话》卷四关于处理情景法度的一段体会来强调这个问题："律诗炼句，以情景交融为上，情景相对次之，一联皆情、一联皆景又次之。然一联皆写情，则两句须有变幻，不可一律，致犯合掌之病。一联皆写景亦然，或上句写远，下句写近，或上句写所闻，下句写所见。总写一句自有一句之意境，两句迥然不同，却又呼吸相应，此为至要。情景交融者，景中有情，情中有景，打成一片，不可分拆。"接着，他以古代诗联"蝉噪林愈静，鸟鸣山更幽"被王安石改上句为"风定花犹落"遂成名句来加以具体说明。

炼句如此，谋篇布局、层次段落亦如此。在这一点上，诗歌与绘画是相通的。请看清代笪重光《画筌》的精赅之言："无层次而有层次者佳，有层次而无层次者拙。状成平编，虽多丘壑不为工。看入深重，即少林峦而可玩。真境现时，岂关多笔。眼光收处，不在全图。合景色于草昧之中，味之无尽。擅风光于掩映之际，览而愈新。"（《历代论画名著汇编》）其实，不论古体诗还是新诗，涉及艺术美学法度和旨趣的话，虽然没有刻板划一的标准"度"（事实上，本来也不该有），但基本的规矩、法度却是显著昭彰的。

（五）关于诗歌的虚与实的问题

明代谢榛的《四溟诗话》就有精赅之论："律诗重在对偶，妙在虚实。子美多用实字，高适多用虚字。为虚字极难，不善学者失之。实字多则意简而句健；虚字多则意繁而句弱。赵子昂所谓两联宜实是也。"袁宏道以李白、杜甫与苏轼作对比，用来说明虚与实的差别，发人所未发、言人所不能言："青莲能虚，工部能实。青莲唯于虚，故目前每有遗景；工部唯于实，故其诗能人而不能天，能化而不能神。苏公之诗，出世入世，粗言细语，总归玄奥，恍忽变怪，无非情实，盖其才力既高，而学问识见，又迥出二公之上，故谊卓绝千古。至其遒不如杜，逸不如李，此自气运使然，非才之过也。"（《答梅客生开府》，《袁宏道集笺校》卷21）诗艺奥妙若此，其他艺术种类中又如何呢？我们还是拿明代人来作对比。孔衍栻在《画诀》中说："有墨处此实笔也。无墨处以云气衬，此虚中之实也。树石房廊等皆有白处，又实中之虚也。实者虚之，虚者实之。满幅皆笔迹，到处却又不见笔痕。但觉一片灵气，浮动于纸上。"（《历代论画名著汇编》）一切文学艺术中的虚实艺术现象，都是以虚衬实、以实映虚，在虚实相间中实现以文本的有形达致艺术指向的无形，以对文体有限性的"内在"突破而走向艺术视野的无限，从单一的叙述视点变而为多人称、多角度的全方位叙述，从艺术品位的定向观照到艺术时空、审美价值的多向度扩张。

笔者深知诗歌艺无止境，自己也未必能穷言其奥。唯勉勉以行，终身体悟。袁枚在《续诗品·空行》中说："钟厚必哑，耳塞必聋。万古不坏，其惟虚空。诗人之笔，列子之风。离之愈远，即之弥工。仪神黜貌，借西摇东。不阶尺水，斯名应龙。"其道理就在这里。①

清代的陈廷焯在《白雨斋词话自序》中有一段论述涉及艺术表现中有限与无限相互关系的问题："夫人心不能无所感，有感不能无所寄，寄托不厚，感人不深；厚而不郁，感其所感，不能感其所不感。伊古词章，不外比兴，《谷风》阴雨，犹自期以同心；攘垢忍尤，卒不改乎此度。为一室之悲歌，下千年之血泪，所感者深且远也。"②

我们确乎不能重复当今诗坛和古人，包括域外的许多诗坛大师，尽管我对他们很推崇，包括歌德、海涅、泰戈尔、普希金、裴多菲、惠特曼、波德莱尔、徐志摩、闻一多、冯至、戴望舒、郭小川、北岛、舒婷、海子。走出我们独特的道路，也心生许多困惑和苦恼。记得十年前暑假里的湖南莽山之行，面对神奇的大自然和历史名人遗迹、遗文，在高山之巅而情思泉涌，写出《莽山云雾七仙女》，其诗性激情确乎是上述感物吟志的现实佐证。

附录：

和七十二山人何翀西樵山摩崖石刻诗

姚朝文

又爱青云又羡仙，浪迹山海搏丰年。
正义正直求正理，一世铸梦一世眠。

2011 年 7 月 22 日下午西樵山碧云宾馆后摩崖石刻雨中

---

① 陆时雍撰：《诗镜总论》，北京：古典文学出版社 1985 年版，第 1026 页。
② 徐中玉主编：《意境·典型·比兴编》，北京：中国社会科学出版 1994 年版，第245 页。

西樵山摩崖石刻诗

清·何翀

不骛纷华不尚仙，优悠林下养余年。
闲非闲是休闲理，半日看花半日眠。

清代七十二山人何翀西樵摩崖石刻诗原作。

诗赠锦泉表弟《喜上眉梢》屏风画

姚朝文

春风醉鼻香，暖意环树旁。
花丛点点翠，开蕊枝枝芳。
梅绽羡群英，梢张艳霓裳。
喜鹊交相鸣，赏眉伉俪俪。

壬辰年贰月廿日禅城听雨阁

陈锦泉表弟的烧瓷屏风画《喜上眉梢》喜气洋洋、春意盎然。笔者观其画，心中若有所感，遂下笔题诗其上，并钤刻上二十七年前在东北师范大学受教于东北篆刻大师孙晓野教授的大篆印章。这印章是我一生的珍藏。附烧瓷屏风画《喜上眉梢》全貌于后。

第七章　可朗诵的新古典主义诗歌创作

从本书的定位来看，笔者发现，张况的诗歌基本上不是格律诗（个别暗合现代汉语宽体的半格律，也是诗人无意插柳柳成荫之作），他的自由诗里有着内在的诗意意蕴和节奏，比较适合于朗诵。

1971 年 1 月出生的张况已经由青年诗歌俊杰成长为成就斐然的中年实力派诗人。他现在正呕心沥血地创作现代自由体长诗巨制《中华史诗》，将每一个朝代写出一卷。从已经正式出版的《秦卷》《汉卷》与《隋唐卷》来看，可谓殚精竭虑、博大宏阔。其体制规模将创作中国文人独创诗歌空前的篇幅。这是我国当代诗歌史上罕有的一种大胆尝试，无论从抒情技巧还是从宏大叙事体制层面看，都具有挑战长篇抒情诗、叙事诗和哲理诗三分的诗歌既定体制之勇气，将是岭南文学对外界和对中国历史发出的一声"呐喊"。该长诗于纪念辛亥革命 100 周年之际正式推出①。

笔者在近二十年来断断续续读过他多部诗集，也知道他为了撰写《中华史诗》做了长期的诗歌创作准备。他先前创作的 4 000 余首诗歌，正如他所说，都是在为这部鸿篇巨制在做生活的、历史文献的、诗歌艺术的充分准备。

笔者无力无暇对他早已经在《诗刊》《诗歌月刊》《诗选刊》及各地报纸上发表的千余首现代新诗做出系统的鉴赏与评价，只能挑选其中比较出色而又给笔者留下深刻印象的部分力作，做出诗学或诗论层面的思考。例如，其作品中被比较著名的《中国诗选》《中国新诗白皮书》等收录的篇什。他不仅以诗歌创作著称，也著有诗歌批评集《让批评告诉批评》《中国汉诗的温柔部分》《三余拾萤录》，而且在二十余年前就有长篇小说《雅士》、《小镇上的鼓手》（合著）问世。更有必要提及的是，他在工作和诗歌创作之余，常常寄情于书法。那书法在横躺竖卧的造型中营造出一种"醉眼看醒世"的人生况味。

他青年时代的代表作有长诗《诗意三国》《唐朝》《唐朝的月亮》《鸿门宴》等。

---

① 《佛山青年作家畅谈"文化先行"》，《佛山日报》，2010 年 10 月 19 日。

当今的文坛除了被书商炒作或电视包装之外，真实的诗坛其实比较寂寞。能够潜心十七年探索被大众冷落的新诗诗体的各种可能，实在是一件吃苦不讨好的事。张况以国内知名的"新古典主义"诗人、从事文化诗歌写作文本而享誉诗坛。早在 1997 年，他就成为广东省作协"四五工程"全省五名重点培养的青年作家之一。张况的诗歌创作，取得的成就可谓惊人。《唐朝月亮》就是进入 21 世纪以来，我国岭南青年诗歌创作领域的一个可喜的收获，作者张况对"新古典主义诗歌"的倡导与实践，也体现了岭南诗坛新诗探索的一种新路向。

张况的诗作表现的题材颇为宽广，举凡足球盛事（如《世界杯足球赛》）、城市速写（如《禅意的城市》）、汶川大地震赈灾抒怀（如《写给我多灾多难的祖国》）、女性感悟（如《三个女人三出大戏》）、无题杂感（如《短诗一束》）。但是，给我们印象最深的还是他多年持续创作出的新古典主义系列诗作，比如《荆轲刺秦王》、《鸿门宴》、《中国古代四大名著速写版》（组诗）、《卢沟桥凭吊》。他发思古幽情的诗作大多言有尽而余兴难收，常常附有外一首思古短章附列于后。譬如，《卢沟桥凭吊》首句"黑色的太阳。蒙蔽/1937 年 7 月 7 日的/中国月亮"。接续其后的《南京城之痛》就写得过于朴实近似历史笔法了："从《南京条约》中：借支几两/屈辱的碎银。搭乘近代史/编号为 1842 的老马车/途经：满清政权的墓地/穿越：中华民族齐胸的黑暗/就抵达这场大屠杀的/现场：／1937 年/12 月/13 日"。

当然也有主诗写得好，外一首的含义更显丰富的。请读《鸿门宴》第二段："一抹酒香。熏散项庄剑尖上疲软的硬伤/宴席上：四十万侍应/笑声中藏着一把警觉的/刀。"

笔者以为选入《佛山诗人诗选》的张况《鸿门宴》[1] 后的外二首《赤壁》《吕雉》别具深意。《赤壁》概括得很简短，却能够让简洁的诗歌意象同时向具象与抽象做双重向度的扩张："这个巴掌大地方/被一场大火灼伤之后/躲在中国地图的一隅/一言不发//那神情/极像：当年/曹老丞相/被羞得通红的/脸"。而在《吕雉》中，作者说这女人有上下两张血盆大口："一张咬紧王朝的颈，一张咬紧王帝的根。"[2] 这语义双关的遣辞很具体形象、精准传神！读者可以展开个人与历史的多重想象，诗评家们可以从神话学、民俗学和性别诗学等多重视角来穿透诗歌文本背后"潜文本"的深层意蕴。

---

① 彭乐田、张况主编：《佛山诗人诗选》，天津：天津社会科学出版社 2005 年版，第 93 页。

② 彭乐田、张况主编：《佛山诗人诗选》，天津：天津社会科学出版社 2005 年版，第 95 页。

　　笔者尤其欣赏他 2002 年发表的《唐朝月亮》："二百八十九岁的大唐"，"不过是一片枯黄的败叶/岁月流动声响/从潮水中穿过月色/留下一片夺目的沧桑"。①

　　《唐朝月亮》是一首有气象的诗篇，是一首主旋律和民间生活交互融织的诗篇，又是一首探索者历史与当代如何交织而无法割舍、难以剔除的中华盛唐心结，一首将宏大叙事和民间细节"盐溶于水"的诗，一首散发着古典遗韵绝响的当代新诗。

　　当然，诗人是在什么环境的触发并在何种心境下"看"到了唐朝的月亮，这是笔者作为文艺批评工作者需要探究的责任，也是诗人需要回答的问题。笔者在这里不便于主观猜测。笔者只能依据艺术想象的原理加以"想象性地体会"诗人关于"唐朝的月亮"之神游。

　　历代文人都公认，唐朝创造的近体诗成为千古追慕的典范。请大家注意，这个文学定评现象里面包含着反历史潮流的艺术观念问题！如果认真阅读历代文人留下的各种"诗话"文本，我们就会发现，唐诗固然具有非凡的创造性，但是如果后世文人不再欣赏它，它会沦落为历史陈迹无人知晓。因此，唐诗其实是在后世文人的持续千年的评点、激赏、议论（即诗话）过程中才"成长"为伟大的高不可及的范本！②

　　张况不是大闹天宫时代的天神，当然没有千里眼和顺风耳，他肯定"看不到"距今一千一百多年前的唐朝月亮与今天的究竟有多大的不同。这个问题需要唐朝和当今的天文学家们共同来做科学观测和实验验证。但是，即便那样"科学"地做了考证，也对我们现在的论题于事无补，未必对我们今天的文学能起到"和谐"的作用，因为有可能结果与愿望适得其反。在此，我们必须按照文学艺术创造的可然律来"思理为妙，神与物游"（刘勰《文心雕龙·神思》)③，来"收视反听，耽思傍讯，精骛八极，心游万仞"（陆机《文赋》)④。与宋代以来历届文人士大夫一样，诗人其实是把自己对大唐盛世的推崇与向往注射到"唐朝的月亮"这个诗歌意象里面。这里显然是"文化的月亮"，而非自然界的"唐朝的月亮"，更不可能是历史上曾经存在过 289 年的那个"历史中的月亮"。

　　他写于 2010 年 9 月 7 日的诗作《遗址：圆明园》："满清最奢侈的墓园/

---

　　①　张况：《唐朝月亮》，《佛山日报》，2002 年 9 月 9 日 A2 白兰版。

　　②　姚朝文：《经典文学语境与民间化的表演诗学》，《人文杂志》2005 年第 4 期，第 95 页。

　　③　郭绍虞主编：《中国历代文论选》，上海：上海古籍出版社 2001 年版，第 84 页。

　　④　郭绍虞主编：《中国历代文论选》，上海：上海古籍出版社 2001 年版，第 66 页。

毁于异国强盗一把野蛮的火/趁着中国近代史暮色尚未散尽/本邦一些揣着勃勃野心的军阀和政客/先后摸进墓室/耗子般,将一些劫后遗物/偷偷贩卖到民国/为另一个歪脖子政权/提前搭建腐朽的灵堂"①。他最新的诗歌探索显示出深沉厚重的历史意识,在优美、皎洁而遐思飘逸的月亮意象之后,赋予了铁质的冰冷和火色黄昏的哀伤。

从上述分析中,可以得出一点结论:张况倡导的"新古典主义"诗歌流派,具有鲜明的具象、丰满的意象、丰富而大胆的想象力,诗作富有智性光辉和书卷气息,形成了特色卓具的艺术风格。

当然,对古典的向往,是一种文学史上的潮流。欧洲古罗马模仿古希腊,17世纪法国古典主义模仿古罗马,中国明朝"复古主义诗学"流派中的"文必秦汉,诗必盛唐"的主张都不是新鲜的艺术主张。这种艺术思潮和审美主张更多的是在前人基础上的体会、继承、发扬、补充,至于说开创性则鲜有。除非是"借古人的衣钵,提出完全新颖的、独创性的艺术思想",比如15世纪欧洲的文艺复兴,再比如赫尔德、歌德、席勒等人掀起的德国"狂飙突进"运动。

当今社会的一部诗歌作品能够具体再现并弘扬主旋律,并不是多么难的事情,我们暂且不去追问其艺术价值值几何的问题;一部作品深入反映民间生活的疾苦,虽然不容易,但也不是做不到、也未必不能够博得称道。如果既能够抓准特色和难度,具体再现乃至弘扬主旋律的意识形态基轴,又不回避生活底层的真相,表达民间的真智慧、真诉求,那才是难得的走钢丝一般的探索与冒险。而能够将两者相得益彰地加以表现,从容自如、大开大合、收放自如又能举重若轻,那才是"危难关头方显出英雄本色"。在抗震救灾和个体生命的诗篇里,也可以体现出诗人关心民瘼、"哀民生之多艰"的情怀。

张况的诗歌创作正在攀登着佛山新诗创作史上的新高度,也体现着进入21世纪初叶的当前岭南诗歌的一种新的流向与创造实绩。

我们从《张况诗选》里的诗作,可以看到中华文明薪火长传、千年不灭的一个生动侧影。他的诗作深情地讴歌了我们岭南大地百年热土,也纵情礼赞了珠江流域在改革开放前沿热土上的心灵探索和精神追求。张况的诗歌探索可谓呕心沥血、苦心孤诣。

张况在文学创作上,可谓成果丰硕。兹举荦荦大者胪列于后:《台阶上的诗笺》《青春颂辞》《张况诗选》……他一路走来,走到2008年,《芒种》年度诗人奖揭晓,吉狄马加获年度特别奖,张况等人获年度诗人奖。

然而,当今的社会现实却让我们视诗歌为生命的人大跌眼镜:不读书的

---

① 见张况的博客之"诗歌作品"。

一代人成为时下流行文化的主要消费群体，文学爱好者的队伍日见减少；文学队伍中的小说作者强盛、读者如过江之鲫，写诗的比读诗的多十倍有余。面对"千古诗国"如此严峻的文艺生存现状，正如一位著名的诗人和文学评论家曾经说过的那样：在当下的中国，敢于在公众面前宣称自己是诗人，那要有极大的勇气，要有随时被认为是另类或者精神有问题的心理准备。"千年诗国"诗道之沦丧一至于斯，令人何当以堪？"诗意地栖居在大地"这句名言在 20 世纪初，还具有召唤诗神缪斯的激励作用；一个世纪后，当我们拿来缅怀诗界先导与当代同行们之时，则充满了佛教所云"末法时期"的悲壮与决绝；而当我们用来引导自己的大学生、研究生们的时候，他们竟然如听天外来音一般，答曰：虽心向往之，但身不能至。

岭南诗人张况，成长于诗歌繁荣的中国 20 世纪 70 年代至 80 年代，这是当代文学史上风云际会的燃烧岁月。但是，诗人成名于诗意萧条的世纪末，面对流俗对诗的冷清，面对曲高和寡的苦闷与郁积，这是他所生活的时代与诗歌的吊诡。

当年从梅州五华县独自到佛山来闯荡的文学青年，成为今日的佛山市作家协会主席、佛山市诗歌协会主席；从一个建国陶瓷厂的打工青年，晋升为佛山市禅城区文广新局副局长。然而，他又在繁忙公务之外，结交了一大批跨越空间的诗友、文友。这从他为其他诗人朋友们的诗集写的大量序跋篇什中可以窥斑见豹、蠡测知宇。《寻常岁月的有心人——邱炎楷诗集〈岁月风飞〉跋》《序青年诗人陈吉斌诗集〈太阳花〉》《感恩的灯盏——河北诗人青山雪儿诗集〈雪做的灯〉序》《爱神之子——序北京著名诗人雁西诗集〈致爱神〉》《序〈肖红军旅诗选〉》《序曹晖短诗集〈爱是一本最馨香的书〉》《序〈梨园掇英〉》等诗评里，可以读出诗人的真性情、真才情、真生活与真感悟。如果我们想透彻地解读诗人与其诗作，不读这些诗评，我们的理解和评论一定是片面的、挂一漏万的、只有理性而缺少生活温度的！

张况活跃于佛山诗坛超过四分之一个世纪了。他的诗歌道路起于在石湾建国陶瓷厂工作和在《陶城报》编文艺副刊时期写的诗集《台阶上的诗笺》，这是第一批闪烁着青春热情的青春诗作。在那里，充满了对乡情与亲情的思恋。他因此而被喻为"纯情歌手"。后来，他又出版了《爱情颂辞》，对热情与爱情的表白更直切、热烈、深沉而丰富了。他曾经说他自己是"不小心做了诗人的"。笔者以为这样讲来，有几分矫情。他的诗作和他的言行都表明，在他的心灵深处，他是非常执着而刻意地写诗并以青年诗歌才子的自我定位为使命的。这个"啃唐诗长大的歌者"，对生命与爱情有着刻意的追逐："一行诗告别一段情/两行泪挥洒万般相思/一行诗　两行泪/相依的情人徜徉在两人的世界/看一只受伤的鸟放弃一片天空"，"因为你是诗的源泉/我才一不

小心做了穷酸的诗人"。(《一行诗两行泪》)

在这里，我们看出了诗人走上诗歌创作道路的早期动力和心灵深处尚稚嫩、柔软的颤抖及寄托。记得一位先哲曾经说过，未恋爱的鸟儿发出的啼叫最动情。沿着这种判断往下延伸，则是失恋的鸟儿发自肺腑的啼叫更能触动人类情感深处的心弦。这个时候的感情已经有些老化，情感也不再那么纯情四溢、热情烫人。但是，感性的潮水显然褪色许多的同时，理性意识明显地开始凌越情感的水平线了。所以，出现了如下感染力显然有所降低，但诉诸道理的背后是诗人开始理智、冷静、成熟了：

> 人生仿如一袭过岸的秋风/无法挽留执意远行的水/比如岁月漂浮于水面/漂过贫穷漂过奋斗漂过夕阳/比如有些人煮豆燃豆萁/反目成仇做好做歹/这些都是先于墓志铭暂时的注解/然而爱情之树常青/历史与未来之间的那片空白/我伸手便可以握住一个浪漫的过程

但是，冷静和清醒未必就能换来爱情，未必能够重新燃起生命的激情，于是，诗人面对现实的生存状态，感到了失落、感到了孤独与无助、苦闷与彷徨，甚至一如歌德、拜伦、波德莱尔、尼采那样想到死亡。他写的《想到死亡的可怕与可爱》里这样讲："我赤着双脚遍寻梦中的那片风景/却始终找不到那双相识的眼睛/我的泪太沉重/比泪更沉重的还有我的心"。这种理想的美好与现实的残酷，几乎又是所有人的悲剧。他痛苦了、焦灼了、饥渴了："这个季节/除了专注地预言黄昏的奇迹 / 我只有对爱情下手"。这条路古代的屈原、宋之问、白居易、元稹走过，外国的沃尔夫冈·歌德、大仲马、普希金、莱蒙托夫、列夫·托尔斯泰及音乐界"圆舞曲之王"大小约翰·施特劳斯都走过。我国现代的郭沫若、徐志摩、丁玲、张爱玲走过，当代中国的闻捷、郭小川、顾城更走过。我们的诗人只不过重走了一回先辈们的惯例。这不是我们追问的问题，问题是诗人最后找到了什么或悟到了哪些带有返璞归真的东西？换言之，能否像歌德笔下的浮士德博士那样，最终从感官肉欲中超脱出来，悟出生命中更重要的意义和使命？即便像柏拉图那样对"柏拉图式恋爱"加以升华？

从《台阶上的诗笺》到《爱情颂辞》，我们体会到了诗人情感的心路历程，也触摸到了诗人心灵深处最纤细、敏感、真诚又难以抚平的创伤。只是，无法明确地找寻到毛茸茸的感性触觉背后作者终于换来或唤醒的明确启悟。一如北方评论者祁人在《爱情的高度——序张况诗集〈爱情颂辞〉》里所铺陈的："正是诗人诚挚的爱心、纯真的诗情、简洁的语言、飘逸的风格、明快的节奏、潇洒的风度才构成了本书的艺术特色，并带给读者一种较高的欣赏价值和一个愉悦的诵读过程。"① 在这里，笔者要追问的是，诗人究竟升华到了什么？无论从作者的《台阶上的诗笺》到《爱情颂辞》，还是评论界对两部诗集"形而上"哲学意味的发掘、观照、照射，哪怕是由评论者外在思想往作品里"投影"出某种明确的哲学概括，笔者至今尚未能见到。

　　这种哲学，是热情减退而能明心见性地静心读书后找到了新古典主义诗歌道路的张况才有的。此时的张况虽然依然具有诗人的狂与傲，但更多的是对人生况味的百感交集。从张狂到张况，虽然仅有一字之差，但含义和分量却不可以道理计！

　　他曾经总结自己的诗艺观："诗是一种个性化、心灵体验的写作。诗有一种高度，否则就失去诗的严密性、隐喻性、前瞻性，同时也就失去了指导意义，失去了文化的审美。诗人必须具备一定的思想性和前瞻性，就像前人曾说过的：一个好的哲学家不一定是个好的诗人，但是一个好的诗人，他一定是个好的哲学家。他对人类社会的看法，应该是一种独特的价值观、审美观，这是诗人的一个特质，这样的诗人才可能有精美之作。"古希腊的亚里士多德认为诗比历史更真实，也更高级。当今的张况则有诗比哲学高级的倾向。

　　在此，笔者需要对诗人的诗学观做出一点商榷。诗对生活有寄托、有启迪就足够了，"指导生活"其实具有生命不能承受之重。这其实不是诗人的错，而是从 20 世纪 40 年代开始的文学理论"拔高"文学社会作用的矫枉过正烙印之余迹。就如沙皇俄国晚期出现了年轻的乡村教师别林斯基，到都市创办《现代人》竟然被当时或后来的文学大家们（诸如果戈理、赫尔岑、列夫·托尔斯泰、屠格涅夫、车尔尼雪夫斯基、契诃夫等）奉若神明那样发挥着"指导作用"的现象，其实是特例，不能因为历史上曾经有这样的特殊情形就以偏概全地认为，常常处于"事后诸葛亮"地位来总结过去时代文学经验的文艺理论，对当下或未来的文学创作活动具有普遍的指导意义！

　　张况的诗学观也有笔者"于我心有戚戚焉"之处："附庸风雅的诗，发梦般的呓语诗、用身体语言写作、用下半身写作的诗，没有'告诉'，也没有'发现'，对读者，没有太大的指导意义。"

　　至此，我们可以做出一项论断：张况的诗歌创作在进入新古典主义阶梯的时候，正式宣告了成熟与稳定，有了鲜明的风格，有了与众不同的审美追求，有了独辟蹊径的题材，有了情趣之上的智性光芒和形而上的思考！

　　张况是多么不幸，生不逢时地生活在诗歌高峰早已成为陈迹的当下中国。他又是何等的幸运，可以在官场美酒交错和数不尽的剪彩应酬、灯红酒绿之

----

　　① 见祁人精英博客之《爱情的高度——序张况诗集〈爱情颂辞〉》，2007 年 1 月 6 日。

中，保持一分诗人的孤傲和书法丹青带给他的九分澄怀静虑、明心见性！

作为公务员的张况，在事业上的成功多得益于他诗歌和书法创作上的成功以及由此带来的在岭南乃至全国诗歌界的知名度；作为诗人的张况，其心灵深处的落落寡合、知己无人的况味恐怕也是诗人固有的个性与情怀使然。

时代不幸诗家幸，诗家不幸尚有部分诗人幸！

第八章　史诗、诗史、诗歌、诗学

——张况《中华史诗》阅读札记

首先，需要指出的是，这里分析的长诗《中华史诗》不是现代汉语新诗里的格律诗。它是自由体长诗，但是适合于朗诵。而且在作者假座佛山市文联会议室举行其首发式兼研讨会上，省作家协会的副主席和作者就建议笔者朗诵。笔者于是获得了从另一个视角来看待这部长诗适合于向诗歌读者群体推广的朗诵功能。

但因为全诗长达八万余行。这里主要分析思辨诸项更为深刻切要的诗学之学理问题，朗诵功能就以附录的方式采录于文后。选择的是作者早年的代表作《鸿门宴》，又嵌入《中华史诗》"汉卷"中，作为其有机的一部分。

一、史诗或诗史

在西方，史诗的地位远高于诗歌即文人独创的短篇抒情诗。中国只有少数民族有民族史诗，最著名的就是藏族史诗《格萨尔王传》，从 20 世纪 80 年代初开始整理，至今已经整理出版 150 多卷，依然没有整理完毕。另外有蒙古族的《江格尔传》、新疆的《玛纳斯传》。汉族文人独创的诗歌系统里一直没有类似少数民族部落的史诗、古希腊的《荷马史诗》，古印度的《罗摩衍那》《摩诃婆罗多》，古巴比伦王朝的《咏吉尔伽美什史诗》那种民族或部落英雄历险传说的鸿篇巨制、规模浩大的史诗。

亚里士多德在《诗学》里又指出史诗的写法："荷马却只选择其中一部分，而把许多别的部分作为穿插，……点缀在诗中。"[①]

比较古希腊的大历史学家希罗多德与中国乃至全世界伟大的历史学家司马迁有关历史观念上的各自评价是饶有意味的事，但我们还是聚焦于"史诗"。

---

① 亚里士多德著，罗念生译：《诗学》，见伍蠡甫主编：《西方文论选》（上卷），上海：上海译文出版社 1979 年版，第 76 页。

在 20 世纪 50 年代以降，中国的主流文艺评论家们喜欢借用"史诗"这个特定文体的名称转喻那些规模比较宏大、结构比较庞杂、时代跨度比较大、作品人物众多的长篇小说为史诗。这显然是取史诗的比喻意了，因为真正的史诗正如马克思早已经指出的那样：在人类的童年时代古希腊时期，史诗十分发达，随着人类社会的发展，史诗绝迹了。

拜读了现代青年杂志社增刊《中华史诗·秦卷》后附录的各位评论家们的评论文字后，笔者在努力思考，这部长诗该命名为诗史（就其字面意义所指，用诗歌的形式写历史或对历史的咏怀）更准确呢，还是命名为史诗才恰当？至少，到现在为止，命名"史诗"的都是上文指出的那两种意义项。但是，如果真的命名为"诗史"的话，我国流行的"诗史"概念其实是高等院校里中国文学学科之下，一种文学文体的分支"诗歌"之发展历史进程的研究。那么，这部《中华史诗》的"史诗"两字，因为起名字时理解上的想当然，所以命名后出现了名称与名称所指涉对象之间的错位，落入似是而非的窘境。

二、叙事诗、抒情诗或哲理诗

《中华史诗·秦卷》第三章的开头"群鸦黑压压的翅膀/遮蔽了天空的脾气/直率而敏锐的阳光/拉开了祸福的距离"是富有历史积淀的诗句。接下来第二个段落"那形同虚设的边界维持会/还在埋怨过多的秦国元素/秦王嬴政脱缰的宽泛霸气/就尾随他日渐式微的信誉/成长为单方面的强制措施"是散文式的议论。诗歌的文体特征造就了它擅长抒情，叙事的功能与抒情相比仅属于次擅长，议论最好在前面的叙述与抒情完成了充分的铺垫后适时适量地发表议论，但一定要力求含蓄精炼、言简意赅，不宜长篇大论，避免滑落为演讲稿。这是在文体功能上，需要特别作出提示的。

接下来，这部长诗没有停留在对历史事实的描述层面，而是借历史阐发出深刻的人生思考，并且能够联系当今现实，古为今用、双关讽喻。例如："酒足饭饱的始皇嬴政/业余喜欢带上大小随从/以公费旅游的考察方式/到新张帝国的各地巡游/他极为铺张的烧钱行为/迷失了乱花公款的持守/阳光下兑水的官方数据/被娱乐化的结晶封死/泰山邹峄山和梁父山上/留下了他们时尚的脚印/泾水渭水黄河和洛水中/漂浮着他们虚胖的足音/到这样的风景名胜踏青/权当是下午茶后的散步//面对这满目大好河山/始皇帝抑制不住激动/他喜欢到处题字勒石/好将霸业统一的威名/嵌进世人挑剔的眼帘……"上述段落，采取类似旅游线路导游"介绍"的口吻，"介绍"中加入了作者的"主观议论"，从而以论带史地完成了述说。如果采用古希腊史诗的叙事方式，似乎采用作者退隐起来，让作品里的不同人物们站到舞台前面，让他们直接站出来表现。这也就是说，作者分别以秦始皇、李斯、赵高、秦二世、项羽、刘邦、韩信等人物的心态与口吻来陈述，让人物自己表现自己，作品里的人物避免成为作者印迹明显的"提线木偶"。想当年，恩格斯评价德国两位大文豪歌德与席勒不同的创作道路时，特别赞赏歌德的人物形象个性鲜明化，而批评席勒式的作品人物"恶劣的个性化"，成了"时代精神的单纯的传声筒"。恩格斯的评价在这里，颇有若干相似性。那么他的意见也就具有相当的参考价值。

作为对照，下面摘引几段《荷马史诗》之一的《伊利亚特》第22卷，作为叙事诗是如何叙述"十年特罗亚战争"的事件，作为人物塑造又是怎样展开人物行动、外貌、心理与对话场景的。因为古希腊语言与中国现代汉语之间的差异极为巨大，为了尽可能体现原作的内容信息，汉译本采用了散文体式。这是要特别需要加以提示的语言困境。为了避免删减、跳脱可能带来理解上的困难，下面挑选的是几个整体的段落。【】内是笔者的分析、评判。细加品味这部史诗，我们可以从中获得许多有益的启示。

先来欣赏对事件的叙述：

赫克托耳站在那里全神贯注地作着内心的辩论，阿磔琉斯就向他走进来了，戴着他那闪亮的头盔，像个战神的模样，雄赳赳地准备着战斗，在他右边的肩膀上，他摆荡着那支可怕的珀利翁山桦木杆的枪，他身上的铜装闪耀得像一片烈火，或是刚刚上升的太阳。【批注：肖像描写+动作描写。连环采用比喻中的明喻修辞格】赫克托耳抬起头来一眼看见他，就开始簌簌发抖。他没有勇气再战下去了；他就离开了城门，惶恐万状地逃开去。可是那珀琉斯的儿子凭他的脚力快，一个闪电似的就追上去了。轻得像羽族当中最最快的山鹰打个回旋去追一只胆小的鸽子，一路尖叫着紧紧跟随，偶尔还突然来个猛扑，那阿磔琉斯也就这样前去紧紧追赶的；那赫克托耳呢，也正像一只鸽子飞在他的敌人的前头，绕着特洛亚的城墙脚下在阿磔琉斯前面用尽他的脚力在逃跑。【批注：人物行动的对比描述，依然采用明喻修辞格，导致真实动作附加上了"想象性"的动作，更吸引读者，准确地说，在当时是更吸引听众们了】他们跑过了瞭望台和那迎风摇曳的无花果树，就离开了城墙一段路，沿着那车道跑了，这样就跑到了那两道可爱的泉水，就是那条卡曼德洛斯汹涌河流发源的地方。那两道泉水当中，有一道的水是热的，蒸汽从那里面升上

来，浮在上头好像烈火上的烟。还有那一道泉水，就连夏天涌上来的时候也冷得像電子，或者像是雪，或者像是水结成的冰。紧靠着两道泉水，竖着一些广阔而美丽的石槽，在阿开亚人没有到来的太平日子里，特洛亚人的妻子们和可爱的女儿们一向都在里边洗她们那种有光泽的衣服。【批注：导入环境场面的描写，营造身临其境、栩栩如生的直观效果】就打这地方，经过了那场追逐；【批注：从前面的情节暂停后转入插叙式的描写，转回到情节的继续推进】前面逃的是赫克托耳，后面追的是阿磲琉斯——逃的人固然英勇，追的人可比他还强得多。【批注：人物行动所凸显的性格对比进一步得以强化】那种步子是像疯狂一般的。【批注：强化紧张激烈，扣人心弦的气氛】这并不是一场平常的赛跑，并不是拿一头献祭的牲口或是一面皮革的盾牌来做奖品的。【批注：适时在大量叙述的基础上加入了要言不烦的评论，采用否定式的语句，营造先抑后扬、前贬后褒的表达效果】他们是在争夺那驯马的赫克托耳的性命呢，为了这个他们都撒开飞脚在普里阿摩斯那个城市的周围绕了三匝，正如在替一个战士举行葬仪的竞技场上，两匹赛跑的壮马为着那一个三脚鼎或是一个女人的辉煌奖品绕着那个场子拼命地飞跑一般。【批注：为了避免前面加入的两个"并不是"语句带来的抽象性议论减损了通篇史诗形象生动、具体感性的渲染力，这里又追加了一个生动具体的比喻，用赛跑的马比喻两位生死决斗的英雄】①

表现决斗过程中两位古希腊最伟大的英雄斗志又斗勇的心理活动，也十分精彩动人。请看前述情节跳过三个段落后的如下场景：

这时候，捷足的阿磲琉斯继续对赫克托耳做无情的追逐。比如一头猎犬已经把一只小鹿从它山间的窝里赶了动身，就一直追赶着它，通过了草莽和空谷，即使它到丛林里去躲藏起来，他也要跑上前去，嗅出它的踪迹，找到他的猎物，当时那捷足的阿磲琉斯也正像这样，无论赫克托耳使出什么诡计，也不能把他摆脱。不止一次地，赫克托耳想要向达尔达尼亚的城门那边冲过去，希望他挨着那高城墙的脚下走时，城头上的弓箭手会把他的追逐者射开，因而可以保性命，谁知阿磲琉斯一径都

---

① 《荷马史诗》之《伊利亚特》，见郑克鲁主编：《外国文学作品选》（上），北京：高等教育出版社 2005 年版，第 19 页。

占着那条靠城墙的路，赫克托耳每次想要靠边来，他都把他挡回空旷的方面去。然而他始终都追不着赫克托耳，正如赫克托耳始终都摆脱不了他一般。这就像是一个箩筐里的追逐，无论追逐的人和被追逐的人都动不得手脚。①

欣赏完毕动作描写和心理活动的两段精彩的描述以后，请各位再来欣赏荷马杰出的人物对话是在怎样具体的情境下展开的：

那头盔闪亮的赫克托耳临断气时还对他说了几句："我这才看透了你的为人，懂得了你的心肠了！"他说道："你的心是铁一般硬的——我刚才是白费口气呢。不过，你也得三思而行，免得轮到你在斯开亚门前耀武扬威而被帕里斯和阿波罗打到的时候，那些愤怒的神要记着你怎样地对待我。"

死把赫克托耳的话截断了，他那脱离躯壳的灵魂张开翅膀飞往哈德斯之宫，一路痛哭着它的命运和它留下来的青春和壮志。但是他虽然死了，那阿硌琉斯王子也还要跟他说话。"死吧！"他说道，"至于我自己的死，那等宙斯和其他的不死神决定之后就让它来好了。"

然后他把他的铜枪从尸体里拔出来，放它在地上。他就动手从赫克托耳身上剥下那套血污的铠甲，同时其他的阿开亚人也跑着围上来了。他们看见赫克托耳那个魁梧的身躯和奇美的相貌，都暗暗觉得惊奇。所有聚在那里看他的人们，没有一个不再他身上留下一点伤痕才走的。每一个人走上前去打那尸体的时候，总督回过头来看看他的朋友们，把一句嘲笑的话一路传下去："现在赫克托耳是比他在船上放火的时候容易对付了呢。"②

让我们读者最为难忘的其实并不是这场战争中的对打细节，而是这场战争带给死伤者亲友的伤痛。阿硌琉斯为他最要好的朋友帕特罗克洛斯被特洛亚英雄赫克托耳杀死而怒不可遏地披铠甲上战场，残忍地杀死赫克托耳之后，赫克托耳的父王、母后、妻子那悲痛欲绝、惨绝人寰的表现，这些描写成就

---

① 《荷马史诗》之《伊利亚特》，见郑克鲁主编：《外国文学作品选》（上），北京：高等教育出版社 2005 年版，第 20 页。
· ② 《荷马史诗》之《伊利亚特》，见郑克鲁主编：《外国文学作品选》（上），北京：高等教育出版社 2005 年版，第 23 页。

了《荷马史诗》成为欧洲乃至世界文学界的千古绝唱!

下面让我们依次来欣赏。先领略老父王的悲痛情景:

就像这样,赫克托耳的脑袋在尘埃里打滚儿。他的母亲看见他们这样对待她儿子,就扯自己的头发,大声痛哭着把她那个漂亮的面幕从她脑袋上拉下来丢掉了。【批注:笔者认为,这段话语应该后移到下一个大段落,与后文描述母后悲痛欲绝的场景合并才更合适。这或许是那十二位亚历山大城的学者在统一整理上千年民间流传的口述史诗时,合并同类项不够周密彻底,遗留下来的百密一疏吧】他的父亲伤心得不住呻吟,他们周围的人也一齐接声痛哭,整个城市都陷进绝望中了。从它那高峻的城头直到它的最低的街巷,大家都在那里哭,就连伊利翁整个着起火来也没有这么大的哭声的。那位老王在恐怖中奔往达尔达尼亚的城门,意思是要出城去,大家好容易把他拦阻住了,他就爬行到粪堆里,一个一个叫着名字向大家哀求。"朋友们,随我去吧,"他说道,"你们照顾得我太过分了。让我独个人出城到阿开亚人的船里去吧。我要向这个没有人性的怪物求告去,他也许会因赫克托耳年轻而感到羞愧,因我年老而觉得怜悯的。到底他也有个跟我年纪相仿的父亲,就是那个珀琉斯,他养他出来做所有特洛亚人的祸祟,不过谁也没有我在他的手里吃的苦多,我那许多儿子都正在年轻力壮的时候就被他屠杀了。这许多的儿子我都要痛哭,可是有一个我哭得更加厉害,使我更觉伤心,简直要把我伤心到坟墓里去的,那就是赫克托耳了。啊,我恨不得他死在我的怀抱里呢!要是那么的话,我跟那个不幸把他生出世来的母亲就可以对他嚎啕痛苦一个痛快了。"①

老父丧子的悲痛就已经让人同情莫名了,老母亲亲眼看到他最最心爱的王子——国家未来的继承人惨死在敌国最残暴的勇士手里后又被对手们千刀万剐,那种悲伤就更为强烈:

这就是那普里阿摩斯痛哭流涕说的一番话。所有特洛亚的公民都加进了他们的哭声,现在赫卡柏也领导着一班特洛亚女人开始一场辛酸的

---

① 《荷马史诗》之《伊利亚特》,见郑克鲁主编:《外国文学作品选》(上),北京:高等教育出版社2005年版,第24页。

恸哭。"我的孩子啊!"她哭道,"啊,我真苦命啊!现在你已经死了,我为什么还要活在这里受罪呢?你在特洛亚,无日无夜都是我的骄傲,这个城里的每一个男人和女人都当你是一个救星,像一位神似的向你致敬。确实的,你在世的时候就是他们的最大光荣。现在死和命运已经把你带走了。"①

在上述再三铺垫完成后,才是最激动人心的高潮部分,那就是赫克托耳的妻子安德洛玛刻得知丈夫战死时剧烈的心理活动和超乎常人的行动方式:

这样地,赫卡柏痛苦嚎啕。可是赫克托耳的妻子还没有听到消息。事实上是,连她的丈夫留在城外这一桩事也不曾有人去告诉过她。她正在那高大房子的一直角落里做活,在织一匹双幅紫色布上的花纹。莫知莫觉地,她刚刚吩咐家里的侍女们去烧上一口大锅,等赫克托耳打仗回家,好洗一个热水澡,做梦也没想到他什么澡也洗不成,已经死在阿碦琉斯和那闪眼的雅典娜手里。但是现在城头上哀哭嚎啕的声音传到了她的耳朵里来了。她浑身发起抖来,把手里的梭子扔在地板上。她又叫她的侍女:"跟我来,你们俩;我得去看看怎么一回事。我听见的是我丈夫那位母后的声音;我自己的心也荡得厉害,我的腿挪不动了。有什么可怕的事情正在威胁普里阿摩斯王族,天保佑我不要听见这样的消息吧,可是我非常害怕,怕那伟大的阿碦琉斯已经在城外头单独遭遇我那英勇的丈夫,把他追进空旷地方去,或许赫克托耳那一腔顽强的傲气也已经被他结束的了。因为赫克托耳从来都不肯落后在群众里边,老是要一马当先,不肯让一个人跟他一样勇敢的。"

说完,安德洛玛刻就带着颗惊悸的心像个疯女人似的从她家里冲出去,她的女仆们跟在后边。她们走到城墙脚,有一火群男人聚合在那里,她就爬上了城头,向平原里搜索了一下,看见城墙前面他们正在把的丈夫拖着走——那两匹壮马不慌不忙地款款而行,把他拖在后边向阿开亚人的船舶那边去了。世界在安德洛玛刻眼前变得黑夜一般的漆黑。她就失去了知觉,仰翻在地上,把头上的漂亮头饰全部落下来,女冠,衬帽,结发的绦带,连同那面幕,那是那头盔闪亮的赫克托耳纳过一份优厚的

---

① 《荷马史诗》之《伊利亚特》,见郑克鲁主编:《外国文学作品选》(上),北京:高等教育出版社2005年版,第24页。

聘金之后到埃厄提翁家里去迎亲的那天那黄金色的阿佛洛狄忒送给他的。她躺在那里一口气厥过去了，她丈夫的姊妹们和他兄弟的妻子们都围上前来，大家把她搀扶着，过了好久她方才苏醒，就呜呜咽咽地哭了起来，对那些贵妇们开始哀诉。①

有了这些史诗经典文本的比照之后，我们对于诗歌、史诗在文学禀性上的分殊，就会有相当真切具体的体会和感悟了。

三、自由诗的发展限度

艾青是中国现代自由诗的主要代表之一。他早年到法国学绘画，回国后毕生致力于现代自由诗的创作实践之余，也出版了《诗论》。他在生命的晚年，回顾自己一生的诗歌创作和现代中国从西方引进现代汉语诗歌的历程，有一段深刻的反省。他指出，国外尤其是西方的诗歌几乎都是讲韵律、节奏，也押韵的，只是它们的韵律、节奏和我们中国的韵律、节奏差别甚大，有的押头韵而不是我们汉族要求的尾韵；有的押头韵，例如蒙古语；也有的押句中韵。它们也讲节奏，但西方语言的表音文字系统和汉语的表意文字系统之间的差异巨大，不仅很难采用汉语文言文翻译为唐诗那么严格的格律，即便是"以西语为父，汉族口语为母"而建立起来的"白话文"即现代汉语普通话，也依然差距甚大。所以，王维克先生在20世纪翻译"文艺复兴的第一位诗人"但丁的《神曲》时，就采用了现代汉语散文来翻译，以便尽可能保留原著的"信"。

自由诗领军人艾青先生以悔悟的口吻强调，自己长期误以为西方的现代诗歌，真的就像我国现当代翻译家们翻译过来的无韵诗那样不仅不讲对仗、押韵，甚至连节奏也不必考虑，采用断行的散文尽兴来写就可以了。他指出，西方的好诗，大多也是很讲究节奏、形式美，甚至是有韵的。他在1980年新版的《诗论》里特别强调了一句附加上去的话——自由诗要"加上明显的节奏和大体相近的脚韵"。

诗人兼诗歌研究老专家吕进教授指出："新诗近百年的最大教训之一是在诗体上的单极发展，一部新诗发展史迄今主要是自由诗。自由诗作为'破'的先锋，自有其历史合理性，近百年中也出了不少佳作，为新诗赢得了光荣。

① 《荷马史诗》之《伊利亚特》，见郑克鲁主编：《外国文学作品选》（上），北京：高等教育出版社2005年版，第25页。

但是单极发展就不正常了，尤其是在具有几千年格律诗传统的中国。考察世界各国的诗歌，完全找不出诗体是单极发展的国家。自由诗是当今世界的一股潮流，但是，格律体在任何国家都是必备和主流的诗体，人们熟知的不少大诗人都是格律体的大师。比如人们曾经以为苏联诗人马雅可夫斯基写的是自由诗，这是误解。就连他的著名长诗《列宁》长达 12 111 行，也是格律诗。诗坛的合理生态应该是自由体新诗和格律体新诗的并立式结构，双峰对峙，双美对照。"①

当前活跃在海外的汉语诗人中，耄耋之年的洛夫不仅因为年龄，也因为他在诗歌探索领域的大胆、持久和影响力深远而备受尊敬。2011 年 12 月初在福州举办的"首届海峡两岸诗歌节"的论坛与沙龙上，他与我们一道反复探讨现代汉语新诗的发展限度问题、"诗止于语言"的问题、诗歌与绘画融合的问题，尤其是现代汉语诗歌对西方现代诗的模仿与民族本位问题。这位世纪老人结合切身的体会、久经沧桑的实践，以洗尽铅华的诚恳态度论定："我们跟着西方观念和形式走了大半个世纪，我的实际体会就是越走心里越虚，深深地感受到我们民族几千年的文化传统和我们生活着的这片热土，才是我们的根。现在，我才能深刻体会到德国大文豪歌德说的那句话的分量：越是民族便越是世界的。"洛夫可以说是当今中国海外诗歌界开一代诗风的大家，在中国和海外有着许许多多的洛夫诗体模仿者。

四、听觉的诗或视觉的诗

就是上述那个"首届海峡两岸诗歌节"，台湾诗人、诗评家、画家们热衷于倡导诗画交融。所以，论坛的主持人福建师范大学的孙绍振教授，这位当年以"朦胧诗三个崛起"之一驰名的著名诗评家，将论坛主题确定为"诗性的旁通与回响"。

在中国古代，诗歌从《诗经》开始，讲究的是诗歌、音乐、舞蹈的三位一体，直到大唐帝国的诗歌巅峰时代都是这种状态。从宋代的苏轼、黄庭坚、辛弃疾开始，诗与音乐分道扬镳，"诗歌"越来越成为案头阅读、朗诵的"诗"，"诗歌"里的"歌"越来越让位于词、曲、小令、套曲、歌谣了。到了新文化运动初期，胡适、刘半农、顾颉刚、钟敬文等就大力提倡"歌谣运动"。但是，新诗发展的主流越来越成为"读者个体"的"视觉欣赏"活动，

---

① 吕进：《自由诗要守住中国诗之为中国诗之"常"》，《中国艺术报》，2011 年 10 月 26 日。

而且基本上都是默读。朗诵诗虽然经过几代人断断续续地倡导，基本上还是不能构成主流样式。

西方诗歌的历史，也是音乐性占有的分量非常重的。斯宾塞被称为十四行诗的"桂冠诗人"，亦即"诗人中的诗人"。当莎士比亚将斯氏节奏韵律为四四三三的抑扬格五音步无韵诗改造为四四四二的抑扬格五音步无韵诗后，我们依然可以看到诗歌格律形式的严整考究，绝对不是无限制、无形式格律、无节奏地随意书写。在西方的现代主义思潮崛起后，象征主义诗人波德莱尔、兰波等醉心于诗与音乐的结合。

由此可见，艾青晚年的觉悟、洛夫晚年的深思，对我们如何看待现代汉语诗歌究竟走"听觉道路"（即音乐道路）还是走"视觉道路"（即绘画道路），富有深远的启迪意义。

五、是否再整理出一个"体大思精"的精华本

在作者如愿以偿地摘得"中国汉语文人诗篇单篇公开发表最长纪录"之后，是否可以将这个煌煌大作视为"初稿"，设法殚精竭虑地压缩出一个就像刘勰在《文心雕龙》这部中国文艺理论巨著里所推崇的"体大思精"的精华本，是否更高明且高效？

从文学阅读接受美学角度来思考的话，可以做一项摸底调查。调查内容有五项：

第一，有多少读者在书店、网站等公开发行渠道购买到这部《中华史诗》？

第二，手头有这部《中华史诗》的读者中间，有多少人从头到尾阅读过一遍？

第三，读者愿意买这部《中华史诗》还是更愿意买白话版、简版的《二十五史》或者各个王朝的断代单行本如《汉书》《明史》《清史稿》来读？

第四，与历代正史的经典《二十五史》相比，这部《中华史诗》是对历史采用分行文体的"仿写"或"改写"形式呢，还是表达的文体形式改换一下面具后的历史内容再现？

第五，其他维度的审视，依据精英文学"创作"即创造性写作的尺度，而非通俗文学或泛文学的标准来衡量这部规模浩大的诗歌，其原创性主要在哪里？

这样的问卷调查可以得出客观的数据，帮助我们做出进一步的分析，而避免做出大众评价、网络酷评中越来越泛滥的价值立场先行的主观结论。

　　文学作品竞赛篇幅长度是中外文学史上常见的现象，而当代中国作家们则最热衷于这种长度的竞争。这方面的代表人物是姚雪垠、欧阳山、孙皓晖、刘震云。以单部长篇小说的字数为尺度来比较的话，姚雪垠创作的《李自成》共有五大部十多卷，计360余万言。第一部于1962年以单卷本出版，第二部的三卷本成为20世纪80年代初中国影响最大的文学作品，一时洛阳纸贵。第三、四、五部都是多卷本发行。尤其是第三部，因为第二部获得了茅盾文学奖，盛誉、口碑、发行量俱佳，带动了第三部更巨大的印行数量。但因为作者年老体弱，不得不采用作者口述、武汉大学中文系学生根据录音整理的方式完成。为了避免《红楼梦》后40回的厄运，姚雪垠先完成第五部后，才回头完成第四部。但因为艺术质量下降很多，影响了声誉。

　　和姚雪垠的作品相比，在篇幅与全国性影响方面略逊一筹的是广东老作家欧阳山跨越多半个世纪时间完成的《一代风流》系列五大卷。《一代风流》包括《三家巷》《苦斗》《柳暗花明》《圣地》和《万年春》五卷，共200章、150万字。前两年我校一位退休教授出版了一部四卷本的长篇小说，篇幅有220万字。可能是广东省单部文学作品最长的纪录。

　　北京名作家刘震云曾经将自己的若干中长篇小说连缀成一部200万字的长篇小说，因整体结构的缺陷，作者自己也不愿再乐道。

　　西北大学一位法律系教授孙皓晖辞职后，从1993年起，历时16年创作出504万字的《大秦帝国》。《大秦帝国》洋洋洒洒，有六部十一卷，将战国后期齐、楚、燕、秦、韩、赵、魏七国群雄并起的历史苍劲地铺展开来，描绘了近二百年的战国风云与帝国生灭。这是我国汉族文人独创作品长度之最。也许会是世界文人个体独立完成并公开出版的作品长度之最。

　　不知道本诗歌长卷的作者是否阅读过这部500多万字的长篇历史小说《大秦帝国》？

六、对《中华史诗》尝试做出几点定性评价

　　这部煌煌大作至少具有如下几方面的探索意义：

　　（1）开创一人写尽《二十五史》（目前是秦、汉、隋三朝）的诗歌题材先河。

　　（2）开创了汉族文人单篇诗歌长度的新纪录：单部汉语诗歌作品长达6万至8万行。

　　（3）继承并发展了南北朝时期齐国大诗人左思开创的《咏史》诗八首的传统，在体制规模上创造了一个新的纪录。

（4）采用类似汉赋的铺陈手法，铺陈历史、叙议交融，知识丰富、纵论古今。

（5）毛泽东评价宋诗"理胜其辞，味同嚼蜡"，不及唐诗有兴味。叶圣陶长子叶至善也曾经在20世纪80年的《中国语文》杂志发表诗论，他特别强调指出："唐诗以意境胜，宋词以言情见长。"

（6）当今福建诗歌健将哈雷认为，人类在史诗时代结束后，诗歌长期以来一直以抒情取代叙事为主导方式。朦胧诗类似宋代的黄庭坚"以议论为诗"、辛稼轩"以议论为词"。第三代诗歌之后，尤其进入了21世纪后，我国诗歌新的发展方向是叙述。福建师范大学的诗歌研究博导王珂教授则认为，这种概括既不准确也不可能是方向。

（7）这部长诗是自由诗体，不押韵也不讲格律，但是语言流畅，可以用来朗诵。

因为中国汉族诗歌的传统是抒情诗占主导地位的，部分少数民族的诗歌，尤其是藏族的民间史诗《格萨尔王传》、蒙古族的民间史诗《江格尔传》、新疆柯尔克孜族的民族英雄史诗《玛纳斯》，才有叙事为主的传统。

欧洲文学的源头在古希腊时代的《荷马史诗》两部杰作《伊利亚特》和《奥德赛》。这两部民间口头传唱的部落英雄史诗的确是叙事占主导地位的。一般而言，主流的文学史流行的观点认为，古代史诗和小说对打斗场面的描绘比较简略，而重于抒情并烘托气氛。但是，笔者在下面提供一段《伊利亚特》第22卷里对决斗场面、决斗动作的精细描绘，可以多多少少修正一些古代的叙事文学不注重战斗动作细节描绘的"主流判断"。请看：

当时赫克托耳身边挂着一把锋利的、又长又重的剑。他就把他抽出来，振作其精神，一个回旋扫上去，仿佛一只飞得高高的老鹰从黑云里向地面上来扑一头稚嫩的绵羊或是一只蹲着的兔子一般。【批注：铺垫至此，最具体、精彩的格斗动作描写开始展现了】那赫克托耳也就像这样地舞着他的利剑向前冲上去。阿喀琉斯也燃起了一股烈火一般的蛮劲跳上去迎他。他拿他那就装饰的盾牌掩护着前面；他的脑袋动一动，那顶装着四片铜牌的闪亮头盔也跟着摇摆起来，并且使得赫淮斯托斯不惜黄金给他装上去的那一部辉煌的盔饰绕着头盔顶上跳舞；同时，他右手里平提着那一支枪，一心要杀赫克托耳，正在找他身上最有可能入肉的地方，那尖锐的枪头闪闪地发出光芒，亮得如同天空那颗最最可爱的宝石，那在夜晚时分跟其余的星一同出现的太白星一样。①

其实，不仅是古希腊的《荷马史诗》以及受其影响至今的欧美文学，即便是中国古代的长篇小说里，也有长长的整段文字来描写战争场面、战斗的动作细节。如果说《三国演义》对格斗细节的描绘不像现代真功夫或虚构的武侠小说那样注重具体的招式或套路的描绘，那么《杨家将演义》《说岳全传》就显然更前进了一步。但是问世早于《三国演义》的《水浒传》里，无论是经典性的"林冲风雪山神庙"、"武松斗杀镇关西"、"景阳冈武松打虎"、武松喝十八碗酒后"醉打蒋门神"，乃至于梁山好汉们前去攻打祝家庄、征伐辽东、征讨方腊的战斗，都有一整段的骈文来形容两军对阵。因此，我们就要发出疑问了：谁说古代文学（包括叙事诗和小说）对行动过程、打斗细节的描写比较粗略——例如清代的长篇小说《三侠五义》《小五义》《七侠五义》，只有到了现代，小说家才开始津津乐道武功动作的细节。

其实，20世纪30年代兴盛的中国旧派武侠小说家们，例如，平江不肖生、还珠楼主、王度庐们，也是侧重表达侠义气节，对具体的武功招式不大津津乐道。

诗歌"以议论为诗"究竟能走多远、多深、多高？在我国诗歌发展史上，宋代的"江西诗派"已经竭尽其看家本领，证明了这条道路的逼仄。当今有许多诗人在新诗体里的勇敢探索代不乏人，成效也是有目共睹的。诗歌与散文、小说、历史相比，其优势不在议论与叙述而在抒情。诗人们需要考虑的是，在直接抒情之外的间接抒情方式中，有六大类别的间接抒情道路（叙事后抒情、描写后抒情、说明后抒情、议论后抒情、对话后抒情、心里联想后抒情），其中的每一大类之下，又可以采用110多种积极修辞格，表现出情态万千的心境和事象，根本不用担心是否雷同、撞车。事实上，具体到每一位诗歌创作者，读者们是否将这660多种具体的间接抒情手段逐一实验到得心应手？甚至是否知道汉语诗歌世界里竟然还有这么多种公开或秘密的表现武器？现代汉语诗歌的表现空间是否已经让我们这一代挥霍殆尽而没有给后代继承者们留下再创造的空间？

亚里士多德在《诗学》第九章里精辟地指出："诗人的职责不在于描述已经发生的事，而在于描述可能发生的事，即按照可然律或必然律可能发生的

---

① 《荷马史诗》之《伊利亚特》，见郑克鲁主编：《外国文学作品选》（上），北京：高等教育出版社2005年版，第22页。

事。历史家与诗人的差别不在于一用散文，一用韵文；希罗多德的著作可以改写为'韵文'，但仍然是一种历史，有没有韵律都是一样；两者的差别在于一叙述已发生的事，一描述可能发生的事。因此，写诗这种活动比写历史更富于哲学意味，更受到严肃的对待；因为诗所描述的事带有普遍性，历史则叙述个别的事。"①

恩格斯评价巴尔扎克的《人间喜剧》超过同时代一百位历史学家、经济学家的总和。这种观点明显地具有历史低于文学的倾向。与此相反的是，中国自古以来就认为历史是真实可靠的，文学则是向壁虚构的，所以历史的地位高于文学。文学在先秦时代的诸子百家中位列第十位，属于"街谈巷议"的末流"小道"。陈寿的《三国志》高于罗贯中的《三国志通俗演义》，冯梦龙等编撰《东周列国志》，蔡东藩撰写的除上述两部之外各王朝直至《清史演义》都是在紧密地傍着历史的大款。中央电视台近十年热播过《三国演义》《汉武大帝》《隋唐演义》《隋唐英雄》，20世纪80年代热播过香港60集电视连续剧《秦始皇》。创作该长诗是否受到上述电视剧的影响？初创时的动机是否受到倡导"知识分子写作"、写长诗而两度到访过广东佛山的诗歌名家欧阳江河的启发、影响？

民国年间，蔡东藩撰写了除《三国志通俗演义》《东周列国志》之外的各朝代的通俗演义，水平无出罗贯中之右。相比较而言，《隋唐演义》《前汉演义》的水平高于其他各朝代。

---

① 亚里士多德著，罗念生译：《诗学》，见伍蠡甫主编：《西方文论选》（上卷），上海：上海译文出版社1979年版，第64－65页。

下编　新格律诗的生命体验诗学

第九章　新格律诗创作的
生命体验升华链条

　　"设文之体有常，变文之数无方"，这是刘勰在《文心雕龙》中留给后世文论工作者的话。对这个"常"与"方"，长久以来，笔者时时处处加以揣摩，想总结出一番"规矩"和"方圆"。点点滴滴，累积日多，就产生了一点"野心"：如果能揭开新诗艺术创造奥秘这黑匣子，可能对诗学乃至文艺理论很有意义。当然，历代学者文士都曾跋涉于此并做出了他们的回答。这些回答不能让现今的学界满意。于是，笔者不顾才疏学浅，跨入了这荆棘之地。

　　早在 1926 年，创造社诗人穆木天在《创造月刊》第一卷上发表了《谭诗》一文，提出了"诗的思维术""诗的逻辑学"。这是天才的猜想。但诗人不是艺术理论家，更何况是新诗发轫时期的初步臆测？从那以后，人们就开始用诸如"艺术的逻辑"乃至"形象思维"等术语来探讨文学艺术了。后来的批评家们就惯于说某作品不合乎生活情理，某一作品没有按照艺术的固有逻辑展开，违背了艺术真实的原则，导致"恶劣的个性化"或变成某种理念的形象图解。这样说，已经表明他们依稀觉察出文学艺术的"逻辑"那非凡的魅力并且在艺术实践中出自本能地加以运用了。可是如果问什么是"诗的逻辑"？人们就语焉不详，或者误把形象思维视为文艺逻辑。如果不能重新梳理传统上对思维概念理解的偏颇，这门使人类的文学艺术活动从自发走向自觉的"诗的逻辑学"，将无法建立并发展。在此，有必要对传统意义上的"思维"做一番检讨，然后才可以放心地绘制诗歌创作的艺术逻辑设计图。

　　笔者认为，大脑对形象进行加工改造的思维活动就是形象思维（而非抽象思维之类），这是对客观现实直接反映和对心中的物象、意象给予生动地表达的思维活动。而"诗的思维"不是单一的思维活动，它是指文学艺术创造过程中以情感逻辑为动力，形象思维为基础，抽象思维为羽翼，直觉和灵感等状态为触媒的一种综合性的创造性逻辑思维，它是指存在于文学艺术产品、社会现实与人类历史上文学艺术活动的一般形式、特点、组成、结构、规律、方法和进程的内在逻辑思路。

　　在文学艺术创作活动中，尤其是诗歌创作活动中，产生创作动机的触发

点往往是某种所见所闻，某个映象、灵感、顿悟或梦境的启示。但是，创作的触发点未必都能转化为真正的艺术创造的起点！只有当这些见闻、灵感、启示经过创作者的提炼、加工，经过舍象显质、移花接木之后，原有的映象、顿悟成了具有某种审美意味的意象，他才真正成为艺术的、活的细胞——审美意象。

格律诗乃至自由诗的创作，在构思上都遵从诗歌意象创造形象的思维形式：心象（点）→联想（线）→想象（面）→构思（体）①。

诗歌创造活动的思维形式则是：审美意象（二重复合点）→艺术形象（多重复合线索）→艺术形象群体（多维复合画面）→意境（"意与境浑"的浑圆整体）与典型（"立"起来的圆形形象）。

（1）诗歌创造的二重复合起点——审美意象。前面已经提及，审美意象是诗歌、文学乃至各门艺术进入创造活动的真正逻辑起点。就是这个逻辑起点成为诗歌艺术创造活动的二重复合起点。之所以是"二重复合"的起点，乃是因为单一的客体物象作用于人的感觉、知觉而形成的印象不能构成诗歌创作活动的起点，而仅仅是艺术的一个客体要素；创作主体单方面的心意指向因无法外化、物化，也不能成为艺术创造活动的起点。只有主体的意与客体的物象在双向回流互动中途的某一个点上恰到好处地契合，而这个契合具有了某种审美的意味之时，诗歌的创造性构想活动才得以受孕、着床，就仿佛精子和卵子结合成为有效的受精卵。艺术细胞形成了，就仿佛是胎儿在母体中开始形成并发育一样。由此可见，审美意象乃是诗歌创造活动的二重复合起点。

（2）诗歌创造的多重复合线索——艺术形象。一系列的意象可以组合成环境氛围，也可以组合成人物形象。在诗歌、散文中，似乎环境氛围的比重浓一些。在小说、戏剧中则成败的关键多集中在人物形象的营造上。因此，艺术形象（无论是环境氛围之象抑或是人物形象之象）在艺术创作中常常处于核心地位。

（3）诗歌创造的多维复合画面——艺术形象群体。一首诗、一篇散文、一部小说、一幅山水画、一幅书法条幅，在多数情况下不限于一个艺术形象（少数情况下也有单字书法、单人物仕女图），往往是以一个鲜明突出的艺术形象为主，围绕着这一核心意象，有若干显隐不均、数量不等的意象流或艺术形象群体。这种红花与绿叶的配置与组合，构成了艺术形象的群体谱系。

（4）"意与境浑"的浑圆整体——意境。多种审美意象乃至艺术形象群

---

① 肖君和：《论思维——思维探新》，长春：时代文艺出版社 1989 年版，第 104、109 页。

体，如果着重于创作主体内在情思、心意（即"神"）的表现，就构成了以中国为代表的东方文学艺术所偏重的理想境界——意境。在中国，王昌龄首倡"意境"并以自己的创作实现了"意与境浑"的艺术理想。此时，艺术形象给予读者的是主客融一、物我两忘、天人相应的境地。李白诗"相看两不厌，只有敬亭山"（《独坐敬亭山》）、"举杯邀明月，对影成三人"[《月下独酌四首（其一）》]使读者悠然领受到天人相与、浑然无痕的况味。意境中的佳作，乃是刘禹锡崇尚的"境生于象外"（《董氏武陵集记》）和严羽的"诗而入神"（《沧浪诗话》）。

（5）"立"起来的圆形形象——典型。艺术形象群体如果侧重于创作客体外在形态、状貌（即"形"）的栩栩如生、惟妙惟肖，就构成了西方再现论的高峰——现实主义创作思潮所追求的上乘形态——典型。典型法则仅适用于部分叙事艺术而非抒情艺术，新诗里的格律诗和自由诗都或多或少具有叙事功能，也就不可回避典型问题。

（6）意境化与典型化的交互深化。我们需要破除一种定见，西方文艺只讲典型，东方文艺只讲意境。这不是科学的认识态度。在这一点上，东方诗论家们（尤其是中国的文论工作者）似乎更便利于综合中国、西方与印度的三大诗学传统。意境化与典型化的交互深化，不仅在理论上可取，在实践上也是可行的。

一、诗歌创作的前提——生命的体验

中国古代的文艺思想在发轫期是五色纷呈的。可是汉代以降逐步演化为儒、道、佛三大体系，儒教居正统，道家为补充，佛学为溶剂。儒教给中国人的文学造成了极深的思维定式，那就是动辄以实用功利的物用观来看取文学，探讨诗歌的出发点不是"诗艺的特质是什么""它生存发展而不至于衰亡的奥秘何在"这类问题，而是诗歌对统治者、对社会利益集团能有什么好处以便为其所用。我们这个民族有一种强烈的倾向，喜欢把文学捆在政教得失的战车上或作为伦理道德的附庸。儒家一再将诗的功用限定于"发乎情，止乎礼义"（《毛诗·诗大序》）。以理节情的结果是中华民族生生不息、跃动奔涌的生命力被千百年的压抑惯性所扼制，那勃郁的、鲜活的生命体验被过滤成温暾水。自古以来，中国喜好诗义者都倾慕庄子，是庄子强调个体人格、心灵的自由，一任你的想象之翅飘举，可以挥发生命理想的极致。这是"思无邪""怨而不怒"的儒教不能容忍的。

20世纪的中国文艺思想界非常强调"社会生活是文学艺术的源泉"，但是那个"社会生活"不是指它的实然样态，而是指它的"本质"，更排除其"现象"。这种本质主义的"社会生活"往往被抽去了活生生参与其中的人的

具体生活，这被抽象化以后的"社会""历史"又高高置于我们的生活、我们的文学之上、成为外化于我们的一种独立自为而不可抗拒的社会规律。于是我们的作家、艺术家、诗论家越是恪守于这种"社会""历史"而洗心革面、脱胎换骨，他们就越是写不出血肉丰满的诗歌。相反，干瘪失色、雷同造作、公式化、虚假的伪劣艺术品大量出现。本质主义的孽根何在？在于失去了人的感性生命力的直观，在于失去了直观鲜活的生命个体中那写不尽、言不竭的丰厚感受与动人心弦的体验！

我们经过长期痛楚的探求，终于发现，千古艺术生生不灭的动因与根源是在于它以几乎无可替代的方式传达着个体生命的欲求、生命的体验、生命的情思，在虚构幻化的世界里创造出生命的理想，凸显出人类情智的极致。没有达到这一目标的诗歌创造是二流乃至末流败笔，达此目标可能成为广受好评甚至流传后世的诗歌杰作。对比考察东西方两大文化体系，你会发现与西方探求外物、征服世界的物本主义不同，东方文化是一种生命文化体系：东方的哲学是生命哲学，中医的经络学说发现的正是西医总不能证实的人体生命气脉循行图（波兰有一位著名的生理学家在 20 世纪上半叶解剖了 200 多具尸体，就是找不到被东方人称为经络的东西。于是他发表了一篇论文，声称经络是不存在的，东方的经络学说是妄说。他没有想到经络只存在于活人的有机体中，人一旦死去，即心脏、脉搏停止跳动，当然不可能在尸体上找到脉搏的跳动和脉络的运行。可见，他的研究方法大有问题——笔者注），中国的书法讲究养气，以气运笔，气到笔到，养生术就更是生命文化体系的核心内容。要想使我们的诗歌创作与诗学理论放射出夺人心魄的艺术魅力，创建生命体验诗学基底实在是切中肯綮、当务之急的事！

生命体验诗学大厦的基底有这样四个子系统，它们依次为：生命现象界的观感——体验，生命现象界内潜含的底蕴——情思，对生命尤其是心灵体验的展示——传达，再造人类生活于艺术之中——接受。这四个系统共同构筑成对生命理想的艺术创造。这种生命理想的创造是诗歌创造的前提。如果失去这一前提，无论我们遵守什么样的艺术逻辑法则及格律体式它都会失去感人的生命力和耀眼的光辉。因此可以说，上编与中编是"万般神通皆小术"，现在下编里探究的问题是"唯有空空成大道"。

（一）生命现象界的观感——体验

对人类生命境况和欲求的体验是艺术创造活动的源泉。一个对生命的存在状况漠然处之的人，不管他是否劳动，是否有剩余精力，是否长于游戏、巫术，是否信仰神明，是群居还是独处，他都不会对生活有什么真切的印象，更谈不上表现他经历的生活。因此，古往今来的诗人都热爱生活，即使走到相反的极端，也是对生活有着铭心刻骨的记忆而不能忘怀。一旦厌世，除了绝命诗"传诸后世"之外，不是绝笔就是遁世、隐世、辞世了。

（二）生命现象界内潜含的底蕴——情思

人类处于情感与理智的二元对立与冲突中，这是人类这种生命现象界独有的现象。从古代的诗艺理论中可以看出，这一对怪物不是同时出现的。汉代以前主张"诗言志"。自东晋陆机始，文论家们转过来倡导"诗缘情"。此后，主"情"与主"志（志向思想）"遂告对立。现代辩证法思想传入中国后，出现了以对立统一规律整合两种极端的努力。自康德至黑格尔的二律背反或对立统一固然源自社会生活本身所具有的矛盾性，很多时候，我们反省一下我们的思维，会感到这是又一种思维定式下作茧自缚所造的幻影，类似于庸人自扰。老子的三维立体混沌思维显然比二维平面的非白即黑思维视界、想象空间更广大而灵动："情"与"思"可以并行不悖，可以对立统一，也可以对立不统一，还有统一不对立的情况等。人类生活的宇宙、心灵的宇宙无限广阔，构成人类心灵世界的要素何其繁复。"情"与"思"不过是这个巨网上的两条线而已，如果两线合一，则其艺术含量可能增大，也可能减少：如果以思想为主来统摄情感，甚至主题先行，图解中心，那结果不言而喻；如果以情感贯穿始终，理趣与智慧又蕴含其中，这种作品将富有较多的艺术生命力。为此，笔者在这里提出"情思"这一概念，用来统合"情"与"思"二元对立的艺术观念史，使之成为相融共生、多元多维汇通的契合点。"情"置于"思"之前，也可表明情感是文学中贯穿始终的主导要素，而理性思考是重要而非主导、不一定贯穿始终的要素；"情思"又可以将具有诗歌的情感与一般生活中常态情感相区别。生活中常态、自发的情感不一定具有诗意，因为纯个人化的情感往往很少有情感的传导功能与共通性。比如，小孩子达不到让母亲给他买来糖果吃的愿望，就毫不掩饰地哭泣。那是真实无伪的，但未必就感动人心，他的母亲很可能认为他不听话、太任性而给他的屁股上落几巴掌。由此可见，并不是真切的情感就一定能感动人。只有那些具有审美含量的情感才可以令人心旌摇荡、意往神驰，乃至于"子在齐闻韶，三月不知肉味"。因此，只有那种能使自己激动也必将使读者激动，饱含着人生哲理，能给人以回味或启迪的情感，才是文学性的情感。这种情感往往是创作者激动后冷静地自回味、自体验，渗透、富含了哲理性的体悟与深思之后的"冷抒情"。这种冷抒情的"情思"才具有较丰富的艺术含量而有较长久的艺术价值与感人的魅力。艺术情感的发展有三个阶梯：自发情感—理性—情思。这就是文学中伟大的精品为什么具有长盛不衰的魅力的奥秘之一。

上面侧重阐释了"情"，那么"情思"之"思"呢？这个"思"是个多

要素、多层次的网络系统：

第一，它是在"情"的感受与体验之上，"思"在生命体验中有血有肉地思考。这种思考是凭附着情感逻辑的理性思考，它时隐时现，也不一定与情感相始终，但它一定时时与生命体验、心灵律动水乳交融，密不可分。因此这种情思就与哲学、逻辑学的抽象思想不可混同。这种思考更多地借助于潜移默化，而不是排除情感的冷冰冰的说教。而且它本身就是感性与理性二元共融的胶着状态。克服了时下诗学理论中形象、情感之类与抽象的理性思想二元对立又二律背反的悖论。

第二，它是生命的启悟。人之思很复杂，思中之悟更丰富。研究灵感思维，不可不借鉴佛学中的求悟。细心对比一下，就会发现佛学对悟性的研究远在现代科学已经证实了的许多结论的层次之上。创作者因素养与慧根的不同，会产生初悟、渐悟、顿悟、他心通、宿命通、漏进通的不同启悟，最终达到大彻大悟。那时就颇能知往古、识来今，看尽生命世界的极致。

第三，它是艺术想象。想象而生幻化，于是就有了虚构。《文心雕龙》有一篇专论曰"神思"，有的学者训为"构思"①，似不够确切，窃以为，"神思"是指精神的创造性思考活动。此处的创造应当理解为文章（《文心雕龙》实际上是文章学专著，不仅限于今日之文艺学原理）中的创造性思考。"以今逆古"推敲之，可以"脱胎换骨"地理解为艺术联想和艺术想象活动，而不是谋篇布局、构筑结构的那种外在的具体操作。它是内部的、精神性的，形而上而又具体鲜活的。"神思"者情思是也。

第四，它也不应缺乏联想。联想即由此及彼，由表及里，由浅入深，由外入内的心理活动，这种心理活动自然会诱发、滋长艺术加工、艺术提炼的产生。当然，仅此还不够，还需要做艺术的"变异"。

第五，它的妙处还在于艺术"变异"。变异有二：一曰变形，即改变生活原始外貌的形体，做出增加、削删、调整、改造的变化；二曰变意，即保留事物原形的躯壳，却改变了事物的精神内质的变化活动。无论变形与变意，统合两者的乃是生命体验与启悟，即情思。变形，导致诗歌的改造、加工、比拟、夸张等源出于此。变意，导致诗歌寓意的深化或升华，象征、隐喻、意识流动等皆出于变意。

第六，它更在于生命的智慧。《三国演义》的传世胜于晋朝陈寿的《三国志》，胜在生命智慧的结晶，读者喜欢"看了三国学诡诈"。"智"性是想象的延伸，是启悟的集中体现。于是《三国演义》开篇不具名引用明初大才子杨慎的名词《临江仙》：滚滚长江东逝水，浪花淘尽英雄。是非成败转头空，

___
① 霍松林主编：《古代文论名篇详注》，上海：上海古籍出版社1986年版，第1279页。

156

古今多少事，都付笑谈中。白发渔樵江渚上，惯看冷月秋风。一壶浊酒喜相逢，青山依旧在，只是夕阳红。

第七，它更长于汇通与交融。西方人的思维擅长分析、分类，解析为各个层次而逐层深入，故逻辑性强，长于科学研究。中国人优于融通（"综合性"一词，亦来自英语的 comprehensive，用它表述中国人的思维与艺术特性，似不能切中肯綮。笔者以为，还是汇通与交融，即"融会贯通"精当一些）。刘彦和所论"附会"，王江宁所谓"意与境浑"，严羽所说的"兴趣"，金圣叹所语"一百单八人，自有一百单八真性情"，明之袁宏道、清之袁枚所言"独抒性灵"，直至王国维讲的"真境界"，原来都是想阐发出这些执着的探索中创造出的一系列特定术语后的那个艺术精灵——千百年来令人为之倾倒的情思。

中国古代诗论家们从不同的角度与侧面向诗国的千古魅力之源冲刺。西方的文艺哲人们也从各个角度给予了深度的切入。歌德曾为此追寻了终生，他对"典型"的阐述可以说在西方文论中最精到、中肯而兼具创作与诗学的意义。贺拉斯的"寓教于乐"，朗伽纳斯的"崇高"，狄德罗的"幻想"，伏龙李、肖费尔的"移情"，尼采的"酒神"，卡夫卡、布莱希特的"表现"论，布洛的"心理距离"、克莱夫·贝尔的"有意味的形式"，都是在努力逼近那个歌德所努力追寻的"意蕴"。什么"意蕴"呢？美学大师康德言曰："美是合目的性与合规律性的统一。"这位一直影响人类精神的大师最终不能将主体的"目的性"与客体的"规律性"整合好。"情思"说接过先哲遗留的这个世界性难题，将求真的"合规律性"、求善的"合目的性"与求美的合理想性比较好地结合在一起。笔者认为，情思系统理论可以揭开这个斯芬克斯之谜。它本身也兼具诗歌创作与理论的双重意义，是双向度的突破。

"情思"作为文学的核心命题，对诗歌、散文、小说各文类均具有阐释的有效性。而"典型"只适用于以小说为代表的叙事类文学，"意境"只适合于以诗歌、抒情散文为代表的抒情文学，"冲突"只适合于以戏剧为代表的戏剧类文学。我们追究"典型""意境"与"冲突"的终极功能，发现它们都是在以各自特定的文类方式显现人类以心灵为主的生命探求进程。生命力与心灵的统一即是人类灵魂，这一灵魂的探求就集中在了"情思"上。

（三）对生命尤其是心灵体验的展示——传达

诗歌感动人心的魅力当然与文采的华美、结构的别致、表现手法的独特、排列格式的考究有关，但关键在生命体验的深广度及展示灵魂的"离形得似"而神韵十足。历代诗人"不吐不快"、不讲出心中的话就活不下去，放弃仕途与商业诱惑，追逐这一"超功利"目标的动因就是为了言难言之事，把人类

共存而隐蔽的生命——心灵体验传达出来，同时，也把自己对人类的独特思考传诸于世。诗人内心深处的这种"写作—话语—心灵传达"欲的背后，其实是由生命在虚构幻化的世界里的再创造这一动力决定的。这一"虚构幻化"不是胡编乱造，而是将创作主体的整个理想、爱憎与期待的心源动力浸透其中。因此这种虚构的实质是生命理想的创造，即灵魂的不间断创造。因此，诗歌是显现人类生命体验探求进程的情智化的创造活动。这种活动是展示理想化的，以感性形态为主的精神世界的语言创造艺术。它通过创造性想象来完成这种探求，它的最高价值是人类最为美妙的境界和最高理想。进而推论，诗学就是人类灵魂的语言创造学。

（四）再造人类生活于艺术之中——接受

诗歌的使命不仅是反映现实，不仅是再现生活，不仅是表现心灵，而且更重要的是再造人类生活于艺术之中。通俗文学中的情思自然是大众化的情与思，适应了特定时代、特定民族、地域、风俗乃至特定的年龄结构群体。而传世经典中的"情思"则是"深刻的情感"（托尔斯泰语）与天才般灵悟的高度智慧之思，足以成为一个时代或民族艺术水准、精神风貌的标志。

一部伟大的诗歌作品之所以具有不朽的艺术魅力和价值，也在于它有可以供接受者——阐释者做出多角度、多层面阐释的内涵，而不仅仅在于它深刻地揭示了人类的生命体验或人类灵魂本身。如果这种以生命个体体验为主而又潜孕着民族集体无意识历史积淀的生命向力，被不同时代的接受之"镜"或借鉴之"灯"给予放大、显化，或"我注六经"之外又能"六经注我"，则诗歌经典中的魅力就会延续并增殖。犹如海明威创作中坚持的"冰山原理"恰恰是留给了"读者接受"这种二度创作的待言与代言品。

如果要问，宇宙之间，是先有物质世界还是先有人的生命？答曰：诗歌是用以表现人类社会的艺术样式，人类没有产生之前，当然无人类社会，何谈诗歌与诗学？在人类尚未出现的时代是非人类的动物世纪，或再往前追溯到无机界的非生命时代，又何谈人类？何谈人类意识？哲学与诗歌思考的毕竟是两码事！假如未来时代发展到人类被更高级的生命体所取代，或人类进化为更高阶段的什么"超人"，则自古至今表现人类命运的文学自然会消亡，除非它被改造而有益于未来的超人。很可能，未来"超人"慧力非凡，具有思维传感即他心通的特别能力，无须借助于我们时代（在他们看来可能是"史前时期"）的"语言（尤其是书面语）"这种笨拙武器来表现心灵，了解他人与社会的变迁。那时，诗歌这种表现人类生命体验的语言艺术或许进化为表现人类生命体验的非语言之心灵传递学或思维传感学。

其实，马克思、恩格斯早就指出，存在（当时不称"物质"，而称"存在"哲学物质概念系列宁提出——笔者注）与精神两者关系的问题，只是在问到何者具有终极意义上的第一性时才有意义。这就是说，不宜在任何问题上，都要摆出哲学意义上的物质与意识问题。更何况天文宇宙学的最新探测发现，宇宙中的物质成分不足百分之几，绝大部分是非物质（或称暗物质）。马克思、恩格斯又指出，人类的生产活动有三种类别：物质资料的生产、精神产品的生产和人类自身的再生产。恰恰是在后者的生产中内在地兼具物质与精神两类生产。诗歌是以"幻化虚构"的方式显示人类自身的一种再生产活动，它展示理想化的以感性形态为主的人类心灵世界，是将某些论者所指称的"物质"和"精神"融而为一的人类语言艺术创造性活动。它关注的是人类整体的生命现象，在某些情况下可能侧重于写精神历程，如郭沫若的《我是一只天狗》；在另一些情况下可能侧重于写人与自然界、社会的斗争，如闻一多的《一句话》里"突然青天里一个霹雳，爆一声：'咱们的中国！'"，但我们却无法以物质与精神绝对二分对立的思维方式解剖诗歌创造活动。我们对人类自身精神领域的奥秘至今所知甚微，封杀向这一领域进军的探索是实在不足取的。

具体、丰富、生动而感染人心的人类生命体验，是艺术创造活动的基础，这是一个艺术能否存在并茁壮生长的战略性前提。如果丧失了这个前提条件，艺术创造的各类法则（即规律）、程序（即进程）、技巧、手段等战术性、策略性技能，都将无法从根本上弥补这一致命的缺陷（尽管也完全有可能使局部艺术性能大为改观）。所以，我们先耗费相当的篇幅来讲清这一貌似常识而大多数文艺家们都或多或少忽略、回避、违反的深刻命题。这样，既是给那些技巧、形式至上论者一个警醒，也是为下面着重纠正"重视内容，忽视形式"的社会学派艺术观奠定坚实的基础，防止矫枉过正的偏颇。下面，我们就来探讨诗歌创造的逻辑起点问题。

二、诗歌创作的二重复合起点——审美意象

诗歌创造的实质是一种创新活动，创造出生动感人而又令人味之再三、令人倾心动容的审美意象。由审美意象组合成的艺术作品才有感人的魅力而历久弥新。在对审美意象的一系列创生过程中，人类积累了越来越多的艺术经验。当前学术界颇重视审美意象或艺术经验。然而，这些审美意象的惨淡经营或这些艺术经验的有效发挥，都必须有一个前提，即艺术创造者内心的生命体验！这种他人无法替代而独具感染力的生命体验是文学艺术家创造审美意象的底蕴，是作家艺术经验的内在基础！这种体验也是创作主体与接受主体面对生命现象界（以人类为主，但也包括动植物界，甚至自然界和人类思维）的体验，而非某种神秘的"先验之物"。因此，它与尼采的"生命意

"志"不同，也与柏格森的"生命直觉"不同，更不是"客观事物的反映"那么机械直观，或"主体自觉性的高扬"那么片面地自以为是。当然，这种生命体验也不是孤立自为的孤魂，而是在人类现实的、历史的群体社会生活中孕育、激发的产物。因此，我们不宜简单化地、笼统地说"文学的源泉是社会生活"，就像以群主编的《文学的基本原理》和十四院校合编的《文学理论基础》等曾被国内广泛采用的教材中所论述的那样。倘若艺术的产生真的就像供自来水那样地直接来自生活，我们就要问："众多饱受战乱之苦的农民、工人、老军人或几经衰荣的商人，他们的社会生活阅历不能说不丰富，可是为什么他们往往不能成为诗人呢？"可见，诗人、艺术家没有生活，那是绝对不行的；但是只有生活或者完全依赖生活也未必能行！我们可以简约地说，生活是基础，思想是灵魂，而艺术素养与技巧是关键！一个久经沧桑的打工仔或老板，往往之所以不能转变成一个作家，除了他没有创作的意识，且他的语言造诣与文学素养不够而无从运用文艺的形式表达自己独有的生命体验之外，恐怕他把那千磨万难的经历仅仅作为印象刻入记忆中，没能够在相对超然于自身之外时，在想象、虚拟的艺术世界中来玩赏、品味文学艺术形式下的生命状态。于是，在患得患失、懒散、怕揭疮疤中时过境迁，等待着的就是淡漠、忘却。反之，如果当时能将客体之物与主体之神在两者双向回流互动的路途中的某一个点上恰到好处地契合，这个契合点给了文艺家以极大的震撼或精细入微的玩味，则这种强烈的体验就可能化为作者的生命血肉，成为你生命的胎迹，或在当时产生难以名状的某种直觉，或在日后相似、相逆的境遇中激发了灵感，产生了顿悟。这种灵感、顿悟或直觉又是具有审美意味的，而非科学发明或工艺革新式的。只有在这种情况下，我们才能说，艺术发现开始受孕、着床，将发育成艺术细胞了。这个"艺术细胞"就是审美意象。

产生创作动机的触发点往往是某种所见所闻，某个映象、灵感、顿悟或梦境的启示。但是，创作的触发点未必都能转化为真正的艺术创造的起点。只有当这些见闻、灵感、启示经过创作者的提炼、加工，经过舍象显质、移花接木之后，原有的映象、顿悟成了具有某种审美意味的意象，他才真正成为艺术的活的细胞——审美意象。

审美意象是艺术创造活动真正的逻辑起点。嵇山在《形象逻辑论》一书中认为："实践告诉我们，艺术形象的创造过程，往往以作家获得的某种印象即我们所说的'最初印象'为其实际起点。"[①] 他所说的"实际起点"，事实上是指创作动机的原初触发点。当我们进一步考察这些"印象"是否都能进

---

① 嵇山：《形象逻辑论》，上海：上海三联书店 1993 年版，第 166 页。

入未来的诗歌作品中时就会发现，有的可以进入，而有的则被舍弃了，正如并非一切灵感都适用于创作一样。因此，当我们构建诗学逻辑大厦时，不敢把印象之类的毛坯视为逻辑起点，以免大厦有倾覆、地震之虞，而把这个逻辑起点确定为已经加工、提纯后的审美意象。20世纪80年代中期，学术界曾认为形象思维的起点是表象。直到90年代末的温寒江、连瑞庆依然认同这种看法①。其实，这是不加区别地把心理学的现象视为艺术思维学问题的舛误。其实，在1987年，黄万机就在他的论文《意象新探》中指出："有的同志把表象视作艺术的细胞，这是不够科学的。表象是知觉本象在人们记忆中的'留影'，不可能反映事物内在本质。意象是经过艺术家以审美的目光和心胸选择、加工后的表象，蕴涵着情、意等理性内容，而且具有审美特性。因此，只有意象才具备'艺术细胞'的品格。"②肖君和在《形象思维逻辑学引论》一书中，认为形象思维逻辑的起点是心象而非表象③。此一观点现在已成共识。杨春鼎在《艺术思维学》一书中，没有意识到因而也未能找到艺术思维的起点，就更遑论艺术逻辑的逻辑起点问题了④。肖君和认为，艺术思维的细胞是"意象"。⑤他尚未提及文艺逻辑的逻辑起点问题。时下，文学理论界比较重视意象了。其实，意象本来是中国古代哲学的概念。从《周易》《道德经》至曹魏时代王弼的《周易注疏》，发展成系统的意象论。后来，南北朝齐梁时代的刘勰在《文心雕龙》中首次将哲学范畴的意象借用到文章学研究中。于是相沿至今，人们误把意象视为文学中的专门用语。其实，举凡山水画、书法、舞蹈、建筑、雕刻乃至被"本质力量对象化"了的世间万物，哪一个不是"意与象通"的产物？难道它们都是文学的吗？文学的意象和一般的意象有何区别？笔者以为，区别在文学的意象是审美的意象。

　　"审美意象"是区分艺术与非艺术、独创与模式化、概念化、雷同化的试金石，也是真正的、具有审美价值的艺术精品乃至传世不朽之作与追求情节离奇曲折，满足于市场化效用，取媚于刺激、惊险、过瘾等通俗文学单向度的"意象"之分水岭！上面已经论证过，审美意象是文艺逻辑真正的逻辑起点。

————————————

　　① 温寒江、连瑞庆主编：《开发右脑——发展形象思维的理论和实践》，杭州：浙江教育出版社1997年版，第25页。

　　② 黄万机：《意象新探》，《今日文坛》1987年第1期。

　　③ 肖君和：《形象思维逻辑学引论》，长春：时代文艺出版社1992年第2版，第49页。

　　④ 杨春鼎：《艺术思维学》，南京：东南大学出版社1989年版。

　　⑤ 肖君和：《形象思维逻辑学引论》，长春：时代文艺出版社1992年第2版，第220页。

三、诗歌创作的多重复合线索——艺术形象

一系列的意象可以组合成环境氛围，也可以组合成人物形象。在诗歌、散文中，似乎环境氛围的比重浓一些。在小说、戏剧中则成败的关键多集中在人物形象的营造上。因此，艺术形象（无论是环境氛围之象抑或是人物形象），在艺术创作中常常处于核心地位。正因为如此，古今中外的诸多艺术大师们往往倾注毕生心血惨淡经营其创作中的艺术形象。歌德倾注 60 年的心血于《浮士德》，托尔斯泰着力打造《战争与和平》《复活》，曹雪芹"增删五次，批阅十载"于《红楼梦》，普鲁斯特专注如一地写作《追忆逝水年华》。这些都是显例。

许多所指称的形象思维，其实想说艺术形象的思维，而非日常生活的大量物象或物象在人们眼球中的投影那种"形象"（准确地说是"影像"）。那种形象其实还达不到艺术形象的层次。文学艺术中的艺术形象，已经是艺术加工、提炼、改造后"成长"为富有艺术个体生命的艺术品了。它们有了自己的性格历程、生命轨迹、喜怒悲欢，不能被我们随意摆布了。

四、诗歌创作的多维复合画面——艺术形象群体

一首诗、一篇散文、一部小说、一幅山水画、一幅书法条幅，在多数情况下不限于一个艺术形象（少数情况下也有单字书法、单人物仕女图），往往是以一个鲜明突出的艺术形象为主，围绕着这一中心，有若干显隐不均、数量不等的艺术形象。这种红花与绿叶的配置与组合，构成了艺术形象的群体。艺术作品的规模与体制越浩大就越需要艺术形象的合理配置，也就愈加显示出创作者驾驭体制之功和经营艺术形象群体之力。

短诗的创作中呈现的多为意象流，而长诗的创作中则呈现出艺术形象群体的"万花筒""百花园"。而史诗、长篇小说则是艺术群像有机搭建成的艺术宫殿，如但丁的《神曲》、普希金的《叶甫盖尼·奥涅金》、艾略特的《荒原》。沃尔夫冈·歌德耗时六十余年创作的诗体小说《浮士德》塑造了艺术形象群体。列夫·托尔斯泰在《安娜·卡列尼娜》中巧设的"拱顶式结构"被誉为"艺术女神"，而在《战争与和平》中创立的如海洋般广阔浩荡的开放式平行结构支撑了 880 多个人物的活动空间，更是令世人叹为观止。艺术形象群体的成功营造将使作品由语言文字表述方面先天限定的线性扁平形态，"膨胀"为立体网络形态，从而大大拓宽了艺术创造的空间。

艺术形象群体中繁多的艺术形象按性质划分，有正面人物、反面人物和中间人物的不同；按人物在作品中的作用来分析，有主角、次角和旁观者的差异；从艺术形象的形态来看，有扁平人物和圆形人物之别；从艺术形象的

性格要素多寡论，就十分丰富了，有个性化人物、概念化人物、雷同化人物、理想化人物乃至复杂人物。古今中外的文艺史上，各种类型的艺术形象灿若群星，构成了争奇斗艳的艺术形象画廊。

五、"意与境浑"的浑圆整体——意境

多种审美意象乃至艺术形象群体，如果着重于创作主体内在情思、心意（即"神"）的表现，就构成了以中国为代表的东方文学艺术所偏重的理想境界——意境。在中国，王昌龄首倡"意境"，并以自己的创作实现了"意与境浑"的艺术理想。此时，艺术形象给予读者的是主客融一、物我两忘、天人相应的境地。李白诗"相看两不厌，只有敬亭山"（《独坐敬亭山》）、"举杯邀明月，对影成三人"[《月下独酌四首（其一）》]使我们悠然领受到天人相与、浑然无痕的况味。意境中的佳作，乃是刘禹锡崇尚的"境生于象外"（《董氏武陵集记》）和严羽的"诗而入神"（《沧浪诗话》）。

意境由意与境两个方面有机组合而成，能够使两者有机组合的是特定的情景。这情景方面的艺术形象为了和人物艺术形象在表述上有所区别，以免相互混淆，我们可以称之为境象。其情态也多种多样，有物境、情境、意境、神境（亦称"灵境"），有初境、凌境、拓境，有常人之境界和诗人之境界，有造境和写境，有无我之境与有我之境。这丰富蕴藉、深厚幽邃的境象画廊和艺术形象的高级形态——典型人物画廊共同组成了庞大浩繁的文学形象体系。

六、抒情化与叙述化造成的意境化与典型化的交互深化

艺术形象群体如果侧重于创作客体外在形态、状貌（即"形"）的栩栩如生、惟妙惟肖，就构成了西方再现论的高峰——现实主义创作思潮所追求的上乘形态——典型。巴尔扎克对伏盖公寓中陈设的精细描绘，几乎令人疑心他是古木家具鉴定师（《高老头》）；而鲁迅笔下的阿Q，如果多戴一顶瓜皮帽，就不再是阿Q。哈姆雷特王子的优柔寡断，葛朗台如老鹰抓小鸡般地攫取黄金……卓越的人物造型，在读者心目中刻下了不可磨灭的鲜明印象。典型环境中的典型人物往往也能让人回味这些强烈的印象背后深刻的内涵。

典型与意境的艺术气质、艺术取向不同，意境比较注重创作主体的情意、心绪与外在环境氛围的调适，比较侧重于从创作主体的"意"由内向外推移、物化到创作客体的"境"上去。典型则比较侧重于人物，而且是人物性格外在化后显露的性格表征。其体现方式与意境似乎相反，不是由内向外推移，而是从外在的要素、数量上来增减、叠加，将甲、乙、丙、丁的衣服各裁剪一点花色，张三、李四、赵五、刘六的胳膊各截下一些为我所用的东西，然

后把浙江的脸、山西的鼻子、湖南的脚、四川的手拼贴、组合到一起，构成一个"典型"人物。如果组合得巧妙，当然会出现一个具有深刻灵魂的艺术形象，比如鲁迅《祝福》里的祥林嫂；如果拼凑得不到位，留下了生拉硬扯的斧凿痕迹，那可能就像一件老和尚的百衲衣了。

典型化的艺术观实在不过是西方艺术思潮曾经极为显赫的一家，它并不能成为西方艺术观念的当然代表。意境在中国古人那里并没有发展成熟，它是一个不生不熟、似生似熟的东方古典艺术文化之果。在中国由近代向现当代转型的历史阶段，文士、学人们才发现古人留下的夹生饭——"意境"里可以寄托、附加上后人的眷恋与希冀。于是，本来几乎奄奄一息的意境就被抢救过来，一再被现代人把玩、品赏、刨根问底。

如果说意境的优势在于圆融，而弱点在于内容羼弱、虚薄；那么典型的优势常常在容量巨大而具有震撼人心的力量，弱点则在不易处理好加工、改造工夫里的"有机"叠加、化腐朽为神奇的"脱胎换骨"。这一点往往成了"工匠手"还是超一流艺术家的试金石。这一点既幽微奇妙，又事关成败得失高下的大局，令人凝神屏息、呕心沥血！

我们需要破除一种定见，西方文艺只讲典型，东方文艺只讲意境，这不是科学的认识态度。事实上，西方从19世纪末至"二战"期间的现代派思潮和"二战"后兴起的后现代主义恰恰是对传统文学，尤其是现实主义文学的反动。其中的部分流派如意象派的托马斯·庞德，则从中国的唐诗那里获得了他们误以为的可以使西方文学新生的道路。中国从五四运动以来，新文学的大潮恰恰是以西方现实主义巨匠们为师。终于各自不同程度地走过了由相互隔膜到相互学习的路程，现在该把互融贯通的历史使命交给21世纪的文艺理论家们了。在这一点上，东方文论家们（尤其是中国的文论工作者）似乎更便利于综合中国、西方与印度的三大诗学传统。意境化与典型化的交互深化，不仅在理论上可取，在实践上也是可行的。

综上所论，一言以蔽之，诗歌是生命情思的艺术化呈现。

附录：

月夜的倾诉

姚朝文

清凉透心的月光，
把余辉绣在我身上。
嫦娥舞动着彩虹的霓裳，
映在我心头的是那永不磨灭的渴望。

可以没有太阳，
太阳病了还有月亮。
不能想象没有月亮，
月亮醉了天下无光。

注：押尾韵、一韵到底的半格律诗，收入彭乐田、张况主编《佛山诗人诗选》，天津社会科学院出版社 2005 年 6 月版，第 112 页。

第十章　新格律诗创作的构造规律

要想创建新诗格律诗创作的构造规律，那要从形式逻辑、辩证逻辑、形象思维逻辑、艺术思维规律逐步推导入本命题。

继亚里士多德研究了形式逻辑的思维规律（同一律、矛盾律、排中律，另外近代德国的莱布尼兹又补充了充足理由律）之后，一代又一代的学人又研究了科学逻辑、辩证逻辑、形象思维逻辑、艺术思维以及写作学的规律[①]。这些研究为我们进一步揭示新诗创作所遵循的艺术规律有重要启示，也鞭策我们继续探求。但我们这里旨在着眼于新诗格律诗、自由诗乃至旧体诗的特殊规律，都将遵循从文艺活动一般规律而渐次推进到特殊规律。笔者发现，艺术规律竟是一个极为丰富多样的庞大群体！这些群体并不是杂乱无章地在艺术的天国里信马由缰、大闹天宫。细加梳理后，却令人惊喜地发现，它们呈现为一个颇有层次性、秩序性的系统状态！

这些规律的根本制约规律（或者说它的前提）是哲学上的对立统一规律。当然，对这一哲学规律不要机械地理解为一半正确加一半错误、半个白天加半个黑夜之类，恰恰相反，它是对于二维平面下相反相成的对立事物和三维立体空间下一分为三的事物之"正—反—合"运动变化轨迹的简约化概括。对立统一规律内部又遵循着中成极反与螺旋演化的运动法则。在这样的前提下，我们演化出下列诗歌创作活动的思维规律群：

一、两级互动规律群

两极互动规律是诗歌乃至整体文艺构造中最为开广的艺术第一规律，也

[①] 张巨青主编：《科学逻辑》，长春：吉林人民出版社 1984 年版。该书中，编者只提出"科学逻辑"概念而未涉及其思维规律。章沛主编：《辩证逻辑基础》，长沙：湖南人民出版社 1982 年版，第 7 页。肖君和：《形象思维逻辑学引论》，长春：时代文艺出版社 1994 年第 2 版，第 147 – 171 页。杨春鼎：《艺术思维学》，南京：东南大学出版社 1989 年版，第 308 – 318 页。刘海涛：《规律与技法——微型小说艺术再论》，新加坡作家协会 1993 年版，第 30 – 52 页。嵇山：《形象逻辑论》，上海：上海三联书店 1993 年版，第 166、198、229、278、309、362、397 页。上述五种专著均对思维规律做了探讨。

是上述条件下的对立统一规律在文艺思维中的衍化和发展。艺术世界中的两极，有无以计数的具体现象。我们把它概括为四种类别：①无限—有限律，②无向—有向律，③无序—有序律，④无形—有形律。这四种类别的规律，共同构成了两极互动规律群。

（一）无限—有限律

无限—有限律是指诗歌创作所要表现的人类世界是一个无限广阔的领域，客体世界的时空是无限开广的，而诗歌所凭借的纸笔载体的物理时空（篇幅）则是十分有限的，其能够承载的容量与客观世界相比实在是"九牛之一毛"。即便是古代的史诗或现代的多卷本长诗，也无法把人类社会生活的全部历史内容悉数囊括。创作主体面对无限的宇宙和有限的艺术传达符号的矛盾，采用以有限传达无限的方式来加以解决。解决的基本思路则应当是采用对同类型事物的概括与选择鲜明独特而有表现力的事物的萃取。因此，概括化和个性化成为最基本的诗学艺术思维的方法。这些方法都指向一个目标"诗无达诂"，那就是"以少少许胜多多许"，"言有尽而意无穷"。怎么样做到言有尽而意无穷呢？一曰提炼，二曰空白。提炼说的就是提炼主题，包括古人所一再当作点铁成金的练字、练句、练意，用比较俭省的笔墨表现比较多的蕴涵。空白则是大成若缺，隐去事物的头尾或关节处，让读者去细细寻味，加以补足。

清代的陈廷焯在《白雨斋词话自序》中有一段论述涉及艺术表现中有限与无限相互关系的问题："夫人心不能无所感，有感不能无所寄，寄托不厚，感人不深；厚而不郁，感其所感，不能感其所不感。伊古词章，不外比兴，《谷风》阴雨，犹自期以同心；攘垢忍尤，卒不改乎此度。为一室之悲歌，下千年之血泪，所感者深且远也。"①

关于提炼。前人在修辞学、诗艺技巧论中已经谈得很多。此不赘言。

关于空白，因为涉及有与无、有限与无限的相互转化问题，这里不能不费些笔墨。

空白艺术本来产生自我国东汉末年蔡邕所创书法艺术中的"飞白体"。后来这种书法技巧运用到绘画艺术中，将留于画幅中不着墨的空间称作空白。空白，可以在文本创造过程中着力营造暗示、省略、断裂、残缺，通过这种方式可以扩大文本的潜在信息量，从而诱发读者产生想象力，感悟、理解到比文本本身更多的信息。这实质上是一种文本自身尚未实现的可能性，然而，

---

① 徐中玉主编：《意境·典型·比兴编》，北京：中国社会科学出版社1994年版，第245页。

这种可能性又要在读者那里给予放大、扩张、延伸乃至于变形，要在读者那里，在他们视觉阅读、心灵感应和头脑的思索中给予"现实化"。我国清代刘知幾所说的一段话，恰好是对这一问题的形象化表述："虽发语已殚，而含义未尽，使夫读者，望表而知里，扪毛而辨骨，睹一事于句中，反三隅于字外。"（《史通·叙事》）其特征是：创作者精心营构作品情节或人物命运的几个或若干个亮点，由这几个亮点或间断或连续地构成一个作品结构之"筐"，通过这个"筐"，给读者暗示出该筐中有较大的空间，能够通过读者的想象（二度创作）"装下"许多他们所可能想象到的东西。此处的"空"并非"没有"，它绝不是"无"，而是，稍稍有那么几许，大致上能编出一个"筐"（即新诗格律体所追求的线索、规矩、法度、韵律、格式等），让读者不至于出其范围，混淆彼此。剩下的事情就是诱发读者把自己的生活感受与艺术理解尽情地往这个筐里装。而且，作者越是能把这个筐编得通而不透、深而不漏，他就越能实现主题的多义性、内容的丰富性、艺术空间的开阔性。这就是诗歌艺术一般规律中的有限—无限律。

当然，这里的"无限"也是相对而言的，它依然遵从形式逻辑关于概念中内涵与外延成反比的法则：筐越疏，筐内能装的东西越多；筐越密，能往筐内装的东西反倒不多了。袁枚在《续诗品·空行》中说："钟厚必哑，耳塞必聋。万古不坏，其惟虚空。诗人之笔，列子之风。离之愈远，即之弥工。仪神黜貌，借西摇东。不阶尺水，斯名应龙。"其道理就在这里。

当然，这个筐是绝对不能没有的，但这个筐也不能成为无底洞；筐的两头总要有一定的尺度，才不至于使这一首短诗、长诗或长篇组诗的筐消融于另一诗歌中的筐。通过这样的艺术辩证法的处理之后，文学艺术作品就可以寓丰富的内容于"微"言乃至于"无"言之中，作者也尽可以把饱满的生活感受和深刻的思想隐含在作品有限的文字之外。以无胜有、以虚寓实，"万古不坏，其惟虚空"。这精灵古怪的艺术就是这么奇妙、超常。

空筐不是一无所有的空白，也不是没有内涵的虚幻，恰恰是一种具象化了的空白。他的筐是实写的影子，是有形的一种特殊发展和延伸。高超的作家就是戴着这一脚镣来跳舞的，也是以这一规矩来成就其方圆的。读者更是凭着这一把钥匙来解读、破译小说的要旨。甚至在有些情况下，空白艺术就像编一个空心的筐，这个筐编织得好与坏，直接关系到作品的成功与否。清人孙麟趾《词迳》里说："天以空为高，水以空而明，性以空而悟。空则超，实则滞。石以皱为贵，词亦然。能皱必无滑易之病。"

空白的实质是一种大成若缺的艺术营构。"空白"，是寓丰富的内容于不言之中，以只可意会不可言传的方式来传达溟漠恍惚的幽微感悟，喻示精深剀切的哲思理趣。创作者们是"恒患文不逮意，意不称物"的那么一帮如临悬崖、如履薄冰的人。就是再卓越的诗人也会体验到语言文字的极限。那时，语言功用之穷，迫使作家们殚精竭虑于超越语言的限制，表达出超语言的"溟漠恍惚"之境，在作者和读者的脑海中实现无中生有与有中化无之间的相互置换。

我国清代文艺理论家叶燮曾说："诗之至处，妙在含蓄无垠，思致微妙，其寄托在可言不可言之间，其指归在可解不可解之会，言在此而意在彼，泯端倪而离形象，绝议论而穷思维，引人于冥漠恍惚之境所以为至也。"这种无中生有与有中化无的神奇作用，令作者与读者任意驰骋其想象的艺术天地。北宋苏东坡曾主张画山水要"萧散简远，妙在笔墨之外"。这位一代宗师深悉别具慧心地点到为止远胜于"竹筒倒豆子———一泻无余"。在处理艺术的隐与秀的辩证关系上，以少少许胜多多许，才是上乘之境。这实在是陆游所云"汝果欲学诗，工夫在诗外"（《为学一首示子侄》）的奥妙之所在。

详细论述空白艺术问题，请参阅笔者另一部专著《华文微篇小说学原理与创作》[①] 中《微篇小说虚实艺术的美学内涵论》一章。

（二）无向—有向律

诗歌构思活动与现实生活中的物质活动有一点不相同，我们经商做买卖时，是为了做成生意赚到钱，才去寻找买卖的主顾。主顾是因"我"在发财的动机驱使下去刻意寻找才有可能找到的。但是诗歌的构思活动则不全如此。它有时候是受到某种诗歌格律、格式排列的新颖造型激发而产生创作冲动，有的时候是从生活现实中获得某种哲理感悟，并不确定是写给一个或一群读者的，即特定指向性不明确。质言之，现代汉语新诗的书写的思维规律，是有一般意义上的"因谁而写""向谁写"和"为谁写"的问题。但是，就具体的诗歌创作生态来看，格律诗的指向性、规定性、限定性强于自由诗，但也不尽然，总有例外现象。这样一来，就产生了无指向和有指向之间的对立统一的矛盾。这就是无向—有向律。

重量

韩瀚

她把带血的头颅，
　放在生命的天平上，

---

① 姚朝文：《华文微篇小说学原理与创作》，北京：中国文联出版社2002年版，第52－53、57－60页。

让所有苟活者，

都失去了

——重量。

如果说无限—有限律是侧重于发展或延伸是否有尽头而言的话，那么无向—有向律则是从发展的空间向度来考察事物的。其考察事物的道理、法则与无限—有限律基本相同。

（三）无序—有序律

文艺创造是从无序到有序，再打破原来形成的秩序、规则而探索出新的秩序，这样的发展过程本身也是无止无休的。比如填词，历代词人就总结出填词的法度。"词或前景后情，或前情后景，或情景齐到，相间相融，各有其妙。"（刘熙载《艺概》卷二）为了稍稍具体一些说明这一问题，我们引用《清诗话续编》里朱庭珍《筱园诗话》卷四关于处理情景法度的一段体会：

"律诗炼句，以情景交融为上，情景相对次之，一联皆情、一联皆景又次之。然一联皆写情，则两句须有变幻，不可一律，致犯合掌之病。一联皆写景亦然，或上句写远，下句写近，或上句写所闻，下句写所见。总写一句自有一句之意境，两句迥然不同，却又呼吸相应，此为至要。情景交融者，景中有情，情中有景，打成一片，不可分拆。"接着，他以古代诗联"蝉噪林愈静，鸟鸣山更幽"被王安石改上句为"风定花犹落"遂成名句来加以具体说明。

炼句如此，谋篇布局、层次段落亦如此。在这一点上，文学与绘画是相通的。请看清代笪重光《画筌》的精赅之言："无层次而有层次者佳，有层次而无层次者拙。状成平褊，虽多丘壑不为工。看入深重，即少林峦而可玩。真境现时，岂关多笔。眼光收处，不在全图。合景色于草昧之中，味之无尽。擅风光于掩映之际，览而愈新。"（《历代论画名著汇编》）由此可见，文学艺术中，虽然没有刻板划一的标准"度"，但基本的规矩、法度是显著昭彰的。古人名言"文无定法"又"文有定则"，合二而一，就是无序—有序律。当代诗人孔孚的小诗《峨眉月》就是形象的例证：蘸着冷雾/为大峨写生//从有/到无。

（四）无形—有形律

无形或有形，指的是行迹和形迹之有无。《老子》云："大音希声，大象无形。"在文学艺术创作中，刻意的创造又显得圆融自然、了无痕迹，如风行水上一般"自然成纹"，那才是上乘境界。

诗歌艺术之"形"，既不能荡然无存，也不能过于刻意地"有"，两种偏颇均不可取。即便是中国古代造诣高深的文士，也有矫枉过正之偏。例如，明代陆时雍《诗镜总论》中说："有韵则生，无韵则死；有韵则雅，无韵则俗；有韵则响，无韵则沉；有韵则远，无韵则局。物色在于点染，意态在于转折，情事在于犹夷，风致在于绰约，语气在于吞吐，体势在于游行，此则陨之所由生矣。"陆时雍所言精妙，却过于突出了"有"而轻忽于"无"了。他说得当然不错，在批评晚唐陆龟蒙、皮日休"知用实而不知运实之妙"时或许不假。但是，他忘记了艺术相反相成的另一方面，"言有尽而意无穷"，"于无声处听惊雷"。

清代梁绍壬在《两般秋雨庵随笔》卷一有论诗歌意图显隐的话："讽刺之诗，意不可不露，亦不可太露，故不宜赋而宜比兴也。咏蝉诗云：'莫倚高枝纵繁响，也应回首顾螳螂。'咏瀑布诗云：'流到前溪无一语，在山作得许多声。'咏铁马诗云：'底事丁冬时作响，在人檐下不平鸣。'咏夏云诗云：'无限寒苗枯欲死，悠悠闲处作奇峰。'皆急切言之，而仍出之以蕴藉者。"① 两者相较，还是后者更多可取之处。如杜国清的《花》：

> 成熟的女人长着三朵花
> 一朵在发上　像山顶的月亮
> 一朵在胸前　像湖上的白鸟
> 一朵在耻部　像幽暗的蜂房
>
> 女人
> 以发上的花　微笑
> 以胸前的花　呼吸
> 以耻部的花　完成自己
>
> 成熟的男人知道怎样
> 使她开花　一次又一次
> 直到秋野上一棵枯树
> 被风刮倒

总而言之，无限—有限律、无向—有向律、无序—有序律、无形—有形

---

① 徐中玉主编：《意境·典型·比兴编》，北京：中国社会科学出版社1994年版，第245页。

律，这四种价值向度的规律，共同构成了两极互动规律群。

二、异同变化规律群

这诗歌创造的第二规律群是第一规律群的具体化。如果说第一规律群属于艺术哲学的层次，则第二规律群就属于文艺美学的层次。这一规律群由四个规律所组成：

（一）虚实律

诗歌艺术是一种非常讲究虚与实相互关系的生命文化现象。虚与实构成了诗歌艺术的一条普适性的创作规律。对于这一当代人容易理解的艺术现象，不仅外国理论家有大量的论著在探讨艺术虚构的问题，就是我国古代的文士们也有极为精彩的见解。明代的谢肇淛就精辟地指出："凡为小说及杂剧、戏文，须是虚实相半。方为游戏三昧之笔，亦要情景造极而止，不必问其有无也。小说家如《西京杂记》《飞燕外传》《天宝遗事》诸书，《虬髯》《红线》《隐娘》《白猿》诸传，杂剧家如《琵琶》《西厢》《荆钗》《蒙正》等词，岂必真有是事哉！近来作小说，稍涉怪诞，人便笑其不经，而新出杂剧若《浣纱》《青纱》《义乳孤儿》等作，必事事考之正史，年月不合，姓字不同，不敢作也。如此则看史传足矣，何名为戏？"当然，诗歌创造中的虚与实，不仅仅是谢肇淛在上述文字中所谓的真实与虚构的问题（即真与假），它还包括诗歌文本中何处写得清晰厚实、何处写得虚飘轻灵等方面（即藏与露）。虚与藏，是指作品间接提供给欣赏者的，需要借助于联想、想象才能够把握的内容，即作品直观的实境所暗示、象征的非直观内容。诗歌中如果没有虚、藏的部分，就会使内容浅显直白，缺乏意蕴，削弱了实与露的部分本来应有的审美价值。

因此，笔者在此将诗歌艺术中虚实现象的这两层含义——真实与虚构、清晰厚实与虚飘轻灵——上升到理论层面，概括为文艺创造的虚实律：虚则实之，实则虚之，虚虚实实，实实虚虚。其美学内涵为：从生活的真实上升为艺术的真实。这就要求创作者要在生活的基础之上加以合理的想象与虚构、取舍与加工。如果想化浅显直白为深邃悠远，变简陋平淡为丰富精彩，将一般化的作品上升为艺术化的精品，那就只能走这样一种艰辛的艺术创新之路：以文本的有形达致艺术指向的无形，以对文体有限性的"内在"突破而走向艺术视野的无限，从单一的叙述视点变而为多人称、多角度的全方位叙述，从艺术品位的定向观照到艺术时空、审美价值的多向度扩张。这就要借助艺术创造虚实律的借实指虚、以虚映实的途径，从而实现宋代诗论家严羽所云"言有尽而意无穷"（《沧浪诗话》）的艺术目标。

对于虚实艺术现象，唐代寺僧出身的诗论家皎然在他的文艺理论名著《诗议》中曾有"绝妙好辞"："夫境象非一，虚实难明。有可睹而不可取，景也；可闻而不可见，风也。虽系乎我形，而妙用无体，心也；义观众象，而无定质，色也。凡此等，可以偶虚，亦可以偶实。"如此看来，虚实艺术既是大有用武之地，又有些变化无端，令人不易把握了。

人们常常习惯于想当然地理解类似而又不同的两种事物。这样做极易造成似是而非的含混，于是就会稀里糊涂地以为：虚实艺术也就是空白艺术，或者空白仅仅是实现虚实的一种手段。因此，我们有必要在这里指出虚实艺术与空白艺术之间的差异，以免模糊、含混之论混淆了视听。按照笔者的理解，虚实艺术是有虚有实、时虚时实、虚实交错的，也就是说，是虚实参半、互为条件、互为因果、互相依存的，一方的存在以另一方的存在（有的时候是"虚存在"）为条件。如果相反的一方在创作中被舍弃了，则另一方也将随之失去作品文本中存在的价值。反之，如果偏执一端，过于求实或求虚，也是艺术处理上的败笔。清人金丰在评价《说岳全传》时，谈到这种极端化的误区："从来创作者不宜尽出于虚，而亦不必尽出于实，苟事事皆虚则过于诞妄，而无以服考古之心，事事皆实则失于平庸，而无以动一时之听。如宋徽宗朝有岳武穆之忠、秦桧之奸、兀术之横，其事固实而详焉。"①

同理，艺术中的简与繁、疏与密、犯与避等相反相成的艺术表现诸要素之间的相互关系与虚实律的情形大致相同。然而，艺术空白却与上述诸现象有一点差别，那就是"空白"意味着"无"，是省略，是断裂，是残缺，是跳跃。简言之，虚实艺术的根本是虚实相间，"虚"而非无，绝对不是"无"；空白艺术的本质则是空缺，是"无"，是大成若缺。这是两者区别的要义与关键。例如孔孚的《烟雨瓜洲古渡小立》：

春水/涨了//吴楚的山们/要过江么

诗歌艺术创造中的虚实艺术具有怎样的美学内涵呢？我们先来领会以下先人研究的成果。西方艺术对虚与实的有意识探索远远没有我们那么自觉，他们相比较而言，更关注于对事物外形的再现或主观心灵欲望的表达。我国古代文论家则不然，他们对虚实艺术个中奥秘的体味是非常深切的。明代谢榛的《四溟诗话》就有精赅之论："律诗重在对偶，妙在虚实。子美多用实字，高适多用虚字。为虚字极难，不善学者失之。实字多则意简而句健；虚字多则意繁而句弱。赵子昂所谓两联宜实是也。"袁宏道以李白、杜甫与苏轼

———————

① 姚朝文：《文艺逻辑学》，呼和浩特：远方出版社2004年版，第90页。

作对比，用来说明虚与实的差别，发人所未发、言人所不能言："青莲能虚，工部能实。青莲唯一于虚，故目前每有遗景；工部唯一于实，故其诗能人而不能天，能化而不能神。苏公之诗，出世入世，粗言细语，总归玄奥，恍忽变怪，无非情实，盖其才力既高，而学问识见，又迥出二公之上，故谊卓绝千古。至其遒不如杜，逸不如李，此自气运使然，非才之过也。"（《答梅客生开府》，《袁宏道集笺校》卷21）文学中如此，其他艺术种类中又如何呢？我们还是拿明代人来作对比。孔衍栻在《画诀》中说："有墨处此实笔也。无墨处以云气衬，此虚中之实也。树石房廊等皆有白处，又实中之虚也。实者虚之，虚者实之。满幅皆笔迹，到处却又不见笔痕。但觉一片灵气，浮动于纸上。"（《历代论画名著汇编》）由此可见，诗歌创作乃至一切文学艺术中的虚实艺术现象，都是以虚衬实、以实映虚，在虚实相间中实现以文本的有形达到艺术指向的无形，以对文体有限性的"内在"突破而走向艺术视野的无限，从单一的叙述视点变而为多人称、多角度的全方位叙述，从艺术品位的定向观照到艺术时空、审美价值的多向度扩张。古人可能不知道现代人对艺术的思维空间有有形—无形律、有向—无向律、有序—无序律、有限—无限律等诸多规律，但他们也感觉到了艺术的真谛是"言有尽而意无穷"（严羽《沧浪诗话》）、"言近旨远"、"其称文小而其旨极大，举类弥而见义远"（司马迁《史记·屈原贾生列传》）。这正是艺术终究不能被物质生活本身所代替、也终究没有被科学技术所取代的原因，也是一个有钱人没有精神修养、没有较高的智商、没有社会地位终究还不是贵族的依据之一，也是没有艺术细胞的人终究被认为是素养不全面的人之根据。

那么，在虚与实这两者之间，究竟谁更具有本质意义？谁在艺术创造上更具有重要性？在这个问题上，古今中外的艺术家和理论家们是有分歧的。我国明代的艾南英就主张"文章贵虚"。他说："甚矣，文之难言也。世之言文者众矣，至于文章之妙不在实而在虚，则三尺童子皆知之，若夫实者为形，虚者为势，形与势常患其不能合而至于离。与夫能合之而亦无当于文者，则虽老师宿儒未之能知也。转磐石于千人之上，其形非不魁然大也，乘高趋下其地非不峻急也，然而堙留不拒焉，则不能达，无他，形实而不能运故也。婴儿之躯至微也，当其蹈手舞足则反趾及领而无不如意，鹰雕乘风而击，而飞燕之微常捷出其上而制之，无他，势虚而便利故也。然婴儿能运其臂指而不能运千钧，飞燕能逐鸷鸟而不能搏九万而以六月息，于是论文者常患夫形势之不能合而至于离也。虽然形有大小，势亦如之，苟其巨细各足其性之所得而无羡于外，则形与势合亦何难之有？而为文者知夫文之难于势而自顾其力之不足于形也，不免小其形就夫势，于是其议论不必根经术而铸百家，其气格不必法先秦而迫西汉，其开合首尾抑扬错综不必与韩欧苏曾数大家相表里，如是则所谓势者不过为空疏无学，而机锋便诡者之所托足乃诩诩然自以为得文之虚，君子患夫此，故不得不正之以形，何也？势之运至微而形之巨细至显也。"（《匡庐小草》，《天佣子集》卷2）一般而言，在艺术虚构与生活实然之真这两者之间，虚的程度越高，艺术性也就越高。所以，文学中长期以来诗的地位最高，小说次之（现在小说最为繁荣），散文居次为半文学，杂文、报告文学、纪实文学等则只能说是泛文学而已。在艺术中，音乐的地位最高，中国人认为书法在绘画之上，次为舞蹈，又次为建筑。至于诗和音乐孰高孰低，古今中外随时代的不同而在认识上有一定的差异。但也不能绝对地认为文学艺术越虚越好。特别是经过20世纪西方文艺的现代性大试验之后，我们终于看清楚了"心灵一刹那"的意识流动、"零度写作"的无动于衷、心理时间的倒错、神话原形的隐喻、幻觉与变异等"虚化"努力的极致。

这种洗尽铅华后的务实追求，显然是对于唯虚是骛的、世界范围内20世纪现代派文艺思潮的一种矫正。由此可见，我们不能脱离诗歌创作的具体实践而在书斋里绝对化地说虚更好或者相反。我们的立论要从具体实践出发。在诗歌发展的不同阶段，会向虚或实的某一方面倾斜，但是，这种倾斜又不能超过某一个度而损害了艺术，当其偏离到某个极限的时候，就会或主动或被动地向相反的方面逆动，从而以一次次的矫枉过正来实现艺术虚与实的审美效应。

需要指出的是，在诗歌艺术中，虚实和详略是两组紧相联系又不相同的艺术范畴。明代画论家董其昌在《画禅室随笔》中说："须用虚实。虚实者，各段中用笔之详略也。有详处，必要有略处。虚实互用。疏则不深邃，密则不风韵，但审虚实，以意取之，画自奇矣。"（《历代论画名著汇编》）在绘画中，虚实即详略，这诚然不错。然而在诗歌中，虚实与详略又不完全是一回事。当虚实在其含义的第一个层面（即真实或虚假这一层面上）使用时，它与详略是截然不同的。只有在其含义的第二个层面（即清晰厚实还是隐约模糊这一意义）上使用时，虚实才与详略的指向趋于重合。

中国古代诗话中论述艺术的虚实命题，数清代的朱庭珍《筱园诗话》最为精要恰切。他说："自周氏论诗，有四实四虚之法，后人多拘守其说，谓律诗法度，不外情景虚实。或以情对情，以景对景，虚者对虚，实者对实，法之正也。或以景对情，以情对景，虚者对实，实者对虚，法之变也。于是立种种法，为诗之式。以一虚一实相承，为中二联法。或前虚后实，或前景后情，此为定法。以应虚而实，应实而虚，应景而情，应情而景，或前实后虚，或前情后景，及通首言情，通首写景，为变格、变法，不列于定式。援据唐人诗以证其说，胪列甚详。予谓以此为初学说法，使知虚实情景之别，则其说甚善，若名家则断不屑拘拘于是。诗中妙谛，周氏未曾梦见，故泥于迹相，

仅字句末节著力，遂以皮毛为神骨，浅且陋矣。夫律诗千态百变，诚不外情景虚实二端。然在大作手，则一以贯之，无情景虚实之可执也。写景或情在景中，或情在言外。写情，或情中有景，或景从情生。断未有无情之景，无景之情也。又或不必言情而情更深，不必写景而景毕现，相生相融，化成一片。情即是景，景即是情，如镜花水月，空明掩映，活泼玲珑。其兴象精微之妙，在人神契，何可执形迹分乎？至虚实尤无一定。实者运之以神，破空飞行，则死者活，而举重若轻，笔笔超灵，自无实之非虚矣。虚者树之以骨，炼气熔滓，则薄者厚，而积虚为浑，笔笔沉着，亦无虚之非实矣。又何庸固执乎？总之诗家妙悟，不应著迹，别有最上乘功用，使情景虚实各得其真可也，使各呈其变可也，使互相为用可也，使失其本意而反从吾意所用，亦可也。此固不在某联宜实，某联宜虚，何处写景，何处言情，虚实情景，各自为对之常格恒法。亦不在当情而景，当景而情，当虚而实，当实而虚，及全不言情，全不言景，虚实情景，互相易对之新式变法。别有妙法活法，在吾方寸，不可方物。"①

　　虚实之法，本来就是来自文艺创作的实际。既有常规，也要有突破与创新。而许多文学艺术大家的创作，往往在艺术实践中对虚实艺术的运作形迹熟览于心而又能出神入化。因此，又有破旧立新之说。清代的薛雪在《一瓢诗话》中有一段精彩的言论，恰恰可以和朱庭珍的真知灼见相互证明："诗有从题中写出，有从题外写入；有从虚处实写，实处虚写；有从此写彼，有从彼写此；有从题前摇曳而来，题后迤逦而去，风云变幻，不一其态。要将通身解数，踢弄此题，方得如是。"② 薛雪所言"风云变幻，不一其态"是在探得虚实艺术的堂奥后，才可以像庖丁解牛一般"目无全牛"。读者诸君千万不要误以为，朱、薛二位先贤的主张是不要虚实之法、反对讲虚实之法。

　　综上所述，虚实艺术的审美内涵就是：虚实互为条件、互为依存，虚则实之、实则虚之，虚实参半、以虚映实、虚实相生。这种审美内涵所能得以实现的途径即文学艺术创作要源于故事而又要超越故事，从生活的真实上升为艺术的真实。创作者要在生活的基础之上加以合理的想象与虚构、取舍与加工，使之做到微言大义。这种审美追求的目的是：化浅显直白为深邃悠远，变简陋平淡为丰富精彩，将一般化的作品上升为艺术化的精品。这种审美内涵所能实现的艺术效果则是：以文本的有形达致艺术指向的无形，以对文体有限性的"内在"突破而走向艺术视野的无限，从单一的叙述视点变而为多

---

　　① 徐中玉主编：《意境·典型·比兴编》，北京：中国社会科学出版社 1994 年版，第 63 页。

　　② 徐中玉主编：《艺术辩证法编》，北京：中国社会科学出版社 1993 年版，第 143 页。

人称、多角度的全方位叙述，从艺术品位的定向观照到艺术时空、审美价值的多向度扩张。这就是艺术创造虚实律的魅力之所在。

（二）繁简律

记得 20 世纪 80 年代初，笔者在高中里学习的一篇语文课文叫《简笔与繁笔》。课文的结论是：简笔得其宜，繁笔尽其妙。课文从文章事例、文章名家的言论和唯物论观点出发，推论出一个静态的"某某是某某"的结论。至于为什么一定要"宜"和"妙"，课文并没有花多少笔墨交代这"所以然"。至于在文章写作中如何切实做到"怎样宜和妙"，就更没有讲。于是，我们这一代学人，所受的文章写作教育往往是静态、笼统、千篇一律的"是什么"。至于动态、具体、可变化伸缩的技巧、经验、法则等，恰恰成了写作课、文学课的空缺地带，真正想学到文学创作本领或文学批评窍门的学习者，就会对这种隔靴搔痒的教学感到"不解渴"。如何解渴呢？笔者当初是拿着自己的一篇篇"发烧"的习作，去向能够拜访得到的诸位当地作家当面求教，借此克服这种理论与创作实践之间不甚衔接的困难。

以今观之，在这个问题上也需要开放思想、更新观念。简笔可以十分精简，也可以简它个三五分。即使取最常态值，选取了"宜"，则对于一般公文、日常文体、新闻纪实类文体尚可以称得上"宜"，而对于文学类各文体的创作，其实仅仅有个"度"，却没有确定不移之规来"宜"。正是在这一意义上，清人钱大昕在《与友人书》里说："文有繁有简，繁者不可减之使少，犹之简者不可增之使多。《左氏》之繁胜于《公》《谷》之简，《史记》《汉书》互有繁简，谓文未有繁而能工者，非通论也。"[①]

钱大昕认为，文繁未必就不能精工。这的确是一个独标一格的思想。这一观点与通行的看法迥然不同。主流观点认为，杂多就不能专精，专精也就不能杂多。既能专精又能杂多者实在是凤毛麟角。现代的这种主流观念，其实有着非常久远的渊源。唐代薛易简在《琴诀》里，就较早地提出这种思想："弹琴之法，必须简静。非谓人静，乃手静也。手指鼓动谓之喧，简要轻稳谓之静。又须两手相附，若双鸾对舞，两凤同翔，来往之势，附弦取声，不须声外摇指，止声和畅，方为善矣。故古之君子，皆因事而制，或怡情以自适，或讽谏以写心，或幽愤以传志。故能专精注神，感动神鬼，或只能一两弄而

---

① 《潜研堂文集》卷三十三，见徐中玉主编：《艺术辩证法编》，北京：中国社会科学出版社 1993 年版，第 311 - 312 页。

极精妙者。今之学者，惟多为能。故曰：多则不精，精则不多。"①

一个主张"文繁未必不工"，另一个主张"多则不精，精则不多"，这显然是相互对立的观点，两者又都有道理。我们到底应该相信哪一个呢？从理论层面来看，后一种观点似乎把两个事物人为地对立起来了。就逻辑角度来看，两者不存对立的必然性。如果从实践角度来看，这似乎又是一个很现实的问题。其实，问题的关键不在繁博与精约，而在于创作者是否能全心全意地倾注心血于创作中。如果能，则无论繁或简，都可以做得精工剔透；如果没有或不能全身心投入创作中，则即便是很简短的作品，也未必能创作得精致动人。当然，繁文比之短文，会消耗更多的精力去投入也是事实。但如果能用经营简文那样的工夫去等比例或加倍投入繁文的创作中，繁文的质量会同样好甚至会更好也是可能的，只要你的精力、体力能够支撑下去。这恰如李渔在《闲情偶记·词曲部·文贵精洁》中所说的那样："多而不觉其多者，多即是洁；少而尚病其多者，少亦近芜。予所谓多，谓不可删逸之多，非唱沙作米、强凫变鹤之多也。作宾白者，意则期多，字惟求少，爱虽难割，嗜亦宜专。"（《中国古典戏曲论著集成》卷七，中国戏剧出版社 1959 年版）诚哉，斯言。

清人刘大櫆《论文偶记》提倡"文贵简"："凡文笔老则简，意真则简，辞切则简，理当则简，味淡则简，气蕴则简，品贵则简，神远而含藏不尽则简。故简为文章尽境。"

中国古代诗论家对写诗、为文之繁与简还有许多精辟的总结。南北朝齐梁时代的文章理论大家刘勰在《文心雕龙·征圣》中说："夫鉴周日月，妙极机神，文乘规矩，思合符契；或简言以达旨，或博文以该情，或明理以立体，或隐义以藏用。故《春秋》一字以褒贬，丧服举轻以包重，此简言以达旨也。邻诗联章以积句，儒行缛说以繁辞，此博文以该情也。书契断决以象夬，文章昭晰以象离，此明理以立体也。四象精义以曲隐，五例微辞以婉晦，此隐义以藏用也。故知繁略殊形，隐显异术，抑引随时，变通会适，征之周孔，则文有师矣。"

唐刘知几在《史通》卷八《书事》篇中对文繁与简有一段经验之谈："夫记事之体，欲简而且详，疏而且漏，若烦则尽取，省则多捐，此乃忘折之中宜，失均平之理。惟夫博雅君子，知其利害者焉。"② 最后，还是明人胡应麟归结得好："简之胜繁，以简之得者论也；繁之逊简，以繁之失者论也。要

---

① 《中国古代乐论选辑》，见徐中玉主编：《艺术辩证法编》，北京：中国社会科学出版社 1993 年版，第 315 页。

② 徐中玉主编：《艺术辩证法编》，北京：中国社会科学出版社 1993 年版，第 305 页。

各有攸当焉。繁之得者，遇简之得者，则简胜；简之失者，遇繁之得者，则繁胜。执是以论繁简，庶几乎。"①从这种概括中，我们发现，中国文艺在繁简问题上，还是首推"简练传神"的。

（三）疏密律

疏密，是指文学艺术中信息量密集或粗疏、稀薄的问题。浓淡、薄厚恰是一枚硬币的正反面。中国古代学者对此颇为关注。刘熙载《艺概·文概》中就用具体的例证来说明各类文章的疏与密。"《左传》善用密，《国策》善用疏。《国策》之章法笔法奇矣，若论字句之精严，则左公允推独步。""太史公文，疏与密皆诣其极。"一首乐曲，不能通曲紧锣密鼓，那样会让人头痛欲裂、紧张得喘不过气来；也不能通曲都慢若游丝，那样会让人昏昏欲睡。同样道理，当前的一些武打影片、光碟一开头就没来由地打，人物之间动辄轻率地生死相搏，一直到影片结束。这就没有处理好艺术表现中的疏与密的关系。

清代侯方域在《辟疆园集序》中说："夫文之疏密浓淡，各有程度，尺寸不逾，乃为宗工。矫而论之，则与其密宁疏，与其浓宁淡。"（《壮悔堂文集》卷二）

在疏与密的问题上，有人主张"文贵疏"。清人刘大櫆《论文偶记》云："宋画密，元画疏；颜、柳字密，钟、王字疏；孟坚文密，子长文疏。凡文力大则疏；气疏则纵，密则拘；神疏则逸，密则劳；疏则生，密则死。"

被作者藏起来的"满含热泪"就是"疏"，为了制造情节的一波三折采用的笔法就是"密"。

（四）犯避律

宋代词人姜夔在《白石诗集》自序二，有一段论述犯与避的妙论："作者求与古人合，不若求与古人异；求与古人异，不若不求与古人合而不能不合，不求与古人异而不能不异。彼惟有见乎诗也，故向也求与古人合，今也求与古人异，及其无见乎诗已，故不求与古人合而不能不合，不求与古人异而不能不异。其来如风，其止如雨，如印印泥，如水在器，其苏子所谓不能不为者乎？"②此段妙论至为精辟。

上面，我们分析了两极互动规律群和异同变化规律群的艺术展示面貌。

---

① 胡应麟：《史书占华》卷十三，见徐中玉主编：《艺术辩证法编》，北京：中国社会科学出版社1993年版，第318页。
② 徐中玉主编：《艺术辩证法编》，北京：中国社会科学出版社1993年版，第171页。

作为上述两大规律群的深化与升华，我们将在下文再构建第三规律群。

三、艺术创新规律群

第三规律群，亦可名为艺术创新规律群。它由冲突和谐律、主客融合律、情思震荡律（亦称意境典型律）三大规律所组成。这三条规律导致了诗歌艺术之所以为文学艺术的内在核心动因。

诗歌创造（格律诗的创造性与限制性的含量一般而言会更多一些）的核心问题就是创新。

我们想先从文学文体发展史上的事例来说明这个问题。唐代柳宗元开创了山水游记体裁的散文，这本来是当时古文写作中的一个"另类"，因为柳宗元的文采好，使得这种写法，得到了时人的认可。于是，这种篇幅简短而随意书写的"另类"就独立成为一种新品种，在散文家族中成长起来。后世文人再写游记就要以柳氏的笔法为参照了。假如有谁写得与柳宗元太不相像了，人们就觉得他所写的不是游记。于是，柳氏的写法由"另类"转而成为"正宗"。"五四"以来新文学史上，朱自清的散文创作路子也类乎此。由探索成为正宗因而"宜"了。此后有几种散文的路子渐渐被认为相"宜"了。现在做一个假定。假设我们现在写出的游记和他们当初写得几乎一样，这是否就"宜"了呢？批评界肯定就像评论后人临摹前代名家的绘画惟妙惟肖、几乎可以以假乱真来形容。在文学界只能说我们"仿作"出色而已。反之，我们写的游记散文如果和前代大家已经创立的名之为散文的那些个基本文体特质毫不一致，那就根本不能说我们写的东西是游记散文了。

由此可见，我们的新创作就只能在有几分"正宗"游记散文的要素之外，必须再加入一些富有自己个性特长的新艺术成分，这些新成分里，可以是文体上的杂交，可以是表现方式上的新组合，可以是个人偏爱使用的某些修辞手法，可以是个人化的叙述语态，等等。诗歌面临的问题，其理如一。总之，是你应该而且必须提供出一些富有新生命、新气息、新形式的艺术样态，而且这种样态经过创作的反复实践、文学交流的检验、文学市场的淘汰、文学历史的磨洗，被证明是有效的一种独创，方可视为新的"宜"即新的文艺正宗样态之一。

宋代山水画家郭熙《林泉高致》里有数句谈论创作的创新问题，非常切中肯綮。"山欲高，尽出之则不高，烟霞锁之则高矣；水欲远，尽出之则不远，掩映断其脉则远矣。"这讲的是艺术一定不能拘泥于事物自然原貌的道理。这一点也可以说是对前一段论述的补充。

因此，诗歌艺术的创新，既是指对社会生活的改造、变形，也更是指对前代和同时代已经达到的诗歌艺术形态和高度的超越。

当然，诗歌写作也分为两个艺术层次：口语化大众诗歌和探索性比较强的个性化诗歌。前一种类的刻意求新、求另类、独创性的欲求，一般来讲不及后者那么显著、强烈。

就探索性诗歌而言，除了在对生活独特的理解与发现之外，除了主题思想的深刻而震撼人心之外，在艺术法则的运用上，就要既遵从规律又要变化既定的规律，从而实现以奇达正、奇正相生的效果。即便是前文我们讨论过的艺术繁简律，在创新面前也会有另一番景观。前人有道是："繁处独简，简处独繁；平处忽耸，耸处忽平；合处能离，离处能合；此运局之新也。因小见大，因近见远，因平见险，因易见难，因人见己，因景见情，此命意之新也。平字得奇，俗字得雅，朴字得工，熟字得生，常字得险，哑字得响，此炼字之新也。"①

屈原《离骚》的创新，将中国先秦诗歌提升到一个光辉灿烂的高度。诗中表现了诗人忠而见疑、信而被谤的冤屈。女须婵媛劝他随波逐流，他却"不改乎此度"而且"虽九死其犹未悔"。在战国时代，处士横议，楚才晋用者可谓夥矣。屈原如果去楚适齐，荣华富贵是不足为虑的。所以灵氛开导他："何所独无芳草兮，尔何怀乎故宇？"在这种爱国与前程不可调和的矛盾冲突中，屈原毅然选择了"国无人莫我知兮，吾将从彭咸之所居"的道路。这种与前代孙武、伍子胥等人完全不同的选择，成就了诗人感召万代的诗魂，却又开创了后世"文死谏"的传统人格。屈原诗歌之高才，与后世对他爱国人格的推崇合而为一，铸就了令千载景仰的诗魂。其创新成就也就被加倍地放大了。

为了更具体地说明这个问题，我们不得不联系当前文学创作活动的事例来谈。为了避免重复那些文学史上人所共知的文艺事例，也为了避免谈当代别的创作者引来喜欢抬杠者发出"子非鱼安知鱼之乐"的疑问，笔者在此想简略地谈一点自己的切身体会。

笔者多番整理充实自己的诗集《生命的情诗》。进入创作状态的时候，一边写作，一边在诗歌格式、意蕴、笔法、语言个性的推展上做着各种可能的尝试。笔者感到自己时时处在前代文学陈规的阴影笼罩下，又想努力避免与同代众多的文学创作者们相雷同，由此切身感受到：在艺术个性的不断发现、比较、重塑中，对于严肃的作者而言，其艺术道路的形成，至少类似于专利技术发明者的处境。笔者这种处于创作状态中的心境其实并非偶然出现的现象，不仅仅在自己及自己熟知的海内外诗友们身上时不时地出现，在文学艺

① 陈仅：《诗问四种·竹林答问》，见徐中玉主编：《艺术辩证法编》，北京：中国社会科学出版社1993年版，第312－313页。

术史上，此类现象之多，就更是不可枚举。前几章讲到诗坛文苑的诸多事例中，可以或多或少、或正面或反面地说明这个问题。

艺术创新规律是文艺逻辑学思维规律群的核心规律，围绕着它有一系列的规律群。下面就让我们将这一系列的规律群铺展开来。

（一）冲突和谐律

冲突和谐律指出：文学艺术没有冲突，将归于平淡无奇、味同嚼蜡；而一味地冲突下去，不能达到某种类似黄金分割律一般的动态平衡，则是过犹不及，将会对文学艺术造成损害，令其变质。我们节选当代诗人商禽《五官素描》中的有关《嘴》和《眉》两则为例：

说什么好呢//唯/吃是第一义的/歌/偶尔也唱/也曾吻过/不少的/啊
——酒瓶

后者则是：

只有翅翼/而无身躯的鸟//在哭和笑之间/不断飞翔

上述问题还有另一点不能被遮蔽。一般的文学欣赏者都关注一个事物的对立面。其实，光有对立也不行，至少不能构设出比较好的状态。就如上引寓言，如果没有眉毛"在哭和笑之间/不断飞翔"这个画龙点睛之处，这首诗就失去了诗眼。广而言之，在许许多多的文学题材、体裁中，有分割、有艺术残缺的状态都是非同一般的。冲突和谐律就是在这个意义上来发挥其不可替代的作用。

冲突和谐律的审美本质，是艺术塑造中的有机中介。有机，是指比较顺应自然、比较合乎情理，绝非生硬地、机械地将两个乃至三五个对立的艺术形象扭结在一起。中介，则是指对立的双方或多方之间有相互依赖、不可割舍或相反相成的某个契机。没有这个契机，对立的局面就没有了局，或者无法像作者所设定的那样，或者没有如读者所渴望的那样来转化、发展、延伸。因此，我国现代诗人臧克家写于 20 世纪 60 年代纪念鲁迅的诗《有的人》才有名句得到广泛的回响："有的人活着，他已经死了；有的人死了，他还活着。"

《诗经·小雅·鹿鸣之什》有《采薇》，讲述的是远戍边疆的征人难以家归的苦痛。为了强化这种悲苦莫名的情绪，诗中反复咏叹："曰归曰归，岁亦莫止……曰归曰归，心亦忧止……曰归曰归，岁亦阳止……"如果一直如此延续任由矛盾冲突发展下去，事情就永无了局。如此创作的作品是残品，接受者也难以认同。所以变化、转折等构造法将发挥起死回生的作用。段末笔锋宕然一转："昔我往矣，杨柳依依。今我来思，雨雪霏霏。行道迟迟，载渴载饥。我心伤悲，莫知我哀！"尽管人事已老、景物全非，令我悲苦难禁，但我行行复行行，还是回到了自己梦牵魂绕的家。然而这是一个何等破败荒凉的故园啊！冲突中有和谐的介质，和谐又进一步深化了冲突的意旨、底蕴。从中可以看出，在中国文学的源头就隐然具备了后世诗歌所确定的法则——起、承、转、合。

上述例证也给我们提供了一项引申：它暗示出中国文学初创时，悲剧作品并没有显著的"大团圆意识"。在汉代的古诗十九首里，也罕见"大团圆意识"的端倪。从东汉乐府民歌开始，才有了"比翼鸟、连理枝"的意象，直到后世"化蝶""圆梦""鹊桥相会"等幻化的美好结局，才确立了中国人艺术欣赏中的"大团圆情结"。那么，后世文艺在不自觉地越来越暗合冲突和谐律，就更加证明了此一规律是客观"自生"的，不是我们人为地创造的。

（二）主客融合律

主客融合律阐明：诗歌艺术创作活动是一个乃至多个多重的主体与客体的双向交流、相互应答的过程，在双向回流互动中，主客双方在某个点上产生了共振效应，达成了某种契合，从而相互融会贯通。这时，诗歌的创造灵性就真正开始走上轨道了。同样是感慨人生沧桑，五代南唐后主李煜、宋代的蒋捷、元代的赵孟頫各自的主观艺术情思的投射各不相同。

虞美人

李煜

春花秋月何时了，往事知多少？小楼昨夜又东风，故国不堪回首月明中。雕栏玉砌应犹在，只是朱颜改。问君能有几多愁，恰似一江春水向东流。

虞美人·听雨

蒋捷

少年听雨歌楼上，红烛香罗帐。壮年听雨客舟中，江阔云低断雁叫西风。而今听雨僧庐下，鬓已星星也，悲欢离合总无情，一任阶前，点滴到天明。

虞美人

赵孟頫

潮生潮落何时了，断送行人老。消沉万古意无穷，尽在长空淡淡鸟飞中。海门几点青山小，望极烟波渺。何当驾我以长风，便欲乘桴浮到日华东。

三位隔代词人，都将自己的人生体验融入景物的描绘中，又是在景物的烘托中水到渠成地抒发了各自的主观思想情志。既相似更相异，意趣盎然。文艺创作中，可能写景会有相同、相类的可能性，但独创性的作品是绝对不会有相同的主观之意的。即使出现了这种相同，则有了第一个，就不大有第二个发表并传世的可能了。如果上述几位名家的用意完全相同的话，就只能有一个李煜，却不可能再存在"李煜第二"。

李白当年被贬出长安至汉口，登黄鹤楼欣然欲命笔题诗，忽然发现壁上已有崔颢的诗句："昔人已乘黄鹤去，此地空余黄鹤楼。黄鹤一去不复返，白云千载空悠悠。晴川历历汉阳树，芳草萋萋鹦鹉洲，日暮乡关何处是，烟波江上使人愁。"读罢深感太好了，自己写不出超得过崔颢的诗，就不愿献丑，掷笔而去。但是，那首被后世誉为唐诗七律压卷之作的名诗一直刻印在具有过目不忘之才的李白脑海中。大约两年后，他寻游到南京，又感思多多，按照与崔诗相仿的诗韵写出《登金陵凤凰台》："凤凰台上凤凰游，凤去楼空江自流。吴宫花草埋幽径，晋代衣冠成古丘。三山半落青天外，二水中分白鹭洲。总为浮云能闭日，长安不见使人愁。"相类似的情景触发了诗人既相似又相异的主观感受（崔的考进士落第和李的仕途断绝）。

主客交融的文艺现象，并不像人们所误解的那样，为中国文学艺术所集中表现，甚至以为唯中国古典文艺所崇尚。西方有一位哲人曾经说过："世界上没有两片完全相同的树叶。"这一思想用到文学艺术中来，就更是如此。同样是主客融合，不同的艺术家各自的融合竟然自成一格，甚至迥然有别！

主客融合问题上，中国古人曾经拘泥于形与神的关系。文学史上由苏轼引发的著名公案就是一个显例。当年，集诗、词、书、画、论于一身的大才子苏轼用诗歌的体式来谈绘画创作心得："论画以形似，见与儿童邻。作诗必此诗，定知非诗人。"毫无疑问，苏轼反对纯客观地以描摹外在事物的外形为能事。现在来看，这只说明了某一事物不应该怎样，并没有说清楚某一事物应该怎样。因此，我们只能说苏轼说出了艺术真谛的前提，而非艺术真谛本身。"苏门四学士"之一的晁补之没有被苏轼巨大的声望所遮蔽，他努力补正苏轼留下的空缺，也用诗歌的形式来谈艺："画写物外形，要物形不改；诗传画外意，贵有画中态。"这又强化了贵神轻形的思想，即重视主观而轻视客观的思想。宋代文坛曾经认为"其论始定"。其实，这个问题仍然未至臻境，直到明代特立独行的思想家李贽才有了更令人信服的诗论来了断这一艺坛公案："画不徒写形，正要形神在；诗不在画外，正写画中态。"如果从传统文论的角度来看，这是形神完美结合的状态。从我们的论题来看，这首诗论恰恰是达到主客交融的状态。比如苏轼的《前赤壁赋》写他与友人游于赤壁之下，见景生悲、乐极而哀。在述及曹操功业时，叹其"一世之雄"，然后又发出"而今安在"的悲慨；面对宇宙万物，人又何其渺小，让人无所适从，其后又提示出世间万物皆为人"所共适"，终于"客喜而笑"，又欢乐于前。文思脉络由喜到悲，再由悲到喜，结构完全自然，达到主客交融、物我两忘的境地。

（三）情思震荡律

情思震荡律则更进一步断言：它是说艺术创作的主客体双方在某个点上不仅产生了共振效应，而且达到了高度的神会默契，或者在纵横坐标系中一系列的交叉点上，孕育、优选出一个或少数几个最佳点时，艺术创作将产生非凡的创造力，涌现出精品。

情思震荡律的前身是意境典型律。某些学者曾经用意境典型律来概括形象思维逻辑学乃至艺术思维的规律[①]。这就需要我们在这里对典型和意境做一些简略的考察。

典型是塑造人物艺术形象的一种标尺，比较适合于写实型的文学与艺术各种类。现实主义文学艺术常常用它来作为某艺术作品是否成功的标志。又因为现实主义文学艺术在欧洲发源并发展得比较充分，所以典型理论，用来分析欧美近代文艺比较适切。当然，西方文艺思潮迭现，艺术流派众多，典型并不能概括得了西方文艺的众生态。事实上，根本就不可能找出一个能代表西方文艺的全部的范畴或思潮，甚至用 A 代表 B 都是不可能的。解决问题的办法只能是选择历史上影响最大、最深远的艺术形态做标志，而且典型的内涵也因历史境遇的不同而发生侧重点的变化（由类型向个性化、再向共性与个性的统一，再到以鲜明独特个性基础上的融合同类共性）。

意境学说则是用来描绘情景交融、意与境和谐的一种评判尺度，比较适合于表现写意抒情的文学和艺术类型。中国古典文学的抒情诗，写意山水画，书法、戏曲中表现得较为淋漓尽致。由于意境产生于中国盛唐时代并传播到日本、高丽、越南等地，深深影响了汉字文化圈各国，所以意境学说用来叙

---

① 肖君和：《形象思维逻辑学引论》，长春：时代文艺出版社 1994 年第 2 版，第 231 页。

写中国古典文学艺术尤其是其中的写意抒情类文艺作品最恰当不过。当然，中国古代对意境的探讨很多，也大致有共识。可是一直就没有明确统一的界定。即使在终古肇今的集大成者王国维那里，这一范畴的运用也是游移不定的，意境与境界时分时合，兼带而不免含混的。到了20世纪初，中国社会在西方强烈的冲击下，迅速实现向西方学习的剧烈转型。此时，回首那已经告别了的往古，更令现代中国文艺界的学人留恋迷思于那古人尚未很好地完成的意境。古典意境就以类似回光返照的方式在当代中国文艺界扎下了根。成为不可忽视，想跨越又不易超越的文艺情结。

就其本身的含义而言，典型和意境本来是不好并置对举的。我们姑且当作样本来对照，这是为了一如冲突和谐律中所言，在冲突中找到和谐共融的一些规律性的东西或启示。因此，意境典型律（或情思震荡律）是冲突和谐律与主客观融合律在高一个层面的交融运用。

意境偏重表现、抒情、言志，侧重描绘境物，倾心于"言外之味，弦外之响"。典型偏重再现、模仿、写实，侧重描绘人物，执着于"从个别反映一般"。将这两种艺术指向和道路（不是南北极，而是东西极）所构筑的艺术磁场加以震荡，将会产生艺术的震撼人心的魅力。至于执偏重意境、执侧重典型，则允许文学艺术创造者们在这个坐标系中有千百种各自的定位。

尽管拿典型与意境来做概括和比照是现代学人的事情，但并不能否认古人在艺术提炼与创造实践上概括得非常精当。明代袁于伶的《西游记题辞》说："文不幻不文，幻不极不幻。是知天下极幻之事，乃极真之事；极幻之理，乃极真之理。故言真不如言幻，言佛不如言魔。魔非他，即我也。我化为佛，未佛皆魔。魔与佛力齐而位逼，丝发之微，关头匪细。摧挫之极，心性不惊。此《西游》之所以作也。"[①] 求与古人异这段话生动地说明了艺术创造与生活本真的差异。

所以，在意境典型律（或情思震荡律）的暗中制约下，就出现了许许多多艺术大师们在潜入创作角色的过程中出现了人物的命运和作家预想的结局不一样的情形。为什么会有这样的情况一再发生呢？可以从社会学、心理学等方面找答案，但是从艺术构造规律的角度着眼，乃是典型塑造的法则中这冥冥之中的"缪斯"在发挥着艺术上帝之手的作用。

笔者倾向于用"情思"这一范畴来统合适用于表意抒情的"意境"、再现写实的"典型"和戏剧表演的"冲突"这三大范畴。这一问题在拙文《生

① 徐中玉主编：《艺术辩证法编》，北京：中国社会科学出版社1993年版，第171页。

命体验诗学论纲》里已有说明①，此处从略。如果用"情思"范畴可以涵盖"意境""典型"和"冲突"的话，则意境典型律可以置换为"情思震荡律"。

　　这三条艺术规律构成了一个文艺创造规律群的系统。统观三大艺术规律群，我们可以看到它们之间是相互有机联系且一以贯之的。同时，我们又发现它们之间的地位和主要适用范围各不相同。从第一规律群向下看，越往后越具体、明确，对艺术的作用力也越显著，但内涵越多的同时外延也越窄；反之，由第三规律群中的第三条规律（即情思震荡律）逆次向上看，则适用范围依次扩大、开广，而艺术作用力则渐次淡远、疏朗。相比较而言，第一规律群更具有普适性。但如果具体运用中把握不好，容易给人以大而无当之感。它多用来深化我们对文艺学术现象的审视与研究。第二规律群也具有普适性，但对于诗歌欣赏、诗歌批评、诗歌写作教学更显成效。第三规律群的普适性就窄了许多。它们虽然也适用于研究、思辨、欣赏、批评与教学，但更多的是适用于诗歌创作的具体活动之中。所以，我们将它命名为艺术创新规律群。诗歌艺术的创造活动就是以情思震荡律（或意境典型律）为核心，以艺术创新规律群为中心地带，又以异同变化律为半径，以两极互动律为圆周的一个庞大的有机网络系统。其思维规律系统的构造模型如下图所示：

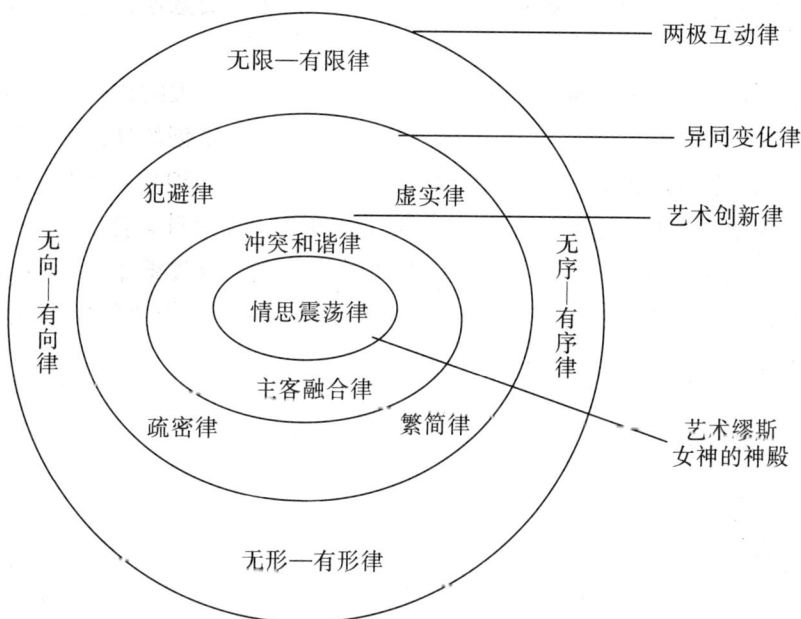

诗歌创作思维规律系统构造模型

---

　　① 姚朝文：《生命体验诗学论纲》，《佛山大学学报》1997 年第 5 期。

诗歌艺术创新规律群的阐明有什么意义呢？笔者以为至少有如下三项：

第一，解决了长期以来有事实而无理论的局面。我们曾经长期处于黑暗中摸索的阶段。有了理论的指导，可以减少许多不必要再走的弯路。当然，冲突和谐律、主客融合律、情思震荡律的思想，将艺术思维的这三大规律移用、吸收并略加改造后，统合为艺术创新的思维规律群之一部分。山西中医研究所的博士生导师王德堃主任医师在她的脑电图波的研究中，以大量的实验数据、图形，生动有力地证明了艺术思维与抽象思维在心理机制上的显著不同[1]。笔者产生研究这一问题的动机是为了解决文艺创作中迷离扑朔的难言之隐。但在解决问题途中，可以从诗歌创作构思的学理和创作实际两方面来逐个证明它们无可辩驳的存在。

第二，就创作角度而言，艺术创新规律群为创作者把握创作规律的尺度和玄奥具有导航的作用。我们都知道，西方文艺理论讲矛盾冲突多，讲和谐者较少，而且尤其在西方传统的戏剧理论中，把冲突与和谐视为水火不相容的对立事物。即使在西方比较少的正剧中，如黑格尔所言，也是双方各自削弱自己勉强求得那么一种半斤八两的平衡。这不是我们这里所主张的冲突和谐律，我们这里的冲突和谐律是建立在对人类生命体验深刻、鲜活的把握基础上，将冲突与和谐内在地谙熟于掌后并将它们水乳交融地合而为一的艺术创造。

第三，就诗歌批评而言，艺术创新规律群可以为广大的诗歌欣赏者和批评者提供可资参照的批评尺度。我们可以运用这组艺术创新规律群来探究作品的抒情是否波澜起伏，叙事是否曲折而又能完整，结构是否和谐匀称，语言是否典范而又有独创性，人物命运如何做到了出人意料又合乎情理等。这组艺术创新规律群并非万能灵药，却是对艺术现象的高度概括。我们不能指望它们发挥点铁成金的妙用，却可以使我们从自在上升到自为的领会层面。

---

① 姚朝文：《生命体验诗学论纲》，《佛山大学学报》1997 年第 5 期。

第十一章　诗歌创作诗性语言的追求

　　抒情是诗歌最重要的品质。我国自古以来就有"诗缘情而生"的论述，并形成了抒情言志的诗歌传统。新诗在其发展过程中，在抒情之外积极探索诗歌的叙事性和戏剧化等可能，其审美特征已不限于抒情，但不可否认，抒情仍然是诗歌内在生命力的体现。笔者坚信：现代汉语诗歌的下一步发展路径的选择无论是什么，即便是洛夫先生的"诗歌非抒情化道路"抑或近二十年来为"不及物"、口语诗的探索进步到何等地步，诗歌的抒情要素也不会丧失，诗歌的抒情功能也不会泯灭，除非人类丧失掉情感，人类也因此招致灭亡。

　　但笔者不是"诗歌唯抒情"论者，深刻的抒情与议论都是奠基于真切深厚的叙事之上的，否则，抒情就会流于空泛，被斥为"不及物"，议论也缺乏针对性。

　　当代诗歌经历了关注宏大叙事，为政治、历史歌功颂德的政治抒情诗和表达人类集体经历，表达对生命、理性的尊重而呐喊的朦胧诗后，诗歌进入到更个人化的抒情时代。这种抒情不同于以往诗歌的浮泛空洞的呐喊，也不同于其他诗歌的刻意求工，而更显自然天成，更关注个人生命的内在真实感受。这就是诗人从非日常的、精神性的集体高度转向日常写作呈现的自然、随意、亲切的抒情特色。笔者通过三十多年的诗歌实践，一路蹒跚走来，凝聚着对生活的认识和发现。夏衍曾指出："别的可以做假，可以伪装，可以虚矫，而作为感情之艺术的作品，是永远不可能用伪装来增补他的价值的。"[①]我在诗歌创作探索的长久历程中，深深体会到了生活中的原始朴素之美以及面对人生中刻骨铭心的经历之留恋难舍。我执着于将生活中的故事，生活中的阅历赋予别样的理解和特定韵律、格式传达出的诗意。这种诗意有朦胧的美感。我的写作可谓缘于生活，把生活与叙事、抒情结合起来，用来抚慰生活，超越生活，又丰富了生活的内在意蕴，竭尽自己愚钝而执着的探索能力，

---

　　① 夏衍：《夏衍杂文随笔集》，北京：生活·读书·新知三联书店1980年版，第245－246页。

试图在心灵深处搭建一所缪斯的宫殿，希冀着能够尽可能达成艺术与生活的完美统一。

一、对生活的叙事兼抒情

别林斯基曾指出："有生活的地方，才有诗歌。"这仅表明"生活"是"诗歌"得以发生的必要条件，不是充分条件，更不是充分且必要条件。我们要说，"在艺术创作中，绝没有纯客观的、未经心灵关照过的真实，也没有独立于客观的描写对象之外的真诚"①。

笔者三十年文学研究和近四十年的诗歌写作实践的体会是，我的诗歌力求富有浓厚的生活气息，诗中有浓郁的本真色彩。不同于当代部分诗人对诗歌的刻意雕琢装饰，力图追求所谓的宏大、优美的外衣，我更愿意还生活于具体、感性，展现本源的真实面貌。诗歌固然要很努力地形成形式上的特定风格：比较显著而引人注目的特殊分行格式吸引人，特定的节奏、韵律打动读者，令读者读一遍后感到很悦耳、和谐、好记、易于传诵。但与此同时，一定不能忽视诗歌内容上特定"诗味"的营造——鲜活的生活感悟、真切的场景细节、带有体温和心声的情感、具体意象背后蕴含着浓淡不等的生活哲理、被大众司空见惯中忽视了的侧面与真相。

如果不是来自真切的现实生活的感触，笔者就极少能够产生创作的冲动。但如果把这些来自具体生活物象带来的具体冲动直接写下来，或许当时觉得颇有"现场感"和"纪实性"，符合当前部分诗人所倡导的"非虚构诗歌""纪实诗歌"，但拉长时间回头看这些"纪实诗歌"，大多数没有审美含量，缺少艺术感或"诗味"。笔者曾经在早年谈创作体会的问答录里说，来自生活或心灵深处激发的灵感，并不能直接成为诗歌的现成材料，它们仅仅是原始的素材和待发酵的面粉，还不是可以马上享用的面包。

例如我写《除夕的冷夜》时，"除夕夜那结着冰凌的冷雨，淋哑了密集的连环爆竹声"是对除夕夜天气寒冷的真实写照；又如《入东北师范大学攻读硕士随想》中"在这片林荫滋润的土地，我存入收割的记忆。在蜿蜒深入的林荫道里，一点一点注入我的汗滴"反映的是自己攻读硕士期间埋头拼搏的真实生活情景；再如《教师节的电话》中"每一次拿起电话号码，又突然放下"呈现出的是我刚刚到广东工作，在教师节这一天想和远在七千里外的导师通电话时的心情。我的诗歌探索中，很多题材、场景的细节是源于生活的体验，同时也力图让生活充满诗意，让写作抚慰我自己的生活，避免我的生活缺乏诗情画意的熏陶。细心的读者会发现，阅读我的诗，能够感受到我跳

---

① 《钱谷融与殷国明谈真诚》，《学术研究》1999 年第 10 期。

动着的感情和跌宕的心境。无论是亲情、爱情、友情抑或是学情、友情，都呈现出我对生活热土浓厚的感情、深深的眷恋。《镜里的自己》中"镜照我二十五个寒暑，我却照不出什么前途，永恒的伴侣无怨无助，从不给我尝离合之苦"这一句道出了作者对人生路途中的方向迷茫之感。阿尔贝·加缪在《西西弗的神话》里描述道："一个哪怕是用极不像样的理由解释的世界也是人们感到熟悉的世界。然而，一旦世界失去幻想和光明，人们就会觉得自己是陌路人，他就会成为无所依托的流放者，因为他被剥夺了对失去的家乡的记忆，而且丧失了对未来世界的希望。"① 作者此刻的心情是忧伤的、彷徨的，内心是积极挣扎的。只有有感情的诗作才能打动读者，引起读者的共鸣。每个人都试图找出一条引人注目的路，但写新格律诗更需要的是"回到内心"表达那些普通的事情和朴素的情感，而不只是为了硬挤出一种特殊。《写给悲哀》中"我不贪图幸福，丝毫不渴求、只希望在星星的额头，喝一杯醉酒"表达出叙述主体内心深处朴素的情感。在《资源匮乏》这首诗中，我用了一系列时尚的名词，道出了在资源匮乏的年代，对人为贬值的怒斥，最后一句"别梦想，无机会"，更是把无奈之情表达得淋漓尽致，生活不再是一种梦想和白日梦，而是带给诗人切肤之痛的真切实在。由此可见，沉浸在创作中越深，越会真切感受到生活对自己创作的支撑和滋润。我发现：平凡普通的生活也蕴藏着美，更是一种亲切、朴素、真实之美，它在寄予感情的诗歌之流中延伸为一条浩荡的江河。

二、生活苦难与绚烂的诗性

于坚说："诗歌已经隐藏到那片在普通人说来平淡无奇的日常话底下的个人心灵的大海。"② 我习惯于在自己的地平线以下不断地开掘勘探，而不是高空架云梯。我的诗歌结合自己的生活体验，契合了当下凡世俗人的生存状态和审美取向，拉近了诗歌与读者的距离。《痛苦自当痛苦，快乐自当快乐》是对人生的感悟，"痛苦自当痛苦，何必让不幸传染得更多。欢乐自当欢乐，不必当做专利自我封锁"这是对痛苦与欢乐这两种人生必经之态的看法，一语道破了有心人的心中之感。我从生活中发现诗意，也听从自己内心的召唤，在生活中学会倾诉，力求唱出心中最真美的悸动和震颤，给人以温暖和信心。如《新的希望》被收入多个诗集选本，其中有一句"告别苦难——除了历史不被遗忘，还要新的善良，新的希望"感动了不少读者的心。

① 阿尔贝·加缪：《西西弗的神话》，北京：生活·读书·新知三联书店 1987 年版，第 6 页。

② 于坚：《棕皮手记》，上海：东方出版中心 1997 年版，第 121 页。

我的诗歌蕴含着一种生命的疼痛感。反复阅读我的诗歌，我自己常常产生一种流泪的冲动，有幽微而又深切的隐痛。这不仅缘于肌肤的灼痛，更是体悟到内心灵魂最深处的战栗和悸动。我希望，自己的诗歌有一种直指人心最深处、沁人心脾的力量。大诗人聂鲁达说"语言沉浸在血里，到了半夜，你闻到了自己嘴里的血腥味。"① 诗歌创作者的笔下本来就应该充溢着对生活刻骨铭心的疼痛，感受到了人的孤独以及人在命运面前的虚无与无助。由此具备了引发读者群体对存在的哲理性思考。鲁迅就曾入木三分地指出亲身感受和表现流行主题的艺术性分野："但如果自己并不在这样的旋涡中，实在无法表现，假使以意为之，那就决不能真切、深刻，也就不成为艺术。"② 当代新诗应当表现现实生命的焦虑与灼痛。例如，《你没有一处不美丽》中"我总是找不到你，我不知道你的名字，也不知道你的来历"体现了抒情主人公对生命的来处、际遇、去处等人生命题叩问时焦急不安的情愫。"纵然是遭遇你的冷遇，你怎肯把我遗弃"传达出一种惊慌、渴求的心态。《偶成》中"爬起来拍拍泥土，到戈壁里打发凄清，突然驼铃告诉我，时间已变得发青"，这句诗是诗人对感悟生命与时间的形而上学感悟，与生活的具体事务结合在一起，给人以震撼。再如《中秋月》中"捞起了这凄凉，洗涤这凄凉，凄凉瞬间封冻了我的心浪"，在这中秋佳节，作者望月突发凄清之感。可见，诗人的痛楚在笔下是具有一种可见、可触、可听的质感，与人的生活体贴相连，不可分割。一个优秀的诗歌写作者必然是一个慧心独具又努力深入生活的人，体会生活的充实，也正视生命的虚无，把永无止境的劳作当做神灵的奖赏而非处罚，并加以领受。

诗人对生活的体验充满了真实，充满了力量。如"咀嚼那青涩的伤口，是我碰了壁的时刻。你若问我：'感觉如何？''很好，滋味不错'"写出了一个在遭受磨难的人不畏艰难，享受挫折的豪迈之情。"当我赢得了成功，大嚼这乳酪，你若问我：'感觉如何？''没什么，依然故我。'"这句话写出了一个人在收获名誉时依旧坦然淡定的情怀。《永生的歌》中"不管生活是否热爱我，我都不折不扣地热爱生活，不管人间有多少不平和坎坷，我都要以真诚的心灵，叩击那希望的光波"，《渴望命运曲》中"渴望就是我的年轻，赋予诗歌满宇宙的生命，渴望也有末日的来临，谁能不信？"再者《世界上亲密的距离》中"世界上最近的距离，不是朋友间握手的间隙，而是眼神对视中的

---

① 《没有什么可以给青年诗人的忠告——聂鲁达访谈录》，见潞潞主编：《面对面——外国著名诗人访谈、演说》，北京：北京出版社 2003 年版，第 84 页。

② 鲁迅：《致李桦》，见《鲁迅全集》第 13 卷，北京：人民文学出版社 2005 年版，第 372 页。

善意，彼此会心的微笑轻轻拂去尘埃与颗粒"，这些就是我对生活的认识，对生命的遐想。在城市化的商品文艺喧嚣环境下，试图让每一首诗都燃放着炽热的精神火花，照亮读者的心，是需要分外努力地坚守的。

三、朦胧而蕴藉的诗性语言

我以为，诗歌语言应当充满了对蕴藉的诗意追求①，追求真挚、深切的情感所具有的直抵人心的情感渗透力量。殚精竭虑于语言的锤炼，除去各种涂饰，抵近自然的鲜活，焕发感性的魅力，追求语言的新鲜、自然而又保有生活的气息。如《莽山云雾七仙女》中"七彩的霓裳羽衣羡慕着你的风光，从南海向北飞翔，驻足在莽山这个地方"，这句话用拟人手法，"羡慕""驻足"这些词语活泼、亲切，更加突出了"七仙女"的美貌。"世界上最美的语言难状你们的美貌，世界上最巧的诗句无法传达你们的娇好"，这种诗意是诗人情感审美过滤、折射后的结果，它不同于那种冷漠的直白书写。在《"亲子科技节"抒怀》中，诗人驱遣排比修辞："有一个惊喜，胜过我荣膺大奖。有一种游戏，让我回到童年的时光。有一类体验，让你置身时光穿梭机的心脏。有一点感动，我少年时代未曾见过的天堂。"在亲子科技节上，诗人想起了自己的童年，自然、贴切，毫不伪饰，毫不矫情，活跃在简单自然的诗句中，平淡中渗透着诗意。这是诗人建立的理想、自然、美好的境界，它不受世俗生活的污染和破坏，空灵、美好。

《庄子·渔父》对真情与假意的论述十分精辟："强哭者虽悲不哀；强怒者虽威不严；强亲者虽笑不和"；与之相反，"真悲无声而哀；真怒未发而威；真亲未发而和"。② 所以，后世哲人文士乃至武侠都视"精诚所至，金石为开"为做人与从艺的旨归。我力求诗歌语言具有一种发自灵魂深处的深刻情感，这种深刻的情感自然散逸出一种感人的力量，这当然有赖于作者内心深处对生活的热爱。在我的笔下，这些语言因为有了诗人热情的灌注而变得鲜活、生动。在我的笔下，"飞机"会"浅吟低唱"，"硬币"会"叮当作响"，乒乓球是"可爱的"。我用比喻、拟人等多种手法写人、写物，在平常之中见出诗意，寄托诗性的美好情怀。甚至在怀念逝去的故人的时候，诗歌的语言也保持纯净，不要歇斯底里的泪水充斥，内蕴着一种深深的缅怀："在签名录里我凝重地写下：告别苦难——除了历史不被遗忘，还要新的善良，新的希望！"

---

① 童庆炳：《文学理论教程》，北京：高等教育出版社 2008 年第 4 版，第 68、268 页。

② 《庄子·渔父》，见王先谦撰：《庄子集解》，北京：中华书局 1987 年版，第 275 页。

　　从诗歌文本中往往可以看出作者内心里情感丰富的广度和深度。我的诗歌力求体现我对人类生命的现实关怀的情怀和一种爱的力量，是我生命寄托和生活理想的写照。我尝试以诗人的眼光来面对生活，对具体而微的事物保有敏感，让无生命的静物也赋予有机生命的灵性和感动。我也凭借着自己对生活、生命的热爱来消化、体味这些平凡中的事物。当沉浸在创作的世界里，我的眼中，一粒米、一碗水都闪烁着诗意的光辉。本来嘛，生活处处显示出了它美好的一面，只是我们缺少了发现和注视。在时下放逐激情和温情的写作中，我对诗歌的本真追求，对爱和美的发现、探寻，是基于对于人心人情的理解和抚慰。这实在是一种用生命和生活中的诚意与流俗相抗衡的战斗精神。法国存在主义作家萨特在论写作时，强调道："文学把你投入战斗；写作，这是某种要求自由的方式；一旦你开始写作，不管你愿意不愿意，你已经介入了。"① 这也是我无论如何都不能认同罗兰巴尔特在《写作的零度》里主张的对生活保持冷漠客观的"零度"距离的文学观念②，也是我不肯走加拿大籍华语大诗人洛夫先生在中晚年的诗歌创作中主张的"非抒情化道路"③的根本立场之所在。这可能就是我的作品中的诗歌精神，也是我一直坚持的写作动力。"诗歌精神"应该是一种朦胧的向上的超越力量，一种神圣的音调，一种苦厄中怀着希望的信念，一种对人类和大自然的眷恋和爱，它也是一种批判的力量。诗歌，无论侧重叙述呈现方式还是抒情表意手段，都是"精神乌托邦"的属地。与我一直在坚韧地坚持着对人类生命的"大关爱、大纯情与大忧伤"一样，德国大哲学家海德格尔在回答香港《明镜》周刊的访谈时坚信："凡没有担当起在世界的黑夜中对终极价值的追问的人，都称不上这个贫困时代的真正的诗人。"④

---

　　① 萨特：《为什么写作？》，见柳鸣九主编：《萨特研究》，北京：中国社会科学出版社 1981 年版，第 24 页。

　　② 在福建省于 2011 年 12 月 1—2 日举办的"首届海峡两岸诗歌节"期间，洛夫先生的主题报告中再次重申了他的现代汉语诗歌"非抒情化道路"的主张。笔者宣读论文中对这种路径提出了商榷性主张。

　　③ 朱立元主编：《美学》（修订版），北京：高等教育出版社 2001 年版，第 189 页。

　　④ 海德格尔 1966 年 9 月与《明镜》杂志记者的谈话，见《明镜》1976 年，第 23 页。

附录:

中秋月（组诗）

姚朝文

湖水

湖水
将我一脸的凄凉,
写在了湖面上。
捞起这凄凉,洗涤这凄凉
凄凉瞬间封冻了我的心浪。
把它拧出水来,
把它洒到沙滩上,
才知道:
数千年了,
它的名字一直叫
——月亮。

秋

秋
印在了我的脸上,
摁它到湖塘里
湖塘映出一个
大而又大的凄凉
捞起凄凉
洗涤凄凉
凄凉就隐到了我的心上
立刻
我的脸上写满了
全人类的悲壮

　　这是1996年中秋节写出后在报纸上发表的旧作。书稿写至此处,忽然悲从中来,灵感突至,急忙在书稿空隙处写下如下的急就章:

妈妈的眼神（新体格律诗之回荡式单元律）

中秋月

是妈妈期待的眼神
定格在她三十岁的美丽，
那一年，我出生
开始了再也不平静的一生

中秋月
是妈妈开心的眼神
定格在她四十岁的风韵，
那一年，我加入了仪仗队
开始了锣鼓喧天的人生

中秋月
是妈妈憧憬的眼神
定格在她五十岁的深邃，
那一年，我离别家乡负笈远行
背起了三代人的里程

中秋月
是妈妈苍老的眼神
定格在她六十岁的眼角鱼尾纹，
那一年，我返乡
一张大大的饼给她烙成

中秋月
是妈妈望子成龙的眼神
定格在她七十岁的皱纹中，
那一年，我满脑子里
想着的是如何与命运抗争

中秋月
是妈妈憔悴的眼神
定格在她八十岁的拐杖中，

那一年，我万里关山
无法为她养老送终！

2020 年元旦

玉冰抒怀（五律）

天庭一轮月，九州亿户甜。
江湖千波影，山海万金牟。
举杯邀玉壶，吟歌舞翩跹。
共拓百年业，相知肩并肩。

壬辰年上巳节曲水流觞应酒令　岭南天地　即兴作

后　记

　　本书获佛山市文化英才扶持工程项目支持、佛山科学技术学院学术著作出版资助基金与学科建设经费资助，也是佛山科学技术学院人文与教育学院功夫电影与城市文化研究所的成果。对于专业方向为语文教学论的硕士研究生们而言，修读笔者给硕士生们开设的"诵读与语文教学"专题课，本书更有针对性。本书的部分内容也是笔者主持完成的广东省研究生教育创新研究计划项目《语文学科技术与前沿问题教学综合改革探索》的一部分。

　　本书杀青之际，回想 1991 年秋，笔者带着李景隆教授的推荐信到吉林大学向时任副校长的东北文坛文豪公木（原名张松如，《八路军军歌》《中国人民解放军进行曲》《英雄赞歌》的词作者）先生请教诗歌创作问题，公木先生手持放大镜耐心地阅读了笔者的手抄本诗集约一半的内容，给了笔者诸多深切的忠告："不必太模仿朦胧诗，尽管我的多个学生都成了朦胧诗的代表人物；也不必太专注于个体心灵的秘密，尽管当前不少诗歌流派很热衷。多了解社会现实的底蕴，你将变得深刻。不重复别人，也不要重复自己！"当时，笔者正在攻读硕士学位，尚不能完全理解八十多岁的诗坛老宗师谆谆教导的底蕴。三十多年后，这本诗学著作算是向师尊三十多年前提出的诗学命题提交了部分答卷。在我的诗歌实践中迄今不能完全回答得上来的问题，则希望今后的探索中继续回答。

　　笔者痴迷于诗歌诗体格式的探索有三十多年了。近日里整理数十年的旧作，发现有些诗句蛮可以成为佳句，或许能流传得下去。如写于 2011 年的《南国夕思》：

> 南岭歌罢别游子，东平汤汤泊船兹。
> 夕阳一点胜红豆，星斗满天寄相思。

　　回忆当时写作的具体情状时，发现这末句"夕阳一点胜红豆，星斗满天寄相思"是风行水上、自然天成又意象丰满的佳句。

再如《玉冰抒怀》：

> 天庭一轮月，九州亿户甜。
> 江湖千波影，山海万金牵。
> 举杯邀玉壶，吟歌舞翩跹。
> 共拓百年业，相知肩并肩。

末句"共拓百年业，相知肩并肩"曾是笔者手书联语、加盖当年东北篆刻权威孙晓野教授所授篆刻钤印，分赠若干挚友的座右铭。

又如《欣闻契友王韬由故乡返粤》：

> 炎夏赴蒙金秋归，漫游千山历万隈。
> 蜜瓜回甘杜梨肥，甜杏逸香葵花堆。
> 冬雪埋膝封冰地，夏雨漫坡绘天纬。
> 我用拂尘清日月，珠联璧合堪与谁？

末句"我用拂尘清日月，珠联璧合堪与谁？"也是自己的"神来佳句"。

笔者也发现曾经自诩的几首诗中的佳句并不理想，另外的几首诗篇或者有佳句而无完篇。例如《读王韬〈今日荆州感怀〉作》，首联次句略有声调不精工之瑕疵，但后三联尚算殊色：

> 江边望中洲，岁月蒙尘垢。
> 刘备图霸业，赵云救阿斗。
> 骚客南海意，草庐厌登楼。
> 今吾扬帆去，功名万世休。

屈指算来，从1980年读初中二年级的时候，就开始壮着胆子给《中学生作文报》《儿童文学》杂志投稿，投出去逾百篇废稿。终于在1988年夏，读大学三年级时，笔者发表了生平第一首新体诗歌《斜阳》。笔者的诗歌创作从青少年时代至今，断断续续呈现为如下几个"发烧"的阶段：从读大学到读硕士阶段，到广东佛山大学（现佛山科学技术学院）执教的壮年阶段，从读博士到赴日本担任客座教授阶段，近十五年来的新探索。第一个阶段主要侧重新体诗歌形式的探索；第二阶段主要抒发失去了文化故土，移植到异域他乡后产生的人生沧桑；第三阶段主要在感遇及国内外诗友文人之间的应和酬唱；最近这十五年里，在繁重的科研、教研与教学之余，主要的兴趣就是探

索现代汉语的格律、韵律、诗体形式的格式排列样式。为了便于传播和在文艺集体活动中普及诗歌，现代汉语新诗如果采用朗诵诗和辞赋体来写景、抒情，就更容易被大众接受、赢得大众的喜好，也能克服书面文字的局限。于是，笔者开始沿着闻一多、徐志摩、戴望舒、高兰、郭小川、纪宇等诗人及王力、冯国荣等格律诗研究的权威所开辟的道路继续探索。胪列名家的诗作作为样例，有时候找不到完全符合设定的某一类具体的格律或排列形式，于是就翻检出自己曾经尝试的习作来夫子自道、现身说法、亲身证道。宁愿亲身操作手术刀、亲自去滚地雷，像李时珍那样亲身品尝一番各种中草药，了解其配方功效，才能在给病人看病时拿捏用药分量的轻重火候。切身体会、现场试验，记录下当时的各种想法，冷却几年后再回头检视。笔者很佩服青岛大学中国诗学研究中心主任冯国荣教授的理论与实践并行的治学路径。笔者也是持续三十多年，断断续续而又执着地探索着现代格律诗体的各种可能性。

斜阳

斜斜的阳光

涂亮了楼房，涂光了大街
浅浅的光线
刺出了淡淡的白云如棉
细细的光柱
抹开了蓝而又蓝的天
斜阳的舌尖
灼痛了树叶
哗哗的和弦
是树林一片一片

街道上轿车、客车与货车赛跑
斜阳烫着了它们的脚
鸽子们被晃得昏了头
一圈又一圈旋转着飞，眯着眼
大雁呆不住了
扇着翅膀溶进了云烟
它又折了回来
箭一样钻进远远的蓝蓝的天

（注：笔者的处女作，发表在《临河文艺》1988 年合刊第 78 页）

在 30 多年的学习、教学、文学评论职业生涯之余，断断续续地从事着小说、诗歌、散文、剧本的创作，青壮年时期主要是写诗，壮年以后的岁月则主要从事文学艺术评论和微篇小说创作。

笔者设想总结百年新诗发展的诗歌题材样式，尤其是格律诗、半格律诗的内在特质和形式特征（特别是诗歌实际创作中的各种格式之空间排列造型，新诗韵律节奏之不同类型），这项工作比一位诗歌爱好者、创作者本身的实践更有探索意义和共同试验的参照价值。本书的定位是：探索现代汉语新诗的格律与排列形式，由此引发新格律诗具有广泛普及推广功能的朗诵诗的效能。在总结各种具体样式的百年新诗实践成果时，需要展示一系列的样例，因此，最初的若干论文、论诗书札不断地修改、扩张成现在这种"诗学论著＋样例分析＋亲身证道＋夫子自道成败得失中的甘苦"。本书真诚地剖开笔者的胸膛与灵魂，作为奉献给缪斯女神的祭品，供广大诗歌研究者、批评者、教学工作者，尤其是新诗创作的同行们像医生做生理解剖那样地分析、批评、鉴赏。

诗学探索与诗歌创作是笔者自少年时代持续迄今的业余爱好。与这项副业相比，笔者最值得自豪的文学艺术贡献是在国内外功夫电影研究领域能够独树一帜，别开生面地建构出"功夫电影诗学"理论的系列专著。2017 年 11 月 24 日，笔者参与策划而由佛山市政府主办的"2017 佛山功夫（动作）电影周"开幕后，佛山香港电影导演会创会会长吴思远先生认为："佛山举办2017 国际功夫电影周和首届功夫（动作）电影高峰研讨会及出版系统的成果""是中外电影史上开创性的，必将载入中国电影的史册"。中国艺术研究院前副院长贾磊磊研究员在"首届功夫（动作）电影高峰研讨会"闭幕式上又指出："这次高峰研讨会创造了多个世界第一：世界电影史上第一个专项电影类型的电影周，世界电影史上第一个功夫电影的高峰研讨会，也发现了第一个专门研究功夫电影的大学研究所就在佛山，第一次在电影周高峰论坛上正式发行汇集了国内外功夫电影研究专家代表性论文的文集《中国功夫·动作研究 2017》。"

笔者曾于 2001 年获得国家哲学社会科学基金文学理论方面的立项成果，曾经创造了佛山以及佛山市所属高等院校实现本地学者获得主持国家社科基金立项"零的突破"。那是当时颇被校长、同行们称道和羡慕的事。但是，时过境迁十余年后，以今观之，笔者自认为，还是自己出版的功夫电影系列专著、发表在权威期刊上的有关成果和中标市政府重大决策咨询关键课题的那份报告，才是最广受称誉的。

本书是笔者的诗学主张、诗歌创作经验的总结。从数十篇理论探索篇什和数百首诗歌创作中筛选出诗论十一章，编订为这部情理交融的探索性诗论。

笔者不惜以生命为自己挚爱的诗学主张和诗歌实践殉情，愿用生命的华

彩与苦痛，写下对大自然和人类社会的"大关爱、大纯情、大忧伤"。笔者把创作视为自己的生命，如果停止思想和创作，我与行尸走兽何异？笔者以为，如果有一篇作品或一部书不仅被当世读者接受，更被后世文学研究界一再提及，则精神生命可以真正不朽了。可以说，这是一部不重复先辈与时贤名流的诗论。

笔者的研究探索与创作实践，不是为了博得哗众取宠的知名度，也主要不是为了追求较大的发行量。笔者的创作最主要是有不吐不快的冲动，何况自己在大学里一直主讲文学理论、小说创作、粤港澳功夫电影和高等写作等课程，为了圆幼年时代起就抱定的"作家梦"，为了检验文学教程与文学实践之间到底有多大程度的适用或背离，在寒暑假和部分周末时间里积累着自己的创作。随着在文学研究与批评领域不断获奖，创作领域也断断续续开始获奖。尤其是笔者的作品被选入《中国新文学大系（1976—2000）》之后，创作激情再度频频涌现。

本书是笔者第28部公开出版的著作，可以作为大学中文系师生研究诗歌文体特征和创作规律、技法的参考书。

本书是诗歌文体研究的专著。虽然可以发挥教材的功能，但没有采用教材的框架与规范来编写。因为，笔者坚信，艺术探索中的某些著述，似乎不仅仅在为当世写作，尤其是青少年朋友们写作，更可能是为后世的知识精英们、文学研究专家同行们而写作。写这本书，笔者就怀有这样的使命感。

五易其稿，仍然挂一漏万。敬希有志于探索现代汉语新诗格律的诗论者，矢志于新诗格律体创作实验的同道者们不吝赐教。最后，对本书的策划编辑古碧卡深表谢忱。

姚朝文
2021 年 10 月 1 日第五稿